Anette Butzmann/Nils Ehlert

schwarz und weiß

Inhalt

Der Hammer	5
Ein erster Todesfall	9
Der Unfall	14
Haupt-Sache	25
Die Dame des Hauses	30
Kim	37
Der Golfplatz	45
Der zweite Fall	50
Unerwartete Begegnung	59
Der Fleck	65
Leichenschau	70
Sorgen	77
Der Vermisste	84
Frau Schender	89
Der Zeuge	97
Der Senior	108
Ein Alibi	114
Eduard	122
Im Park	131
Dawid	136
Die Nachbarin	145
Ein Überfall	151
Eine Frage des Geldes	161
Die Artistin	169
Rätselhafte Anziehung	173
Die Zweitmeinung	180
Im Konzert	190
Der Verdacht	202
Der Treffer	207
Verrannt	210
Das Ergebnis	215
Die Jagd	218
Fast hundertprozentig	224
Die Verbindung	227
Ein Geständnis	229
Vorhaltungen	239
Der Rasenmäher	244
Ein Rat unter Freundinnen	251
Besuch im Krankenhaus	255
Ein Schluckauf der Zeit	267
Auf ein Wort – ein Nachwort in Hörspielfassung	275

1

Der Hammer

Als der punktierte Rhythmus des Orchesters in das helle Klingeln der Ambosse überging, wurde es Jochen Jerichow zu viel. Das Stampfen und Hämmern im Hintergrund war einfach unerträglich. Er presste den kleinen Gummiballon in seiner Hand, den er im Notfall drücken sollte. Die Musik brach ab, Nibelheim verschwand vor seinem geistigen Auge und er wurde aus der Röhre hinausgefahren. Er setzte sich auf und nahm die Kopfhörer ab.

»Alles in Ordnung?«, fragte die Arzthelferin.

»Entschuldigung, ich kann so nicht arbeiten«, antwortete er mit bebender Stimme.

Sie sah ihn mitfühlend an: »Ja, es ist schon sehr eng in der Röhre. Das können viele nicht gut ertragen.«

»Das meinte ich nicht. Dieser Krach!«

»Wieso?«, fragte die Arzthelferin, »Sie haben sich doch selbst Wagner ausgesucht, oder?«

»Herrgott, nicht Wagner! Dieses laute Hämmern oder Klopfen, wenn der Apparat in Betrieb ist. Das geht im Rhythmus komplett gegen die Musik! Wie soll ich mich denn da konzentrieren?«

»Das ist ein Magnetresonanztomograph, der macht nun mal solche Geräusche. Das kann ich nicht ändern.«

Jochen schüttelte den Kopf: »So geht das nicht. Bitte rufen Sie Herrn Xaverius.«

»Der Herr Doktor ist beschäftigt.«

Sie betonte den Titel, als wolle sie Jochen eine Lektion in Höflichkeit erteilen.

»Ich habe selbst einen Doktor«, sagte er zu ihr, »aber nicht in Medizin, und ich lege auch nicht viel Wert darauf. Wenn Sie nun bitte Ihren Chef holen wollen!«

»Er kann jetzt nicht. Das sagte ich doch gerade.«

»Dann streichen Sie mich von der Liste der freiwilligen Probanden. Ich glaube aber nicht, dass Sie unter diesen Umständen sonst jemanden finden, der etwas von Musik versteht.«

Die Arzthelferin warf ihm einen säuerlichen Blick zu und verschwand hinter einer Tür. Etwas später betrat sie zusammen mit Dr. Xaverius den Raum.

»Sie haben ein Anliegen?«, fragte der Radiologe.

»Ich habe mich mit größtem Enthusiasmus für diese Studie gemeldet, weil ich es wirklich faszinierend finde, was Musik im Gehirn auslöst«, holte Jochen aus. »Aber damit Sie untersuchen können, was in meinem Kopf passiert, muss ich auch konzentriert zuhören können. Es geht ja wohl nicht um die Vorgänge beim passiven Berieseln mit Hintergrundgedudel, sondern um die Wirkung ernsthafter Musik auf ein ausgebildetes Gehör. Es ist nicht akzeptabel, dass ...«

»Entschuldigung«, unterbrach Dr. Xaverius fahrig. »Worum geht es eigentlich?«

Jochen hatte den Eindruck, der Arzt hatte ihm überhaupt nicht zugehört.

»Diese Maschine hier macht einen Höllenlärm«, sagte er knapp.

»Leider ist es nicht möglich, die Geräusche beim MRT zu unterdrücken. Der Wechsel der Magnetfelder hat leider diesen Nebeneffekt«, sagte Dr. Xaverius und wendete sich an seine Arzthelferin: »Ingrid, haben wir noch einen anderen Kopfhörer, der besser abdichtet?«

Sie zuckte die Achseln, ging zu einem Schrank und begann lustlos zu wühlen.

Dr. Xaverius drückte Jochen die Hand: »Ich habe momentan leider wenig Zeit. Es wäre mir aber sehr unrecht, Sie als Probanden zu verlieren. Versuchen Sie es noch einmal, bitte.«

Bevor Jochen etwas antworten konnte, war der Röntgenarzt schon wieder weg. Hatte er der Arzthelferin beim Hinausgehen zugezwinkert oder hatte Jochen sich das nur eingebildet? Die Arzthelferin hielt ihm ein anderes Paar Kopfhörer entgegen: »Vielleicht probieren Sie es damit?«

Jochen seufzte, setzte sich den neuen Kopfhörer auf und ließ sich wieder in die Röhre schieben. In der Oper machten sich Wotan und Loge abermals auf den Weg nach Nibelheim, um Alberich den Nibelungenschatz abzunehmen. Das Dröhnen und Hämmern der unterirdischen Schmiede wurde immer noch von fern durch das Dröhnen und Hämmern des MRT gestört. Jochen versuchte es auszublenden, aber das lenkte seine Konzentration von der Musik ab. In der glatten Röhre, die ihn umgab, fiel ihm eine Vertiefung auf, so als ob jemand mit einem Hammer dort hineingeschlagen hätte. Seltsam. Ob sich vor ihm schon mal jemand so aufgeregt hatte über das laute Klopfen, dass er von innen auf das Gerät eingeschlagen hatte, überlegte Jochen. Aber dafür war hier drinnen ja gar kein Platz. Und einen Hammer hatte man normalerweise auch nicht dabei. Im Gegenteil, die Arzthelferin hatte ihn ausdrücklich gebeten, alle metallischen Gegenstände in der Kabine zu lassen.

Reiß dich zusammen, sagte er zu sich. Alles, was du denkst, wird aufgezeichnet. Sie werden sehen, welche deiner Hirnareale aktiv gewesen sind. Und da wird das falsche Hirnareal aufleuchten, wenn du nicht endlich der Musik zuhörst, statt irgendwelche Hammergeschichten zu erfinden. Mühsam kehrten seine Gedanken zurück zu Wagner und dem Rheingold.

2

Ein erster Todesfall

Christine rückte sich auf dem Sofa in eine aufrechte Position, um nach dem Weinglas zu greifen. Das Telefon auf dem Couchtisch war laut gestellt und plapperte mit der Stimme ihrer Freundin Steffi vor sich hin. Es ging um neue Vorhänge für ihr Schlafzimmer, und dass sie überall Pfingstrosen aufgestellt habe, um gemäß Feng Shui das ermattete Sexualleben mit ihrem Mann zu beleben. Gedankenverloren streifte ihr Blick den Fernseher. Ihr fiel ein, dass sie gerade eine ihrer Lieblingssendungen verpasste. »Steffi«, fragte sie, »guckst du auch manchmal diese Kochen-für-Gäste-Sendung?«

Das Telefon schwieg kurz, dann bejahte Steffi die Frage vorsichtig. Christine wusste, dass Steffi auch Talent für das Kochen und Bewirten von Gästen hatte. Sie selbst konnte sich kaum für die Sendung bewerben. Ihre Kochkünste waren mangels Zeit und Übung zur Salat- und Mikrowellenküche verkümmert.

Unvermittelt tönte eine Frage aus dem Telefon: »Ist Hannibal bei dir im Wohnzimmer?«

Christine zuckte zusammen, denn sie hatte schon gar nicht mehr auf ihn geachtet, das konnte gefährlich werden. Sie sah sich hektisch im Wohnzimmer um und fixierte den kleinen taumelnden Schatten vor der Tischlampe. Sie lächelte: »Ja, ich habe ihn gefunden.«

»Welche Farbe hat er denn jetzt? Die vom Vorhang?«

»Ich habe dir doch schon gesagt, dass das mit der Farbanpassung an den Hintergrund ein Märchen ist.

Er ist grün, wie immer, nur manchmal ist Hannibal rot, wenn er böse wird.«

»Wenn er böse wird? Dazu hat er doch gar keinen Grund, du verwöhnst ihn ja geradezu. Wie alt wird ein Chamäleon eigentlich? Unser Hund wurde gerade mal acht Jahre. Und das Meerschweinchen Willi, mein Gott, das habe ich dir noch gar nicht erzählt. Willi ist das neue Meerschweinchen von Luca, ich meine, das gewesene neue Meerschweinchen. Ich habe ihm gesagt: Du kriegst keins mehr! Immer dieses Theater um die Viecher, und dann muss ich die Käfige sauber machen. Aber das tat mir dann schon leid, als dieser kleine Körper da so tot am Boden lag. Aber was erzähle ich dir, du siehst ja dauernd Leichen ...«

Christine wusste nicht, ob sie noch eine der tödlichen Geschichten um die Haustiere von ihrem Patenkind Luca ertragen wollte. Steffi ließ auch nichts aus, um der Entspannung nach Feierabend entgegen zu wirken. Aber mit den Leichen hatte sie recht. Christine hätte sich auch eine andere Arbeit suchen können. Vielleicht bei einer Bank. Oder sie hätte Biologie studieren können. Doch damals konnte sie sich keinen anderen Beruf vorstellen als den der Binnenschifferin.

Ihr Vater fuhr regelmäßig mit dem Schiff auf dem Rhein zwischen Mannheim und Köln. Manchmal nahm er sie auf dieser Route mit. Er hatte für sie an Deck einen bequemen Liegestuhl aufgestellt, in dem sie regelmäßig einschlief. Besonders dann, wenn das Schiff im Hafen von den Wellen gewiegt wurde. Die Geräusche der Gabelstapler und Kräne für das Löschen der Ware war sie gewohnt. Sie hörte sie gar nicht mehr. Umso angenehmer plätscherten die Wellen an den Rumpf des Schiffes. Bis der Vater die unvermeidbare Rückfahrt antrat, zurück zur Mutter und zu den Geschwistern. Sie liebte es, draußen auf dem Wasser zu sein. Entgegen aller Bedenken, die die Familie äußerte, machte sie so früh wie möglich den Bootsschein. Die Ausbildung zur Polizistin war danach ein Kompromiss gewesen. Denn obwohl sie als Bootsführerin zugelassen wurde, gab es keinen Arbeitgeber, der eine Frau einstellen wollte. Bei der Polizei nahm man sie ohne weitere Umstände auf. Ein Glücksfall, dass gerade bei der Wasserschutzpolizei Mitarbeiter gesucht wurden. Am Anfang machte ihr die neue Aufgabe Spaß, doch dann geschah das Unglück, das alles in ihrem Leben veränderte: Es gab einen schrecklichen Unfall, und das ausgerechnet während ihrer Schicht auf dem Polizeiboot. Es war einer dieser Zufälle, die das Leben schreibt, wenn es gerade besonders gehässig und erbarmungslos gelaunt ist.

Ihr Vorgesetzter war ein fürsorglicher Typ, der bemerkte, wie sie bei ihrer Arbeit litt, weil sie immer wieder an die furchtbaren Ereignisse erinnert wurde. Er legte ihr nahe, in einen anderen Polizeibereich zu wechseln, am besten in eine höhere Laufbahn. Sie begann noch einmal die Schulbank zu drücken und bewarb sich nach dem Studium bei der Kripo. So war sie zur Kriminalkommissarin beim Morddezernat geworden.

Steffi hatte damals nicht verstanden, wieso die Arbeit auf dem Polizeiboot schlechter sein sollte als diejenige mit Leichen. Aber Christine musste dabei nicht befürchten, auf einen sterbenden Menschen zu treffen. Die Ermordeten am Tatort waren bereits tot, wenn sie dazukam. Das hatte etwas Verlässliches und Beruhigendes.

»Hörst du mir überhaupt noch zu?«, fragte Steffi mit Empörung in der Stimme.

Christine erschrak. »Entschuldigung, ich war gerade in Gedanken woanders. Was habt ihr mit dem Meerschweinchen eigentlich gemacht?«

»Also«, fing Steffi an, »deswegen rufe ich dich eigentlich an.«

Christine ahnte schon, was jetzt kommen würde. Als Steffis Hund starb, hatte sie den Cockerspaniel im Garten beerdigt. Sie hatte sich eine Zeremonie ausgedacht und den weinenden Jungen damit getröstet. Steffi war ihr damals sehr dankbar gewesen. Doch leider blieb es nicht bei diesem einen Todesfall. In Steffis Garten wurden mittlerweile ein Hamster, zwei Wellensittiche und eine Kröte beerdigt.

»Was macht ihr nur immer mit den armen Viechern?«, murrte Christine.

»Ich weiß, aber Puschel ist an Altersschwäche gestorben, ich schwöre es.«

»Du hast mir eben gesagt, dass es ein neues Meerschweinchen war!«

»Es war nicht ganz neu.«

»Was dann? War es ›gebraucht‹?«

»Ist das ein Verhör? Lucas Freund hat auch Meerschweinchen. Er wollte eins loswerden.«

»Und das hatte schon die besten Jahre hinter sich oder was?«

Am anderen Ende des Hörers machte sich ein Schweigen breit.

Christine seufzte. »Also gut, aber du musst mir versprechen, dass ihr euch keine Tiere mehr anschafft.«

»Du hast ja recht«, sagte ihre Freundin, »aber du weißt ja, wie Luca ist.«

Christine sah auf die Armbanduhr. Das Telefonat hatte länger gedauert als gedacht.

»Ich muss jetzt Schluss machen. Morgen muss ich früh wieder raus.«

»Gut, dann grüß mal Hannibal von mir. Tschüss, melde dich mal wieder.«

Christine stellte den Hörer in die Ladestation. Sie streckte sich und gähnte. Dann ging sie zum Beistelltisch neben dem Fernseher und beugte sich zu ihrem Mitbewohner hinunter. Hannibal würde hoffentlich noch lange leben. Das Chamäleon war noch nicht ganz ausgewachsen. Es bewegte seinen kleinen Körper schaukelnd über das Zierdeckchen.

»Wie bist du denn dahin gekommen?«, fragte sie leise und nahm das Chamäleon behutsam auf die Hand. Hannibal war ein Jemenchamäleon, das einen spitz zulaufenden, segelförmigen Kopfschmuck trug. Der Zoohändler hatte ihr gesagt, dass es sich um ein männliches Exemplar handelte. Der einzige Mann, mit dem sie es mehr als sechs Monate ausgehalten hatte. Hannibal wanderte ihren Arm hinauf. Es war ein kitzeliges Gefühl, denn er klemmte ihre Haut dabei zwischen dem vergrößerten Daumen und seiner fingerlosen Hand leicht ein. Er blickte sie aus großen rotierenden Augen an und schmatzte auf seiner Zunge herum.

»Nein, jetzt gibt es nichts mehr. Auch die Fresstiere schlafen«, antwortete sie auf die wortlose Frage und setzte den kleinen Ausreißer mit kritischem Blick zurück ins Terrarium. Dann trug sie das Weinglas in die Küche und knipste im Wohnzimmer alle Lampen aus. Als sie im Schlafzimmer ihr viel zu großes Bett sah, fiel ihr auf, dass sie wieder mehr menschliche Gesellschaft gebrauchen könnte.

3

Der Unfall

Jochen hatte seine zweite Sitzung im MRT hinter sich. Der Krach in der Röhre hatte ihm diesmal schon weit weniger ausgemacht. Das Hirn ist sehr anpassungsfähig, dachte er. Nach der Untersuchung musste er noch einen Fragebogen ausfüllen, den er schon vom letzten Mal kannte, und setzte sich dazu ins Wartezimmer. Er war nicht allein dort. Ihm gegenüber saß ein großer, drahtiger Mann Ende zwanzig mit kurz rasierten blonden Haaren, Dreitagebart und lässiger, aber teurer Markenkleidung. Jochen nickte ihm zu und positionierte den Bogen auf dem Klemmbrett. Doch der Kugelschreiber hinterließ nur einen farblosen Strich auf dem Blatt. Auch nachdem er ihn mehrfach geschüttelt hatte, blieb der nächste Schreibversuch ohne Erfolg.

»So einen Kugelschreiber hatte ich gestern«, sagte sein Gegenüber. »Holen Sie sich lieber einen anderen, einen weißen, die schreiben gut.«

Jochen bedankte sich und folgte der Empfehlung. Sein Fragebogen erfasste, wie er die Sitzung erlebt hatte, welche Gefühle und Assoziationen die Musik in ihm ausgelöst hatte. Es war gar nicht so leicht, das zu beschreiben. Als er grübelnd den Kopf hob, stellte er fest, dass sein Gegenüber ihn neugierig anblickte.

»Sie machen bei der Musikstudie mit?«, sprach er Jochen an und deutete auf den Fragebogen.

»Richtig, Sie auch?«

»Ja, ich bin gleich dran. Ich bin schon zum vierten Mal hier, ist schon fast Routine. Was haben Sie denn mit Musik zu tun?«

»Ich bin Musikwissenschaftler an der Uni Heidelberg«, erklärte Jochen.

»Ich bin DJ«, sagte der andere, »und bevor Sie fragen: Nein, man kann nicht davon leben.«

»Aha, und was machen Sie dann sonst so?«

»Mal dies, mal das. Ich organisiere und begleite Events. Und ich bin ... wie soll ich's nennen? ... Soundtüftler. Komponist darf ich mich ja wohl nicht schimpfen bei einem wie Ihnen«, grinste der andere.

»Nein, so sehe ich das nicht«, widersprach Jochen, »Komponieren ist das Zusammenstellen von Tönen, sei es nun für eine Sinfonie, für Filmmusik oder für Electric House. Das ist ganz egal.«

»Was wissen Sie denn über Electric House? Hören Sie so was überhaupt?«

»Ich gebe zu, nicht so gern wie Bach oder Schubert, aber ja, als Musikwissenschaftler sollte man offen für alles sein. Es gibt in allen Bereichen intelligente und dumme Musik.«

»Ich weiß, was Sie meinen. Es gibt viel zu viel dumme, nicht wahr?«

Jochen nickte lächelnd.

»Und wie sind Sie zur Studie gekommen?«

»Die Studie wird von der Universität finanziert, da lag es nahe, die musikalischen Kollegen zur Mitarbeit aufzufordern«, sagte Jochen. »Und Sie?«

»Ich kenne Dr. Xaverius persönlich. Er hat mich gefragt, ob ich teilnehmen will. Glauben Sie, dass in meinem Kopf etwas anderes passiert als in Ihrem, wenn wir Musik hören? Weil Sie Musikwissenschaftler sind und ich DJ? Glauben Sie, dass man das sehen kann, wenn wir im MRT liegen?«

Jochen hob die Schultern: »Ich weiß es nicht, ich bin auch kein Experte. Aber spannend ist das schon, nicht wahr? Kennen Sie die Bücher von Oliver Sacks?«

Der andere schüttelte den Kopf.

»Das ist ein Neurologe, der einige Bestseller geschrieben hat«, erklärte Jochen. »Falls es Sie interessiert, lesen Sie mal ›*Musicophilia*‹. Da erzählt er von Menschen mit schweren Hirnschäden. Einige haben ihre Sprache verloren oder können sich immer nur an die letzten drei Minuten erinnern. Aber selbst die können noch singen und Musik machen. Irgendwie scheint Musik von anderen Hirnfunktionen entkoppelt zu sein.«

Die Arzthelferin unterbrach sie: »Herr Lautenschläger, bitte.«

Der andere stand auf und verschwand in einer Kabine. Jochen gab seinen ausgefüllten Fragebogen ab. Er wollte gerade die Praxis verlassen, als er beinahe mit Dr. Xaverius zusammenstieß. Der Arzt wirkte nervös, schien ihn nicht zu erkennen und verschwand hinter einer der zahlreichen Türen. Jochen verabschiedete sich bei den Sprechstundenhilfen und ging nach draußen zu seinem Fahrrad. Von Mannheim zurück nach Handschuhsheim im Heidelberger Norden musste er eine gute Stunde fahren, aber das Wetter war sonnig und warm, und er kam ohnehin zu wenig vor die Tür. Jochen freute sich auf die Tour nach Hause und musste erst am Nachmittag zurück ins Institut.

Auf den Neckarradweg, den er schon oft gefahren war, hatte er keine Lust. Daher nahm er die Strecke an der Nordseite des Flusses. Er entschloss sich, den ruppigen, ungepflasterten Teil des Weges zu umfahren, und bog auf die Banater Straße ab. Hier gab es keinen Radweg und die Autos fuhren Tempo 70, aber es war kein allzu langes Stück.

Wenig später bereute Jochen seine Entscheidung. Der Verkehr war dicht und ständig drängelten hinter ihm Autofahrer, die nicht überholen konnten. Ein Wagen mit ziemlich lautem Motor fuhr besonders dicht auf. Jochen blickte über seine Schulter und erkannte Xaverius. Wie zuvor in der Praxis schien er nicht zu bemerken, wer sich da vor ihm befand. Der Radiologe fuhr ein Alpha Romeo Cabrio. Es war ein Oldtimer, ein eleganter und sehr gepflegter Wagen. Jochen interessierte sich sehr für historische Autos, da er selbst einen alten BMW besaß. Leider war dieser nicht so gut in Schuss. Er musste Xaverius beim nächsten Mal in der Praxis auf sein Schmuckstück ansprechen, nahm er sich vor, als dieser mit aufheulendem Motor zum Überholmanöver ansetzte. Jochen ärgerte sich. Xaverius fuhr zu schnell und hielt viel zu wenig Abstand vom Fahrrad. Rücksichtslosigkeit im Straßenverkehr war etwas, für das Jochen überhaupt kein Verständnis hatte.

»Hey«, brüllte er ihm nach, »aufpassen!«

Es war unverzeihlich, andere Leute in Gefahr zu bringen, bloß weil man es eilig hatte oder so stolz war auf sein Auto oder Aufmerksamkeit suchte, die man anders nicht ... aber was machte er denn da? Xaverius hatte Jochen offenbar gehört und hatte sich kurz nach hinten umgewendet. Statt der sanften Rundung der Straße zu folgen, kam der Wagen ab und fuhr auf den Grünstreifen.

»Halt!«, wollte Jochen schreien, aber es war schon zu spät. Der Radiologe versuchte noch, auf die Straße zurückzukommen, machte hektische Lenkbewegungen und verriss dabei das Steuer. Er verlor die Kontrolle und der Wagen prallte gegen einen Baum. Jochen sah, wie sich die Motorhaube zu einer unregelmäßigen Ziehharmonika faltete. Das grässliche Geräusch, das Knirschen des Metalls, kam bei ihm an wie durch einen übersteuerten Lautsprecher. Er spürte, wie sein Magen nach unten sank. Es konnte sich nur um Sekunden handeln, doch es schossen grässliche Bilder und Ängste durch seinen Kopf, die die Realität überlagerten. Blut, zerdrückte Körper, bizarr verformte Metallteile, brennende Wracks, Karawanen von Rettungsfahrzeugen und schwerem Gerät. Das alles schoss ihm durch den Kopf, als ob sein Gehirn durch den Autounfall vor ihm alles aus den Tiefen holte, was es dazu gespeichert hatte. Für einen Moment wurde ihm flau, doch dann begann das Adrenalin zu wirken, das der Schock ausgeschüttet hatte.

Jochen trat in die Pedale so schnell er konnte. Er sprang vom Rad, warf es ins Gras des Randstreifens und öffnete zitternd die Fahrertür. In diesen alten Fahrzeugen gab es keinen Airbag. Der Arzt war zwar angeschnallt gewesen, aber fiel ihm wie ein nasser Sack entgegen, als Jochen den Gurt löste. Er fing ihn auf, so gut er konnte.

»Herr Xaverius? Alles in Ordnung?«, fragte er.

Xaverius blutete aus einer großen Wunde am Kopf. Er schien nahe der Bewusstlosigkeit: »Hilfe«, sagte er tonlos, »Notruf.«

»Ich kümmere mich gleich darum. Aber erst mal müssen Sie hier raus.«

Er versuchte ihn unter den Achseln anzuheben, erst von vorne, dann von hinten. Es ging nicht. Von Xaverius kam keine Unterstützung und Jochen wurde immer nervöser und fahriger. Was mache ich hier eigentlich, dachte er und sah sich verzweifelt nach Helfern um. Wenn ich ihn zu grob anfasse, verletze ich ihn womöglich noch mehr. Dann ist er querschnittsgelähmt und ich bin verantwortlich.

Endlich hielt jemand an. Die Fahrerin eines roten Golfs kam Jochen zu Hilfe. Sie schafften es, den Arzt herauszuheben, und schleppten ihn gemeinsam vom Auto weg. Jochen hatte keine Ahnung, ob der Wagen brennen oder gar explodieren konnte, wie man es immer in den Filmen sah. Aber er wollte es nicht darauf ankommen lassen. Der Arzt war ein schlanker, eher kleiner Mann, doch Jochen und seine Helferin hatten ihre liebe Mühe, ihn gemeinsam über den Boden zu schleifen. Schließlich legten sie ihn im Gras ab.

»Können Sie den Notarzt rufen?«, fragte Jochen seine Helferin. Die nickte und zog ihr Handy heraus. Xaverius versuchte noch einmal zu sprechen.

»Nicht«, sagte Jochen, »sagen Sie nichts, bleiben Sie liegen, ruhen Sie sich aus.«

Im Stillen dachte er, dass er das am liebsten auch tun würde. Die Situation zerrte an seinen Nerven und Kräften.

»Crescendo«, flüsterte Xaverius.

»Crescendo?«, wunderte sich Jochen. »Was meinen Sie damit? Nein, erklären Sie es mir nicht.«

»Crescendo«, wiederholte Xaverius, schloss die Augen und regte sich nicht mehr.

»Herr Xaverius? Hallo?« Jochen rüttelte ihn vorsichtig an der Schulter, doch der Arzt schien das Bewusstsein verloren zu haben. Was sollte Jochen mit ihm machen? Stabile Seitenlage? Aber wie ging das noch mal? Der letzte Erste-Hilfe-Kurs lag schon Jahrzehnte zurück. Er schwor sich, wenn das hier überstanden wäre, würde er sich sofort für einen Kurs anmelden. So hilflos und elend wollte er sich nie wieder fühlen. Fast wünschte er sich, die Situation wäre umgekehrt. Hätte er den Unfall gehabt, dann hätte Xaverius als Arzt sofort gewusst, was zu tun gewesen wäre.

Er bettete den Arzt seitlich auf das Gras. Der Kopf von Xaverius hing schlaff über dem Boden. Aus dem leicht geöffneten Mund floss eine übel riechende Masse. Jochen sah, wie sich das linke Hosenbein langsam mit Blut tränkte. Er fühlte den Puls an Xaverius' Handgelenk, bloß um irgendetwas zu tun. Jochen konnte ja nicht nur dabei sitzen und zusehen, wie ihm Xaverius einfach so wegstarb. Der Puls war nur schwach zu spüren, aber er war da. Nur entfernt bekam er mit, wie die Golffahrerin am Telefon die Fragen des Rettungsdienstes beantwortete. Dann sagte sie zu Jochen: »Sie wollen, dass wir seinen Kopf nach hinten überstrecken und prüfen, ob er noch atmet.«

Jochen kniete sich unsicher vor Xaverius. Seine Helferin rief: »Halt, wir sollen noch Handschuhe anziehen, ich hole welche aus dem Auto.«

Sie rannte wieder davon mit dem Telefon am Ohr. Jochen bemerkte, dass Xaverius wach wurde. Er hustete und spuckte das Erbrochene vor Jochens Knie. Es roch säuerlich und Jochen musste sich zusammennehmen, um sich nicht abzuwenden. Es war beklemmend, den Arzt auf ein Bündel von Körperfunktionen reduziert zu sehen.

»Der Rettungswagen ist gleich da«, sagte er in beruhigendem Tonfall.

Xaverius murmelte etwas Unverständliches, dann rollten die Augen, bis das Weiße darin sichtbar wurde, und er war wieder ohnmächtig. Jochen gab ihm leichte Klapse auf die Wangen. Bleib da, bleib da, bleib da, murmelte er im Geist wie eine Beschwörungsformel. Inzwischen kam die Golffahrerin mit dem Verbandskasten an.

»Haben Sie den schon mal benutzt?«, fragte sie.

Jochen schüttelte den Kopf: »Ich fahre meistens mit dem Rad.«

Die Golffahrerin seufzte und wühlte in dem kleinen Kasten herum. Dann streckte sie ihm ein Päckchen entgegen: »Ich habe die Handschuhe gefunden, wollen Sie? Ich bin Software-Beraterin, ich habe davon keine Ahnung.«

»Und ich bin Musikwissenschaftler«, erwiderte Jochen.

»Na wunderbar«, antwortete die Golffahrerin, »und jetzt?«

»Geben Sie schon her«, sagte Jochen und versuchte, in die Handschuhe hineinzuschlüpfen. Es schien, als solle heute alles von ihm abhängen.

Inzwischen hatten weitere Autos am Rand angehalten und Schaulustige versammelten sich auf der Wiese.

»Hat schon jemand den Notarzt gerufen?«, fragte jemand und ein anderer Mann sagte vorwurfsvoll: »Wie haben Sie ihn denn da hingelegt? Das sieht ja nicht richtig aus!«

Jochens Verzweiflung über seine eigene Hilflosigkeit kippte in Ärger um. War er denn für alles verantwortlich?

»Bitte sehr! Ich reiße mich nicht darum«, rief er mit bebender Stimme.

Jochen machte eine Handbewegung zu Xaverius' Körper, um den anderen einzuladen, es besser zu machen, aber dieser verdrückte sich schnell wieder. Wo blieb nur der Rettungswagen? Jochen nahm den Kopf des Arztes in beide Hände und legte ihn in den Nacken.

»So?«, fragte er in die Runde der Gaffer.

»Sie machen das ganz wunderbar«, sagte die Golffahrerin, »die haben gesagt, wir müssen ihn auf den Rücken drehen und die Atmung prüfen.«

»Ich lege ihn bestimmt nicht mehr auf den Rücken, sein Bein ist voller Blut«, zeterte Jochen. »Außerdem hat er sich erbrochen, nachher erstickt er uns noch. Wer weiß, was man da falsch machen kann!«

»Die haben gefragt, ob sich der Brustkorb hebt, wie sollen wir das sonst erkennen?«

»Der Brustkorb hebt sich, sehen Sie?«

»Gott sei Dank, er atmet, sonst hätten wir reanimieren müssen, sagen die. Dreißig Mal drücken und zweimal beatmen.«

»Was?«, schrie Jochen. »Und das sagen Sie erst jetzt? Sie haben Nerven.«

Die Golffahrerin zuckte mit den Schultern und sagte kleinlaut: »Ich weiß es ja auch nicht.«

Immer wieder hielten andere Autofahrer und fragten nach, was denn passiert sei, ob man helfen könne, ob der Rettungsdienst informiert sei, und wieso er noch nicht da war. Die Zeitspanne, bis der Krankenwagen kam, erschien Jochen endlos und er war froh, als er die Verantwortung in die Hände der professionellen Retter abgeben konnte. Ein Arzt fragte Jochen, ob er ebenfalls Hilfe brauche, aber er wehrte ab und beteuerte, es ginge ihm gut. Erstaunlich, wie ruhig diese Leute trotz aller Hektik wirken. Ich hätte nicht die Nerven dafür, das weiß ich jetzt, dachte er.

Xaverius wurde auf eine Trage gelegt und in den Wagen geschoben. Erst als das Martinshorn ertönte und der Rettungswagen wegfuhr, nahm Jochen wieder seine ganze Umgebung wahr, sah das Autowrack am Baum, die Reifenspuren und Blutflecken im Gras, die Leute, die herumstanden und glotzten. Inzwischen war auch die Polizei eingetroffen. Er fühlte sich schwach und fror trotz des warmen Sonnenscheins. Seine Beine zitterten. Jemand legte ihm eine Decke um die Schultern. Der Pulk der Neugierigen löste sich allmählich auf. Die Fahrerin des Golfs drückte ihm rasch die Hand. »Das haben Sie wirklich toll gemacht. Als Musikwissenschaftler, meine ich«, sagte sie, bevor sie wieder in ihren Wagen stieg.

Ein Polizist untersuchte dünne Streifen von Flüssigkeit auf der Straße, die in Richtung des Unfallwagens führten und die Jochen vorher nicht bemerkt hatte. Wasser konnte das nicht sein, das wäre längst verdunstet. Waren das Ölspuren? Er wurde abgelenkt durch einen anderen Polizisten, der Jochens Personalien und eine kurze Aussage von ihm aufnahm.

»Sollen wir Sie nach Hause fahren?«, fragte er anschließend.

»Ich habe mein Rad hier«, sagte Jochen und zeigte ins Gras.

»Sie wissen, dass Sie auf dieser Straße gar nicht mit dem Rad fahren dürfen? An der Kreuzung mit der Neckarstraße stehen Verbotsschilder.«

»Tatsächlich?«, fragte Jochen betroffen. »Die muss ich übersehen haben.«

»Benutzung eines für Fahrräder gesperrten Verkehrsbereiches mit Unfallfolge. Da wird eine Anzeige oder wenigstens ein Bußgeld fällig«, überlegte der Polizist.

Jochen ließ die Schultern sinken. »Was mache ich denn jetzt mit meinem Rad?«

»Sie haben einen leichten Schock erlitten. Sie sind im Moment sowieso nicht verkehrstüchtig. Wir kriegen Ihr Rad schon in unseren Kombi hinein.«

Jochen ließ sich überreden und nach Hause fahren. Als die Anspannung wich, fühlte er sich erschöpft und todmüde. Während er im Auto zur Ruhe kam, ging ihm auf, was der Polizist gesagt hatte. Benutzung eines für Fahrräder gesperrten Verkehrsbereiches mit Unfallfolge. Das hieß, dass der Unfall auch seine Schuld gewesen war. Er hatte Xaverius nachgerufen. Nur deswegen hatte der Arzt sich umgedreht.

4

Haupt-Sache

Stefan musste nicht klingeln. Christine hatte den schwarzen Wagen schon von ihrem Küchenfenster aus gesehen. Im Moment, als sie die Haustür öffnete, hielt der Kollege in der Einfahrt an.

»Guten Morgen«, rief er Christine entgegen, die ihm zu dieser Zeit gewohnt lethargisch entgegenlief und ihn nicht einmal ansah, während sie in den Wagen stieg.

»Harte Nacht?«, fragte er. Sie zog den Gurt über den beigefarbigen Kurzmantel und ließ ein leises »Nee« vernehmen.

»Ich habe eine Überraschung für dich«, stieß er nach einer Weile hervor.

»Fahr erst mal los«, brummte sie.

Er gehorchte und grinste weiter vor sich hin.

»Welche Überraschung?«, fragte sie nach einer Weile.

»Wir sind auf den heutigen Tag genau ein Jahr ein Team«, trällerte er munter und lenkte den Wagen in Richtung Handschuhsheim.

»Herzlichen Glückwunsch«, sagte sie und schloss noch einmal die Augen. Stefan Weiz war ihrer Meinung nach eine einzige Überraschung. Zu Beginn ihrer Zusammenarbeit hätte sie ihm jegliche Fähigkeiten abgesprochen. Damals hatte er so jungenhaft ausgesehen. Nun musste sie zugeben, dass er neben Elan und Sportlichkeit noch mehr zu bieten hatte. Außerdem war er charmant, und das waren bei weitem nicht alle ihre Kollegen.

»Daher habe ich dir ein Geschenk mitgebracht«, sagte er.

Sie zuckte innerlich zusammen. Oh je, was hatte er ihr nur gekauft, fragte sie sich.

»Jetzt mach doch mal die Augen auf«, quengelte Stefan, als er an der roten Ampel anhielt.

»Geht nicht«, murrte sie. Allerdings lächelte sie dabei innerlich. Irgendetwas fiel in ihren Schoß. Sie öffnete die Augen und sah auf eine entzückende, rot-weiß gepunktete Verpackung. Nun freute sie sich doch, obwohl sie darauf verzichtete, das zu zeigen. Es war einfach noch zu früh am Tag. Was mochte sich wohl hinter den vielen Punkten verbergen? Ein schweres Päckchen mit einem roten Bändchen, dem Schlupp. Zumindest sagten die Mannheimer so: »Schlupp« statt Zierschleife. »Ein schöner Schlupp«, dachte sie und sinnierte darüber nach, warum die Mannheimer das Wort »Schleife« nicht mögen. Die Fahrt von ihrer Wohnung am Tattersall zur Kriminaltechnik in der Hochuferstraße dauerte gerade mal zehn Minuten. Wie so oft am Morgen kreisten ihre Gedanken eine Weile um den gleichen Sachverhalt, ohne zu einem Ergebnis zu kommen: Schleife, Schlupp. Sie wachte wieder auf, als Stefan am Herzogenriedpark vorbeifuhr und schließlich beim Pförtnerhaus auf dem großen Parkplatz der Kriminaltechnik anhielt. Die Schranke versperrte ihnen den Weg.

»Ich packe es später aus, okay?«, fragte sie.

Stefan ließ die Seitenscheibe herunter. Er hielt seinen Dienstausweis aus dem geöffneten Fenster. Die Schranke öffnete sich und der Pförtner winkte ihn durch.

»Wahnsinn, wie viele Autos hier stehen. Guck mal dort, das weiße. Mann, ist das verbeult.« Stefan schnalzte mit der Zunge.

»Wir müssen eins weiter links«, sagte Christine. Als sie nach hinten zu den Fahrzeuggruben fuhren, staunte sie nicht schlecht. Der Arzt war mit einem Oldtimer verunglückt. Sie hätte eher einen teuren, aber einfallslosen Sportwagen erwartet. Bei so einem alten Auto musste der Mechaniker ja quasi schon eingebaut sein, um es fahrtüchtig zu halten. Vielleicht hatte Dr. Xaverius ja mehr drauf als nur die Medizin, dachte sie.

»Ä Schätzelsche«, rief der Kriminaltechniker Karsten Haupt, als die beiden ausstiegen.

»Ja«, seufzte Stefan, »aber ein ziemlich demoliertes Schätzchen.«

Trotzdem wirkte ihr schlichter schwarzer Dienstwagen neben dem rotglänzenden Oldtimer fast schäbig. Die Atmosphäre einer Autowerkstatt umfing sie, allerdings roch es hier eher nach Chemie als nach Öl und Lack. Sie ging zu Herrn Haupt und gab ihm die Hand.

»Ach, so ä zardes Händsche«, sülzte er und grinste sie unverhohlen an, mit der anderen Hand lässig am Wagen abgestützt.

»Vorsicht, vor 10 Uhr ist sie ungenießbar«, warnte Stefan. Doch Haupt ließ sich nicht beeindrucken. Er war einer dieser Typen, die ihren vermeintlichen Charme mit der Gießkanne verteilten. Wenn man nicht rechtzeitig zur Seite sprang, bekam man ungewollt etwas davon ab. Verlässlichen Gerüchten zufolge hatte Karsten Haupt mit seinen vierzig Jahren noch nie eine Beziehung gehabt. Wen wunderte es. Doch Haupt hatte auch seine guten Seiten. Er verwandelte sich in einen sachlichen Tüftler, sobald man ihm eine Aufgabe stellte. Im vorliegenden Fall hatte die Hauptarbeit schon jemand vor ihm erledigt. Einer der Polizisten am Tatort hatte auf der Fahrbahn einen Flüssigkeitsstreifen entdeckt. In der sommerlichen Hitze war der Streifen schon eingetrocknet. Die Probe, die er genommen hatte, ließ sich trotzdem einwandfrei identifizieren: Es war Bremsflüssigkeit ausgelaufen. Und so, wie es sich für Herrn Haupt darstellte, war der Bremsschlauch mit einem scharfen Gegenstand beschädigt worden.

»Des meeschde hawwisch eisch jo schun per Mail gschriwwe«, sagte Haupt. »Bei dä neie Audoos kummt ma an die Bremsleidung gar nimmä dro. Doch bei de Oldtimer is däs gar kää Probläm.«

»Einfach drunter legen und mit dem Messer durchschneiden?«, fragte Stefan.

»So uugfähr«, sagte Haupt. »Allerdings is der Schlauch ned gonz durschdrennd wodde, vielleischt wurd der Täder gsschdeerd. Ä Messa war des a nedd, irgendwas onneres Schaarfes.«

Er zwinkerte Christine zu. Sie zog eine Grimasse.

»Des muss, wemma die Meng on Bremsflissischkeid bereschned, die in ääner Zeitoinheid dursch de Schlauch auslaaft…«, begann Haupt.

»Wann ist es passiert?«, fragte Stefan, um das Gespräch abzukürzen.

»Des is ned so äfach. Wenn Xaverius viel bremse mussd, is des Sunndaachobend bassiert, wenn er wenisch gebremsd hod, donn Sunndaach nochmiddags.«

»Das ist doch schon mal was«, sagte Stefan zufrieden.

»Isch hab hier iwrigens noch ä Händie vum U'fallopfer. Fra Sümeral, eier Kolleschin mit der dunkle Verfihrerinnestimm, hod misch deswege o'g'rufe.«

»Herr Haupt, können Sie ein einziges Mal versuchen, einen Satz ohne Anspielungen zu formulieren«, fragte Christine genervt.

»Hajo, macht awwer kän Spass«, sagte er und drückte ihr die Plastiktüte in die Hand. Stefan warf einen Blick auf das Handy.

»Das ist ja ein Steinzeitmodell«, stellte er fest.

»Yasemin kann die Verbindungsdaten checken, dann wissen wir, mit wem der Besitzer telefoniert hat«, sagte Christine.

»Große Oosprisch hod der jo ned g'habd«, meinte Haupt.

»Er lebt noch«, erklärte Christine, »also kein Grund, in der Vergangenheit von ihm zu reden.«

»Des wär doch emol en Grund, sich ä g'scheides Händie zu kaafe!«

»Na bitte«, meinte Christine. »Das war doch mal ein Satz ohne Anspielungen.«

»Isch bin geheild«, rief Haupt, dann klopfte er zum Abschied auf die Haube des Dienstwagens, »un bringd mir mol ä Fodo vun Fra Sümeral midd.«

»Mach ich«, sagte Stefan, und beide Kommissare stiegen in den Wagen.

»Sag mal, spinnst du?«, fragte Christine kopfschüttelnd. »Du kannst doch nicht Yasemins Foto einfach an Haupt weitergeben.«

Stefan schnallte sich an: »Doch kann ich, so kann es nicht weitergehen mit ihm.«

Also, das war ja die Höhe! Stefan wollte Amor spielen und ihre arme Kollegin an diesen Schmierenkomödianten ausliefern. Diese Männer hielten einfach immer zusammen. Christine nahm sich vor, Yasemin zeitnah vorzuwarnen.

5

Die Dame des Hauses

Stefan lenkte den Wagen umständlich in eine Auffahrt, die zu einem größeren alleinstehenden Haus gehörte. Christines Blick fiel auf einen schmalen Zugang. Links und rechts standen gepflegte Hecken. Entweder hat einer in der Familie Xaverius einen grünen Daumen, oder hier war ein Profi am Werk, dachte sie.

Sie steuerten auf einen pompös gestalteten Hauseingang zu. Auf der Einfahrt, die zur Garage führte, ragte ein unschöner Betonstumpf aus dem Boden, der nicht zu dem Ambiente passte. Stefan wäre fast darüber gestolpert. Als sie die Haustür erreicht hatten, drückte Christine auf die Klingel.

»Jetzt kommt der unerfreuliche Teil«, raunte er ihr zu. »Lass mich es der Familie erklären. Du bist manchmal ...«

»Nicht besonders einfühlsam?«, ergänzte Christine, nickte Stefan zu und klingelte ein weiteres Mal. Dann wurde die Tür geöffnet. Eine Frau stand vor ihnen: groß, relativ schlank, dunkles Haar, verkniffene Züge um den Mund. Ein grünes T-Shirt über schwarzen Leggins. An den Füßen trug sie Garten-Clogs. Sie sah irgendwie zerknüllt und verschwitzt aus.

»Wollen Sie zu meinem Mann?«, fragte sie. Ohne die Antwort abzuwarten drehte sie sich nach hinten und rief nach oben: »Frank, du hast Besuch!«

»Er ist nicht da«, antwortete Christine. Stefan schnaubte ungehalten und stieß sie in den Rücken. Frau Xaverius starrte die Kommissare an wie zwei Kinder, die ihr zu Halloween »Süßes oder Saures« zur Auswahl gestellt hatten, unvorbereitet und unangenehm überrascht.

»Sie sind Frau Xaverius, nehme ich an? Dürfen wir reinkommen?«, fragte Christine und zückte ihren Dienstausweis.

»Sie können doch gar nicht wissen, ob mein Mann da oben schläft. Es ist Mittwoch, da kommt er immer früher und legt sich hin«, sie stutzte. »Es sei denn, es wäre ihm etwas passiert!«

Stefan mischte sich ein: »Wir haben eine schlechte Nachricht für Sie und würden das gern drinnen besprechen, wenn es möglich ist.«

Frau Xaverius öffnete stumm die Tür und ging mit klackernden Clogs in den nächsten Raum, die Küche. Die Einrichtung sah unfertig aus, als hätten die Handwerker beim Aufstellen irgendwann die Lust verloren. Es war nicht gerade die übliche Ausstattung einer Großstadt-Villa. Entweder hatte Familie Xaverius keinen Geschmack, oder ihnen war das Geld ausgegangen. Sie schenkte sich Kaffee ein und lehnte schlaff am Spülbecken. Die Ecke zwischen Spüle und dem friedlich brummenden Kühlschrank schien ihr Halt zu geben.

»Was ist ihm denn passiert?«, fragte sie und nahm einen Schluck. Die Frage klang eher neugierig, von Entsetzen keine Spur.

»Hat das Krankenhaus Sie nicht erreicht?«, fragte Stefan.

»Ich bin seit heute Morgen im Garten«, erwiderte sie.

»Ihr Mann hatte einen Autounfall«, sagte Christine.

»Einen Autounfall«, wiederholte sie. »Und? Letal?«

Im ersten Moment war Christine so überrascht, dass sie nichts zu sagen wusste, und das kam nicht häufig vor. Was hatte Frau Xaverius gesagt? Letal? Das war Mediziner-Jargon und hieß »tödlich«. Sie kannte den Begriff von Dr. Erhardt aus der Rechtsmedizin. Wie konnte Frau Xaverius so ungerührt herumstehen? Auch Stefan schnappte nach Luft: »Sie scheinen sich herzlich wenig für das Schicksal Ihres Mannes zu interessieren! Was meinen Sie überhaupt mit ›letal‹?«

Christine fixierte das Gesicht von Frau Xaverius und sagte: »Sie fragt sich, ob ihr Mann tot ist und ob sie sich den Anwalt für die Scheidung sparen kann.«

»Aber nein«, erwiderte Frau Xaverius, »ich bin ganz und gar derangiert und werde gleich auch ein bisschen weinen. Achtung! Oh, ich muss Sie enttäuschen, es klappt nicht.«

»Dann sagen Sie uns doch, wie es wirklich ist«, schlug Stefan vor.

»Was wollen Sie denn wissen? Sie können mich alles fragen«, sagte Frau Xaverius und genoss sichtlich das Spiel. »Im ›Tatort‹ sehen die Kommissare übrigens ganz anders aus. Männer mit verwegenen Blicken oder Frauen, die so eine respekteinflößende Art haben. Sie wissen schon?«

»Nein, das weiß ich leider nicht«, antwortete Christine langsam. Sie hatte genug von der verwöhnten Dame mit ihrem blasierten Getue.

»Wir haben wenig Zeit«, sagte Stefan. »Daher würde ich gern zur Sache kommen.«

Christine sprang ein: »Und daher die Kurzfassung: Ihr Mann ist mit dem Oldtimer gegen einen Baum gefahren. Die Bremsen haben versagt. Er ist jetzt im Uni-Klinikum und liegt im Koma.«

Frau Xaverius führte die Kaffeetasse langsam zum Mund. Christine wartete auf irgendeine emotionale Reaktion, ein Zittern, Schweißausbruch. Doch da war nur ein kurzes nervöses Zwinkern ihrer linken getuschten Wimpernreihe und der Moment des Schweigens, als sie den Schluck aus der Tasse nahm und diese wieder absetzte. Danach blickte sie beide wieder ausdruckslos an.

»Es ist nicht auszuschließen, dass jemand den Wagen manipuliert hat. Hat Ihr Mann Feinde?«, fragte Stefan.

»Nein«, sagte Frau Xaverius, »außer zu mir ist er zu allen anderen nett. Insbesondere zu den weiblichen Vertretern der Spezies.«

Woher hatte die Frau nur diesen affektierten Wortschatz, dachte Christine. Und wen wollte sie damit beeindrucken?

»Ich verstehe«, fasste Stefan zusammen. »Er hatte also ... wie sagt man ... gewisse Bekanntschaften.«

»Ja«, sagte sie, »genau solche Bekanntschaften.«

»Haben die Damen auch Namen?«, fragte Stefan und zückte sein Notizbuch.

»Namen?«, fragte Frau Xaverius und blickte ihn feindselig an. »Sie machen wohl Witze. In dem ›Institut‹, in dem er verkehrte, gibt es bestimmt hundert Nataschas oder Olgas. Wahrscheinlich geht mein Mann nach Alphabet vor.«

Das Wort Institut hatte sie entsprechend spitz betont. Ihr Blick war zu Boden gerichtet. Entweder suchte sie dort den Kunststoffboden nach Krümeln ab, oder es handelte sich um eine erste Gefühlsregung: Frau Xaverius schämte sich. Sie hatte ihren Mann nicht mehr für sich einnehmen können. Lieber traf er sich mit namenlosen Frauen. Das nagte an ihrem Selbstbewusstsein. Von dem war aber offenbar noch mehr als genug übrig.

»Wie heißt denn das sogenannte Institut?«, fragte Stefan.

»Warum sollte ich das wissen? Hören Sie, ich bin kein Detektivbüro! Ich habe es nicht nötig, solche Nachforschungen anzustellen und meinem Mann hinterherzulaufen. Ich sehe überhaupt nicht ein, Ihre Arbeit zu machen.«

»Das sollen Sie auch gar nicht«, beschwichtigte Stefan, »aber es wäre ganz schön, wenn Sie unsere Ermittlungen wenigstens unterstützen würden.«

Die Befragung verlief zäh, daran würde selbst Stefans Charme nichts mehr ändern. Es wurden Schritte an der Haustür hörbar und ein zaghaftes Klopfen. Dann drehte sich der Schlüssel im Schloss.

»Frau Xaverius?«, rief eine männliche Stimme im Flur.

»Kommen Sie ruhig rein, Bernhard«, antwortete diese. Die Küchentür schwang auf und herein trat ein Mann mittleren Alters. Er trug eine grüne Latzhose und einen braunen Schlapphut auf dem Kopf. Seine Füße steckten in schweren Stiefeln. Bernhard grüßte die Kommissare mit einem kurzen Kopfnicken.

»Unser Gärtner«, stellte Frau Xaverius klar. Dann sagte sie zu ihm: »Stellen Sie sich vor, mein Mann ist mit dem Oldtimer verunglückt.«

Der Gärtner schaute sie mit großen Augen an: »Was? Ja ... und ist ihm was passiert, ich meine, was Schlimmes?«

Christine antwortete: »Er ist im Krankenhaus.«

Bernhard zog den braunen Hut von dem verschwitzten Kopf herunter und zerknüllte den Stoff in seiner breiten Hand. »Gott sei Dank«, stieß er aus, »er ist nicht tot!«

»Noch nicht«, klärte ihn Frau Xaverius auf, »er liegt im Koma.«

Bernhard blickte von einem zum anderen.

»Das sind die Kommissare, die mir die Nachricht überbracht haben«, erklärte sie ihm, als sie den verwirrten Blick bemerkte.

»Sie sind also der Gärtner, Herr ...?«, fragte Stefan.

»Bernhard Hartmann heiße ich«, antwortete er brav und blickte Stefan an, als wäre dieser die Schlange und er das Kaninchen. Doch die Schlange notierte nur fleißig den Namen.

»Wozu haben Sie eigentlich einen Gärtner, wenn Sie selbst im Garten arbeiten?«, fragte Christine.

»Herr Hartmann ist für das Grobe zuständig, aber an meine Rosen lasse ich niemanden ran. Nicht wahr, Bernhard?«, antwortete sie.

Der Gärtner nickte schüchtern.

»Kennen Sie den Oldtimer von Herrn Xaverius?«, fragte Christine ihn. Frau Xaverius lachte hell auf.

»Passen Sie auf, was Sie sagen, Bernhard. Sie werden vielleicht verhaftet.«

Der Gärtner sah sie erschrocken an.

Leider konnte Christine es sich nicht leisten, so garstig mit Leuten umzugehen, wie diese Frau Xaverius. Die Kommissarin seufzte leise. Der Fall sah nach einer der üblichen Eifersuchtsgeschichten aus. Möglicherweise hatte der Arzt eine Geliebte gehabt und die Bekanntschaften aus dem Rotlichtviertel waren nur vorgeschoben. Manche Männer wagten es eher, der Ehefrau eine Prostituierte zu präsentieren als eine Geliebte. In diesem Fall war die Notlüge offensichtlich nach hinten losgegangen. Wenn es eine Lüge war. Aber vielleicht stimmte die Geschichte mit dem »Institut«. Sicherheitshalber mussten sie der Spur natürlich nachgehen. Wie auch immer, Frau Xaverius hatte den Wagen wahrscheinlich nicht manipuliert. Sie sah nicht nach einer Hobby-Mechanikerin aus. Aber in Mannheim war es ein Leichtes, jemanden für so einen Job zu finden. In der passenden Kneipe in der Hafengegend gab es immer Kandidaten, die sich gegen entsprechendes Honorar gern überreden ließen.

Das wird eine einfache Ermittlung werden, dachte Christine. Und danach gab es hoffentlich einen spannenden Fall in ihrem Revier.

6

Kim

Stefan starrte auf die Telefonnummer vor ihm und kniff die Lippen zusammen. Auf diese Sache hatte er überhaupt keine Lust. Leider hatte die Diskussion mit Christine nichts gebracht. »Wieso, ist doch mal eine Abwechslung, kann doch ganz nett sein«, hatte sie scheinheilig gemeint. »Ein Abendessen mit einer schönen Frau, und die Staatskasse zahlt auch noch. Das ist doch nicht zu verachten. Außerdem ist das nun wirklich ein Job für einen Mann.« Womit sie ja nicht unrecht hatte.

Im Hause Xaverius hatten sie nicht viel erfahren. Das Institut entpuppte sich schließlich als Escortservice. In Xaverius' Handy hatten sie eine Nummer mit dem Namen Kim gefunden. Beides deckte sich mit anderen privaten Notizen von Dr. Xaverius. Aber warum bestand Christine auf einen verdeckten Einsatz? Wieso erschienen sie nicht offiziell als Polizisten beim Escortservice und machten ihre Befragungen wie anderswo auch? Wieso luden sie diese Kim nicht einfach vor? Schließlich war Prostitution nicht mehr illegal. Aber Christine hatte darauf bestanden und behauptet, dass man in dem Gewerbe traditionell nicht gern mit der Polizei redete und dass er mehr herauskriegen würde, wenn er sich als Kunde ausgab. Und auch Yasemin hatte ihr zugestimmt.

Stefan gab sich einen Ruck und wählte die Nummer. Eine warme weibliche Stimme umgarnte sein Ohr: »Exklusiv Escort Mannheim. Guten Tag?«

»Guten Tag, Stefan Weiz mein Name. Ich hätte gern für heute Abend eine Begleitung engagiert.«

»Ja, gerne. Sind Sie schon Kunde bei uns?«

Stefan verneinte und musste zuerst seine persönlichen Daten samt Kreditkarte und Mobiltelefonnummer durchgeben.

»Ich rufe Sie gleich auf Ihrem Mobiltelefon zurück, das ist nur zu unserer Sicherheit«, sagte die Dame am anderen Ende und legte auf. Kurz danach klingelte Stefans Handy. »So, da bin ich wieder«, säuselte sie weiter, »haben Sie denn schon mal im Internet nachgesehen, wen Sie gerne buchen würden?«

»Ich bin ein Freund von Dr. Xaverius, der hat mir seine übliche Begleitung wärmstens empfohlen.«

»Wer, sagten Sie?«

»Dr. Xaverius. Der ist ein guter Kunde von Ihnen.«

»Verzeihen Sie, aber aus Gründen der Diskretion kann ich das nicht bestätigen.«

»Brauchen Sie auch nicht, ich weiß es auch so. Ich möchte nur seine Begleitung buchen.« Stefan versuchte, amüsiert zu wirken.

»Kennen Sie wenigstens den Vornamen? Dann kann ich Ihnen vielleicht weiterhelfen.«

»Ich bin mir nicht ganz sicher, aber ich glaube, es ist Kim?« Stefan dachte bei dem Namen an Kim Basinger in ihrer Rolle als Bond-Girl in »Sag niemals nie«. Ob die Kim von Dr. Xaverius wohl auch eine langhaarige Blondine war?

»Kim wollen Sie, ach so! Ich schaue mal nach, ob es heute Abend geht. Ja, da ist noch frei. Wann und wo möchten Sie sich treffen?«

Stefan nannte den Namen eines gehobenen italienischen Restaurants am Käfertaler Wald, weit weg von seiner Wohnung auf dem Lindenhof. Er hatte zwar aktuell keine Freundin, die er eifersüchtig machen konnte, aber irgendwie war ihm die Sache doch peinlich. Er hatte keine Lust, dass ihn Freunde oder Bekannte beim Abendessen mit einer hübschen Frau sahen, sich ihre Gedanken machten, und er hinterher dumme Fragen beantworten musste.

Er hatte beruflich schon mit Prostituierten zu tun gehabt, aber noch nie privat. Seine Einsätze hatten ihn auch noch nicht zu einem Escortservice geführt. Nur einmal in die Lupinenstraße. Die Frauen, die dort ihre Körper öffentlich feilboten, lösten eine merkwürdige Mischung von Gefühlen bei ihm aus. Er konnte die sexuellen Reize nicht ausblenden, sein Hirn reagierte unwillkürlich auf große Brüste und knackige Hintern. Aber wenn er sich vorstellte, tatsächlich mit einer der Frauen ins Bett zu gehen, verging ihm jeder Appetit. Es war so, als würde man einen Korb mit leckeren Früchten sehen, doch beim Näherkommen den feinen Schimmelrasen darauf bemerken. Der Ekel löste bei ihm Schuldgefühle aus. Diese Frauen waren doch Menschen, die kein leichtes Leben hatten, und ihr aufgedonnertes Äußeres war nur Fassade für ihren Job. Es war nicht fair, sich vor ihnen zu ekeln. Er war der am wenigsten geeignete Schauspieler für einen Freier, den er sich vorstellen konnte.

Die Damen eines Escortservice waren anders, nahm er an, deutlich niveauvoller. Aber machte es das besser? Es lief auf dasselbe hinaus, nur verdeckt durch eine Schicht aus Luxus und Kultur. Und wenn er dafür den Lackaffen mimen musste, machte es ihm die Sache auch nicht sympathischer. Aber da musste er nun durch.

Einige Stunden später stellte Stefan den Dienstwagen bei den Kollegen am Polizeirevier Käfertal ab. Ein Streifenpolizist, den er flüchtig kannte, kam aus dem Gebäude und musterte ihn. Er bemerkte wohl Stefans Aufzug, das Jackett, die Krawatte, die blankgeputzten, schwarzen Schuhe.

»Na, noch was vor heute?«, grüßte er Stefan.

Stefan nickte nur und trottete mit gesenktem Kopf davon. Er war zwar nicht besonders elegant angezogen, aber wer ihn kannte, wusste genau, dass er kaum etwas anderes trug als Jeans und Turnschuhe. Im Anzug kam er sich unbeholfen vor, eingesperrt wie in einer engen Schale. Außerdem war es heute Abend eigentlich viel zu warm für solche Kleidung. Den Rest der Strecke musste er zu Fuß hinter sich bringen. Es war nur ein guter Kilometer, doch jeden Schritt, der ihn dem Ziel näher brachte, machte er mit Widerwillen.

So langsam er auch lief, schließlich erreichte er das Restaurant. Der Italiener war gut besucht für einen Tag unter der Woche, und es gab viele Tische. Stefan sah sich um. Als Erkennungszeichen sollte er ein blaues Einstecktuch im Sakko tragen. Auch Kim würde etwas Blaues tragen, hatte ihm die Dame am Telefon gesagt. Es war schwierig, so kurzfristig ein blaues Tuch aufzutreiben. Christine hatte ihm eines besorgt, aber passend zu seinem Jackett war es nicht. Sie fand sogar, es sah verboten aus. Ihm war es egal.

In dem ganzen Lokal sah er nur eine einzige Frau, die allein an einem Tisch saß, direkt neben ihm am Eingang. Sie hatte ein Glas Rotwein vor sich, war weder hübsch noch jung und trug ein Halstuch, das eher türkis als blau war.

Stefan näherte sich ihr unschlüssig: »Guten Abend. Vielleicht verwechsle ich Sie, aber sind Sie Kim?«

Die Frau sah ihn mit gerunzelter Stirn an und schüttelte den Kopf. Sie fühlte sich offensichtlich gestört. Stefan wusste, dass er hier falsch war. »Entschuldigung. Wie gesagt, eine Verwechslung«, murmelte er und zog sich zurück.

Eine kleine, untersetzte Bedienung mit einem Stapel Speisekarten im Arm sprach ihn an: »Guten Abend. Haben Sie reserviert?«

»Ja, auf den Namen Kim, für zwei Personen.«

Du bist so ein Idiot, schimpfte er im Stillen, du hättest doch gleich danach fragen können. Der Escortservice hatte die Reservierung übernommen. Was sollte überhaupt der Quatsch mit den blauen Tüchern? Sollte das etwa die »Romantik« steigern?

»Schauen Sie, das ist da hinten«, sagte sie und deutete vage in eine Richtung. »Ihr Bekannter ist auch schon da.«

»Welcher Bekannte?«, wunderte sich Stefan, als sein Blick auf jemanden fiel, der ihn völlig vergessen ließ, warum er hier war. Das war doch …! Aber das konnte die Bedienung doch nicht wissen? Der Mann in Stefans Alter hatte blonde, kurz geschorene Haare und einen Dreitagebart, weshalb ihn Stefan nicht gleich erkannt hatte, denn zu Schulzeiten hatte er eine wilde Mähne getragen und war der Schwarm aller Mädchen gewesen.

Stefan ging mit großen Schritten auf den Tisch zu und strahlte: »Maik Lautenschläger? Das gibt's nicht!«

»Stefan? Das ist ja ein Zufall! Wir haben uns ja ewig nicht gesehen.« Maik grinste breit.

»Wie geht's denn? Was machst du so?«

»Ach, mal dies, mal das. Ich arbeite als DJ, organisiere Events und mache nebenher noch so einiges andere. Und du?«

»Ich bin bei der Polizei gelandet.« Stefan war es rausgerutscht, er hätte sich auf die Zunge beißen können. Wenn seine Verabredung in der Nähe saß und es gehört hatte ... Und sein Inkognito war auch hinüber. Unerkannt mit fremden Frauen speisen konnte er jetzt vergessen.

»Bei der Polizei, soso«, sagte sein alter Mitschüler und sein Ton wurde reserviert.

»Ich habe leider gar keine Zeit, ich bin hier gleich verabredet«, wand sich Stefan.

»Macht nichts, ich auch. Mit wem triffst du dich denn?«

»Kennst du nicht«, wollte Stefan sagen, aber dann stutzte er, denn ihm war etwas aufgefallen: Maik hatte einen dünnen schwarzen Pullover an, über seine Schultern war ein leichter dunkelblauer Schal drapiert. Ihre Blicke kreuzten sich. Stefan wollte es noch nicht begreifen, aber er sah, dass Maik es schon begriffen hatte.

»Willst du etwa zu mir?«, fragte Maik und zeigte auf Stefans blaues Einstecktuch.

»Du bist ...? Nein, das kann nicht sein! Das ist jetzt nicht wahr, oder?«, rief Stefan und wich zurück. »Du bist ... Kim?«

»Kim ist mein Künstlername. Maik rückwärts und das A weggelassen. Wie ich schon sagte, ich mache mal dies, mal das. Wenn du es dir leisten kannst, mich zu buchen, hast du es schon weit gebracht bei der Polizei, alle Achtung.«

»Maik, das ist ein Missverständnis. Ich bin beruflich hier.« Stefan stöhnte laut auf. Wieder war es ihm rausgerutscht. Egal, die Undercover-Aktion war sowieso total im Eimer.

»Du brauchst dich nicht zu rechtfertigen. Entspann dich. Willst du dich nicht setzen? Die Leute gucken schon«, sagte Maik mit süßlicher Schärfe in der Stimme.

Stefan ließ sich unelegant auf einen Stuhl an Maiks Tisch fallen. Dr. Xaverius war also mit einem Mann fremdgegangen, nicht mit einer Frau. Und aus Maik war ein Callboy geworden. Er sah immer schon gut aus und wusste, wie man Charme versprüht, das musste er ihm lassen.

»Schön, dass wir uns unter so intimen Umständen wiedersehen«, spöttelte Maik. »Was kann ich für dich tun, mein Lieber?«

Stefan überlegt kurz, dann holte er seinen Dienstausweis aus dem Jackett und hielt ihn Maik vor die Nase: »Es tut mir leid, aber das wird ein Arbeitsessen für uns beide. Was kannst du mir über Dr. Xaverius sagen?«

»Kenne ich nicht«, behauptete Maik.

»Wir können das auch ungemütlich auf dem Präsidium machen statt bei Rotwein und Kerzenschein. Was ist dir lieber?«

»Und wer bezahlt mir den Abend?«

»Ich habe deine Dienstleistungen noch nicht in Anspruch genommen, also sei froh, wenn ich dir die Pizza bezahle.«

»Das ist ein guter Italiener hier, die haben keine Pizza.«

»Mir egal. Mach den Mund auf, oder ich lasse dich vorladen.«

»Stefan Weiz, du hast dich kein bisschen geändert, weißt du das?«, nörgelte Maik. »Wenn es dir in den Kram passt, benimmst du dich wie das hinterletzte blöde A...«

»Vorsicht, ich bin im Dienst. Da werden Beleidigungen teuer.«

Maik atmete mehrmals tief ein und aus. »Gut«, sagte er, »ich verkaufe dir Xaverius für ein Abendessen. Was willst du wissen?«

7

Der Golfplatz

Mit einem Auge blickte Julian auf sein Smartphone, mit dem anderen achtete er auf den Untergrund, auf dem er lief. Ein grüner Rollrasen, fast ohne Unebenheiten. Warum musste ihn sein Vater ständig zu diesen stinklangweiligen Golfspielen nach Oftersheim mitnehmen? Aber sein Vater war wohl einfach zu unbeweglich, um selbst nach dem Ball zu suchen. Er brauchte ja schon eine halbe Ewigkeit, um von der Garage zum Hauseingang zu kommen. Das Golfen war der einzige Sport, den sich sein Vater zutraute, und Mutter hatte ihm die Mitgliedschaft im Club geschenkt, wie jedes Jahr zu Weihnachten. Aber sie musste ja auch nicht nach seinen Bällen suchen. Das musste er machen, der brave Sohn der Familie. Und dann auch noch in den Pfingstferien. Das war nicht fair. Und außerdem war er sauer, weil Marie seinen Chat gestern nicht beantwortet hatte. Nicht mal seine Freundin hatte Zeit für ihn. Wahrscheinlich war sie in den Planken shoppen gewesen mit ihrer hässlichen Freundin Amelie.

»Der Ball liegt weiter hinten und eher links«, rief ihm die tiefe Stimme des Vaters nach.

Es war einfach ein mieser Mittwochmorgen und viel zu früh. Der Himmel hatte sich mittlerweile stärker bewölkt. Dazwischen blinzelte gelegentlich ein Sonnenstrahl. Letzte Nacht hatte ein Schauer den anderen gejagt, und Julian hatte gehofft, sich wenigstens in den Ferien um das Golfen drücken zu können. Die Luft war ungemütlich feucht und warm. Auch das trug zu seiner Verstimmung bei. Außer ihnen beiden war kaum einer auf dem Golfplatz. Es waren auch keine heißen Chicks mit tiefen Ausschnitten und kurzen Röcken auf dem Rasen wie letzte Woche. »Stinklangweilig hier«, postete er gerade an einige Freunde und fotografierte zum Beweis seine weißen Turnschuhe auf grünem Golfrasen. Vielleicht konnte man damit ein »gefällt mir« ergattern. Schuhe auf Rasen hatte bisher noch keiner gepostet, das war doch mal was Neues. Er entdeckte den weißen Ball und sah auf.

»Glück gehabt, Papa«, schrie er nach hinten. Wäre der Ball einige Meter weiter geflogen, dann wäre er den Hang hinuntergerollt. Julian ging zu der Schräge und schaute hinunter. Sie war höchstens eineinhalb Meter hoch. Zunächst sah er nur den dunklen regengetränkten Sand. Aber beim zweiten Hinsehen entdeckte er etwas Neues. Ein Schauer lief ihm über den Rücken. Die Haare auf den Unterarmen stellten sich auf. Sein Atem ging schneller.

»Papa«, schrie er, »komm her, schnell!«

Dann siegte die Faszination und er ging zögernd nach vorne. Direkt unter ihm sah er eine Hand, die aus der Schräge des lehmigen Hügels herausragte. Die Finger sahen aus wie trockene Zweige. Als ob dort unten jemand auf ihn lauerte. Doch Julian wusste, der Mensch war tot. Es konnte ihm nichts geschehen. Zitternd streckte er die Arme aus und positionierte das Handy. Als er den Auslöser drückte, fiel ihm das Handy aus den unsicheren Fingern. Er schrie noch einmal und schaute dem Smartphone hinterher. Was er dann sah, konnte er kaum glauben. Das Handy steckte in der Totenhand. Hätte er absichtlich gezielt, wäre es wohl nie so unglücklich gefallen. Doch wie sollte er jetzt wieder an sein Handy kommen? Außerdem konnte er sich nicht vorstellen, es jemals wieder nutzen zu können, ohne an die Gruselhand zu denken, die es aufgefangen hatte.

»Scheiße, Scheiße, Scheiße«, schrie er und stampfte mit den Füßen auf. Dabei gab der Untergrund nach, er verlor das Gleichgewicht und rutschte schreiend den kurzen Abhang hinunter.

»Papa!«, rief er noch einmal, diesmal fordernd. Wie konnte es sein, dass sich niemand um ihn kümmerte? Da fiel sein Blick auf die lehmbedeckte Leiche. Sie war nun durch den Erdrutsch fast zur Gänze freigelegt und sah aus, als würde sie in der entstandenen Aushöhlung schlummern. Sie lag auf der Seite, die Beine leicht herangezogen, der Kopf hing seitlich herunter. Er rappelte sich schnell hoch und ging ein paar Schritte zurück. Endlich kam keuchend sein Vater heran.

»Julian, ist dir was passiert?«, fragte er und sah ihn ängstlich an. Julian schüttelte den Kopf. Sein Vater war sichtlich außer Atem, er musste wirklich gerannt sein. Für ihn, für Julian.

»Ach, Gott sei Dank, du hast so schlimm geschrien, da dachte ich, es ist was Ernstes«, sagte er, warf seinen Schläger von sich, suchte aus der Hosentasche ein Taschentuch und tupfte sich den Schweiß vom Gesicht. Julian deutete auf die Leiche und sagte: »Wegen dem da habe ich geschrien, Papa.«

Sein Vater tat einen überraschten Ausruf und trat näher an die Leiche heran.

»Wegen dem? Der ist doch tot«, sagte der Vater trocken. Mit Kennerblick inspizierte er den Körper von oben bis unten.

»Ja, das sehe ich auch. Ich bin nun mal an Tote nicht so gewöhnt wie du in deiner Pathologie.«

»Rechtsmedizin heißt das, Julian«, korrigierte er. »Jetzt werde ich sogar privat von herumliegenden Leichen verfolgt. Wieso vergräbt jemand gerade hier eine Leiche? Die sieht aber auch ungewöhnlich hässlich aus, kein Wunder, da hätte ich an deiner Stelle auch geschrien.«

»Eklig.«

»Eklig«, bestätigte der Vater und klopfte seinem Sohn tröstend auf den Rücken.

»Außerdem hat der mein Handy.«

»Das ist deins?«

»Ja, ich wollte ein Foto machen, und da ist es runtergefallen.«

»Und er hat es aufgefangen?«

»Ja.«

Der Vater überlegte kurz, dann sagte er: »Pass auf, ich mache davon jetzt erst mal ein Foto mit meinem Handy und schicke es dir auf deine E-Mail.«

»Echt?«, freute sich Julian.

»Na klar, das sieht doch hammerhart aus«, bestätigte der Vater und holte sein Smartphone aus der anderen Hosentasche. In penibler Genauigkeit kniete er auf dem Boden und machte einige Fotos von der Szene.

»Papa, beeil dich«, quengelte der Junge.

Zum Schluss nahm der Vater vorsichtig das Handy aus der Gruselhand und wollte es Julian wiedergeben.

»Igitt, das fasse ich nicht an.«

Der Vater wischte das Handy an seiner Hose ab und drückte es seinem Sohn in die Hand. »Es gibt kein neues Telefon, weißt du, wie viel das kostet?«

Julian blickte verzweifelt auf das Handy wie auf einen Fremdkörper.

»Ich rufe jetzt die Polizei an, dann kommt die Kripo nach Oftersheim. Und dann machen wir noch die restlichen Löcher. So etwas kann uns doch nicht vom Golfen abhalten. Nicht wahr, mein Junge?«

8

Der zweite Fall

Christine staunte nicht schlecht, als Stefan ihr am nächsten Tag im Büro erzählte, was er am Abend zuvor erlebt hatte. Ihre übliche Morgenmuffeligkeit war schlagartig verflogen, als sie erfuhr, dass da statt einer schönen Frau ein alter Bekannter gewartet hatte.

»Was für eine Geschichte«, lachte sie und schüttelte den Kopf. »Ich nehme an, du brauchtest nicht mit ihm ins Bett zu gehen, um an die Informationen zu kommen? Und billiger war es wahrscheinlich auch?«

»Das denkst du«, sagte Stefan. »Maik war ein kostspieliger Informant. Er hat die teuersten Gerichte bestellt und auch beim Wein die oberste Kategorie genommen.«

»Klingt gut, was hat er denn bestellt?«

»Ich dachte, du interessierst dich nicht fürs Essen.«

»Nur, wenn ich es selbst kochen muss. Hat es sich denn für uns gelohnt?«

»Eigentlich nicht.«

»Nun lass dir nicht alle Würmer aus der Nase ziehen«, sagte Christine ungeduldig und begann einige Büroklammern zu malträtieren. »Was hat er über Xaverius gesagt?«

»Also«, begann Stefan und kramte sein Notizbuch hervor, »Maik und Xaverius kennen sich seit zwei oder drei Jahren und sehen sich alle paar Wochen. Maik meint, außer ihm hat Xaverius keine anderen Begleiter engagiert, wenigstens wusste er nichts darüber.«

»Das passt ja mit dem Speicher von Xaverius' Handy zusammen. Und wieso geht er mit einem Mann aus? Ist er homosexuell? Oder bi?«

»Habe ich auch gefragt. Maik hat gesagt, er weiß es nicht, und es ist ihm auch schnuppe. Xaverius ist einfach gern mit ihm zusammen, lieber als mit seiner Frau jedenfalls.«

»Was wir ohne Weiteres verstehen können«, nickte Christine.

»Meistens gehen sie zusammen essen oder ins Theater oder Konzert und anschließend dann zu Maik nach Hause.«

»Hat Xaverius denn keine Angst, dass das rauskommt, wenn man sie zusammen sieht?«

»Da ist er sehr entspannt«, antwortete Stefan. »Er hat Maik sogar als Proband für eine Studie gewonnen. Dafür muss Maik regelmäßig in die radiologische Praxis kommen. Natürlich weiß dort keiner, wer er ist, und Diskretion ist ja sein Geschäft. Das scheint so eine Art Kick für Xaverius zu sein.«

»Konnte er uns etwas über mögliche Feinde von Xaverius erzählen?«

»Maik sagte, diesbezüglich hätte er nie etwas erwähnt, und sie hatten was Besseres zu tun, als sich über seine Feinde zu unterhalten.«

»Wusste er schon von dem Unfall?«

»Nein, ich habe ihm davon erzählt, und dass Xaverius im Krankenhaus liegt. Da wirkte er schon betroffen. Ich bin mir nicht sicher, ob er mittlerweile mehr für Maik ist als nur ein guter Kunde.«

»Du hast Maik hoffentlich nicht gesagt, in welchem Krankenhaus er ist?«

»Doch«, sagte Stefan zerknirscht, »ist mir so rausgerutscht. Aber Maik ist ja kein Verdächtiger.«

»Ich kümmere mich trotzdem drum, dass Xaverius bewacht wird«, erwiderte Christine spitz. »Vielleicht hat der Mörder ja auch einen so guten Informanten wie dich.«

Stefan zuckte mit den Schultern: »Das war's dann auch schon, viel mehr habe ich nicht rausgekriegt.«

»Na gut«, sagte Christine, »dann hole ich mir erst mal einen Kaffee.«

»Hast du denn deine neue Tasse schon benutzt?«, fragte Stefan.

»Nnjaa«, log Christine.

Nun hatte er sie kalt erwischt. Natürlich hatte sie zu Hause das Geschenkpapier sofort aufgerissen und die Zierschleife in den Karton zu den anderen gelegt. Inmitten ihres Haushaltschaos sorgte sie immer dafür, dass schöne Dinge nicht einfach im Mülleimer verschwanden. Leider gab es sehr viele schöne Dinge, die in unterschiedlichste Kartons wanderten. Problematisch wurde es mit Dingen, die nicht in Kartons passten oder nicht schön waren. Stefans Geschenk war ein Ding von letzterer Sorte. Wie bedankte man sich für einen einfachen schwarzen Kaffeebecher? Einen »Pott«, wie man ihn beim Bäcker um die Ecke hingestellt bekam, wenn man dort einen Kaffee bestellte? Nicht, dass sie besonders dekadente Präsente bevorzugte. Aber mit so einem fantasielosen Geschenk hatte sie bei Stefan nicht gerechnet.

»Und? Wie war das Trinkerlebnis? Gefällt es dir?«, fragte Stefan weiter.

»Oh, ja, sehr schön«, heuchelte Christine Begeisterung. Was für ein Trinkerlebnis mit einer simplen Kaffeetasse? Wovon redete er? Offenbar war sie nicht überzeugend, denn Stefan wirkte etwas enttäuscht.

Yasemin Sümeral, ihre Kollegin, kam herein und befreite sie aus der Situation: »Wir haben gerade einen neuen Fall zugewiesen bekommen.«

»Wieso das denn? Wir haben nun wirklich genug auf dem Schreibtisch«, meckerte Christine.

»Das ist ja leider nicht unsere Entscheidung«, sagte Stefan. »Worum geht es denn?« Er sah zu Yasemin hinüber.

»Eine männliche Leiche auf dem Golfplatz bei Oftersheim. Details kriegen wir vorab per Mail. Dr. Erhardt von der Rechtsmedizin hat den Mann heute Morgen entdeckt.«

»Auf Kommissar Zufall ist leider Verlass«, nölte Christine. »Und wieso kann das nicht ein anderer von den Kollegen machen?«

»Hast du nicht gesehen, wie leer die Büros sind?«, fragte Yasemin. »Es herrscht gerade wieder Engpass. Urlaub, Krankheit, Elternzeit. Das Übliche und alles auf einmal.«

»Sollen wir mal hinfahren und es uns angucken?«, fragte Stefan in Christines Richtung.

»Also gut, was bleibt uns übrig. Muss der Kaffee eben warten.«

Auf dem Weg zum Wagen merkte Christine, wie ihr dieser neue Fall schlechte Laune machte. War es nicht so, dass die Fälle immer dann auf sie einpurzelten, wenn sonst keiner da war und es sowieso schon viel zu viel zu tun gab? Wieso musste sie dauernd die Arbeit von anderen erledigen? Es war später Vormittag. Sie spürte schon, dass sie bald Hunger kriegen würde, aber wusste, dass es wieder viel zu spät und nichts Vernünftiges zu essen geben würde. Wenn sie erst mal im Unterzucker war, wurde sie ganz und gar unleidlich. Sie konnte sich dann selbst nicht ausstehen, kam aber nicht dagegen an.

Als Stefan in Richtung Autobahn fahren wollte, war das eine willkommene Gelegenheit, sich Luft zu machen. Sie behauptete, dass der Weg über die B36 viel kürzer und direkter sei und Stefan ohnehin einen Hang zu völlig unnötigen Umwegen habe.

»Suchst du Streit, weil dir der neue Fall nicht in den Kram passt?«, fragte Stefan sie gerade heraus.

Christine fühlte sich ertappt und betonte schnippisch: »Das hat damit gar nichts zu tun. Du brauchst dich nicht gleich in deiner männlichen Ehre angegriffen fühlen, bloß weil ich als Frau mal den Weg besser kenne.«

Das wollte Stefan nicht glauben, und sie zankten so lange herum, bis Stefan am Straßenrand hielt und das Navi herausholte. Das bot ihnen beide Alternativen zur Wahl an. Dabei stellte sich heraus, dass der Weg über die A6 zwar fast fünf Kilometer länger war, aber zwei Minuten weniger Fahrzeit beanspruchte, sodass sich Stefan weiterhin im Recht fühlte. Das trug nicht zur Entspannung der Lage bei, im Gegenteil. Christine schmollte zehn Minuten in sich hinein, dann fing sie wieder an zu argumentieren.

»Vergiss es, Christine«, sagte Stefan, »wir sind sowieso gleich da.«

Als sie nach einer halben Stunde auf dem Parkplatz des Golfplatzes ankamen, schmetterte Christine ihre Autotür mit mehr Wucht ins Schloss als nötig. Stumm stapften sie über das Gelände in die Richtung des Fundortes, die ihnen am Eingang gezeigt worden war. Stefan starrte im Gehen auf sein Handy, sodass Christine keinen Anlass sah, ein Gespräch mit ihm anzufangen. Schon von Weitem sahen sie ein großes Zelt, das über dem Areal errichtet worden war, um es vor der Witterung und den Golfspielern zu schützen. Ein einzelner Kollege in Uniform wartete darin auf sie. Als Christine den halb abgerutschten Hang sah, wo sich in der lockeren Erde zahlreiche Fußspuren kreuzten, verlor sie die Fassung.

»Was ist denn das für ein Schlachtfeld hier?«, zeterte sie und wedelte zornig mit den Armen in der Luft. »Ist denn die SpuSi zu blöd, einen Fundort vernünftig zu sichern? Wie soll man denn in diesem Chaos irgendwelche Spuren erkennen?«

Der Polizist, der den Fundort mit der Leiche bewachte, zog den Kopf ein. »Sie sind die Kollegen vom Morddezernat?«, fragte er vorsichtig.

Stefan bestätigte seine Vermutung und zeigte dem Polizisten seinen Ausweis.

»Reg dich ab«, sagte er zu Christine. »Das mit dem Hang ist schon vorher passiert, als die Leiche entdeckt wurde. Die Leute von der SpuSi haben alles fotografiert. Aber dann mussten sie ja irgendwie zur Leiche, um sie zu bergen.« Er zeigte auf die Plane am Boden, unter der die groben Umrisse eines Körpers zu sehen waren.

»Ach, und woher weißt du das schon wieder?«, entrüstete sich Christine.

»Habe ich auf dem Weg gerade gelesen. Die angekündigte Mail ist da«, sagte Stefan und hielt sein Handy hoch.

»Stefan, du bist unerträglich. Musst du immer den Streber raushängen lassen? Kannst du deine Arbeit nicht einmal schlampig und lustlos machen?«, schimpfte Christine.

»Wäre dir das lieber?«, lachte Stefan.

Christine stutzte. »Nein«, gab sie zu, »eigentlich ...«

»Eigentlich?«, fragte er.

Sie zögerte. Was konnte sie jetzt sagen, ohne ihm recht geben zu müssen? Das wollte sie auf keinen Fall. Sie hatte das Gefühl, selbst der Polizist am Fundort wartete neugierig darauf, was sie sagen würde.

»Eigentlich ist alles ganz gut so, wie es ist?«, bot Stefan an.

»Sagen wir mal so, es könnte schlechter sein«, murmelte sie.

»Schön, dann lass uns einfach weitermachen«, meinte Stefan munter.

»Ehrlich gesagt, ich weiß nicht, was ich hier noch soll«, erwiderte Christine. »Ich habe die Stelle jetzt gesehen. Viel zu erkennen ist nicht mehr. Fein, wenn die SpuSi alles dokumentiert hat, dann arbeite ich lieber mit diesem Material. Soll sich die Rechtsmedizin die Leiche holen, die haben bestimmt mehr Spaß damit als wir.«

»Schauen wir sie uns wenigstens einmal an?«

»Tu, was du nicht lassen kannst.«

Stefan näherte sich der Leiche und hob vorsichtig die Folie an. Der Mann war noch nicht lange tot und sein Körper gut erhalten, aber er hatte in der Erde gelegen und das hatte seine Auswirkungen gehabt. Christine musste an Zombiefilme denken, in denen sich dreckverschmierte Arme und Beine aus dem Boden wühlten. Hoffentlich verfolgte sie der Anblick nicht wieder bis in ihre Träume.

»Sie machen das auch nicht so oft, was?«, fragte Stefan den Polizisten, der sich ebenfalls abgewandt hatte.

»Ich kann mir Schöneres vorstellen«, seufzte er. »Mich nimmt so etwas immer mit.«

»Kann ich gut verstehen«, sagte Christine.

Sie kannte Kollegen, denen der Anblick einer Leiche vor allem zu schaffen machte, weil sie sich vorstellten, dass dieser Mensch zuvor lebendig gewesen war und vielleicht eine Familie hatte. Der gewaltsame Tod war eine unbegreifliche Grausamkeit, nicht nur gegen das Opfer, sondern auch die Hinterbliebenen. Damit hatte Christine weniger Probleme. Eine Leiche war für sie ein toter Gegenstand, in jeder Hinsicht. Der gewesene Mensch verdiente zwar einen respektvollen Umgang mit seinem Körper, aber das war es auch schon. Das Schlimme an den Opfern war für Christine, dass sie häufig so hässlich und abstoßend waren. Je nach Art und Zeitpunkt des Todes hatten sie eine grotesk verfärbte Haut, mit Blut verkrustete Wunden, verdrehte Gliedmaßen oder das Gesicht zu scheußlichen Fratzen verzogen. Bei gewaltsamen Todesfällen gab es selten eine friedliche, schöne Leiche, die aussah wie »sanft entschlafen«, wie es gern in den Todesanzeigen hieß.

»Komm«, sagte sie zu Stefan, »lass gut sein.«

Er ignorierte sie und blickte sich suchend um, als wolle er sichergehen, dass ihm nichts entgangen war.

»Was wissen Sie denn über den Fall hier? Haben Sie mitbekommen, was die SpuSi sonst hier gefunden hat?«, fragte er den Polizisten.

Der zuckte mit den Schultern: »Ich bin nur zur Bewachung abgestellt. Ich kann Ihnen nichts sagen. Haben Sie die Protokolle noch nicht erhalten?«

»Nein, die sind wohl noch nicht fertig.«

»Stefan«, drängelte Christine, »lass uns gehen. Wir können hier nichts mehr tun. Das ist erst wieder unser Bier, wenn wir die Ergebnisse der Rechtsmedizin haben.«

Stefan zückte sein Notizbuch, holte einen Stift aus der Jacke und begann zu schreiben.

»Sag mal, das machst du doch extra, oder?«, stöhnte Christine. »Was gibt's denn hier zu notieren? Du willst mich bloß wieder ärgern, stimmt's?«

»Mir fiel nur ein, dass ich heute Abend noch Bier einkaufen muss. Danke fürs Stichwort. So, jetzt können wir.«

Christine wusste nicht, ob sie grinsen oder ihn treten sollte, irgendwie war ihr nach beidem zumute. Sie gab stattdessen ein vieldeutiges Schnauben von sich, das sowohl Amüsement wie Verachtung bedeuten konnte. Stefan reagierte nicht darauf und ging voran in Richtung Ausgang. Sie verabschiedete sich mit einem Kopfnicken von dem Polizisten und lief Stefan hinterher. Bei allen seinen Marotten, die sie zur Weißglut bringen konnten, musste sie zugeben, dass er einen großen Vorteil hatte: Er wusste ihre schlechte Laune zu ertragen wie sonst kaum einer.

9

Unerwartete Begegnung

Christine wollte am Nachmittag nach Dr. Xaverius sehen, der im Uniklinikum Mannheim lag. Außerdem wollte sie das Krankenhaus über zusätzliche Sicherheitsmaßnahmen informieren. Sie rollte das Fahrrad aus der Hofeinfahrt und radelte los. Die frühsommerliche Luft umfächelte sie und wehte ihr die Haare aus dem Gesicht. Bis zum Wasserturm hoppelten die Reifen noch über Kopfsteinpflaster, danach fuhr sie über die Friedrich-Ebert-Brücke. Hier war der Straßenbelag relativ eben. Sie stellte ihr Fahrrad am Haupteingang ab.

»Also dann«, sprach sie sich leise Mut zu und ging durch die weißen Gänge in Richtung Intensivstation. Die eigenartige beklemmende Stimmung, vor der sie sich schon gefürchtet hatte, stellte sich wieder ein. An der Decke hingen in gleichmäßigem Abstand grelle viereckige Leuchten. Christines Blick fiel nach unten auf ihre schwarzen Lederschuhe. Mit zaghaften Schritten bewegten sie sich in gleichmäßigem Takt auf dem rotbraunen Linoleumboden. Auf ihrem Weg studierte sie die Türschilder, als würde sie nach Wandermarkierungen Ausschau halten. Als sie das letzte Mal auf der Intensivstation war, lag ihr Vater dort im Sterben. Sie hoffte, dass wenigstens nicht derselbe Arzt sie begrüßen würde, aber diese Hoffnung wurde zerschlagen. Man führte sie ins Schwesternzimmer, wo genau dieser Arzt, Dr. Plamper, vor einer Tasse Kaffee saß und sinnierte. Sein Gesichtsausdruck wirkte düster, aber die Augenringe verrieten Christine, dass er einfach nur müde war.

Als sich ihre Blicke begegneten, erhellte sich sein Ausdruck und er rutschte von seinem Stuhl. »Hallo, Frau Karch! Wie geht es Ihnen?«

»Sie erinnern sich an mich?«, fragte sie überrascht.

»Natürlich«, antwortete er. Er kam auf sie zu und entschuldigte sich sofort, dass er ihr die Hand nicht geben könne.

»Wir verzichten darauf wegen der Keimübertragung«, erklärte er lächelnd. »Unsere Abteilung macht mit bei der *Aktion Saubere Hände*«.

Christine blickte verstohlen auf ihre Hände. Waren die denn dreckig? Sie wusste noch, dass er sie das letzte Mal sogar tröstend in den Armen gehalten hatte.

»Haben Sie den Tod Ihres Vaters überwunden?«, fragte er direkt.

Christine schluckte, sie hasste diese Art von Fragen, die ihr alle schrecklichen Ereignisse an den Unfall wieder in Erinnerung riefen. Diesen unheimlichen Schrei, der sich immer weiter ausdehnte und von den metallenen Wänden des Frachtraums vielfach zurückgeworfen wurde. Erst später hatte sie verstanden, dass es ihre eigene Stimme war, die sich gellend überschlagen hatte, als sie ihren Vater wie im Inneren eines Walbauches sah, ganz unten am Grund. Eine Figur wie aus ihrer Puppenstube, mit grotesk verdrehten Armen und Beinen. Sie stoppte das Kopfkino durch ein kurzes Schließen der Augenlider. Als sie wieder hochsah, entdeckte sie seinen teilnahmsvollen Blick.

»Es ist alles wieder in Ordnung«, log sie und fügte schnell hinzu. »Ich halte nach einem Schützling der Polizei Ausschau.«

»Oh«, fragte er interessiert, »ist wieder jemand auf einem Boot verunglückt?«

»Ich bin nicht mehr bei der Wasserschutzpolizei«, sagte sie. »Ich jage jetzt zu Land.«

Das war ihr so herausgerutscht, denn eigentlich benutzte sie diese Formulierung nur im Scherz.

»Sie jagen also zu Land, soso«, wiederholte er amüsiert. »Wie kann ich Ihnen denn weiterhelfen?«

»Es geht um Dr. Frank Xaverius, er hatte einen Autounfall«, sagte sie.

»Jaja, der Kollege«, sagte Plamper und gähnte herzhaft hinter vorgehaltener Hand.

»Es gibt neue Erkenntnisse. Der Wagen wurde manipuliert. Wir müssen also davon ausgehen, dass Dr. Xaverius vielleicht noch einmal unfreundlichen Besuch bekommt. Ab heute wird daher ein Beamter das Zimmer überwachen.«

»Eine Vorsichtsmaßnahme also?«, murmelte er besorgt.

»Nur zur Sicherheit«, wiegelte sie ab. »Wird er bald aus dem Koma aufwachen? Ich müsste ihm ein paar Fragen stellen.«

Der vorwurfsvolle Blick von Dr. Plamper sagte mehr als tausend Worte. Christine nervte diese Bittstellerei bei den Ärzten. Ein kurzes Interview mit dem Verunfallten würde wahrscheinlich in wenigen Minuten die Sachlage erhellen.

»Hoffentlich wacht er überhaupt auf«, erklärte Dr. Plamper. »Oldtimer sind zwar schöne Autos, aber in Punkto Sicherheit nicht annähernd so gut wie ein neuer Wagen. Und dann auch noch ein Cabrio, Gott sei Dank hat sich der Wagen nicht überschlagen. Bei alten Autos geben die Gurte zu sehr nach. So gesehen hat der Kollege noch Glück gehabt, aber die Kopfverletzungen und die inneren Halsverletzungen sind nicht ohne. Außerdem hat er sich einen offenen Unterschenkelbruch zugezogen.«

Er sah nachdenklich vor sich hin. Dann zeigte er in ihre Richtung: »Genau deswegen fahre ich lieber mit der Straßenbahn.«

»Oder mit dem Fahrrad«, ergänzte Christine. Dr. Plamper wiegte zweifelnd den Kopf hin und her und begann gerade, etwas über Fahrrad-Unfallopfer zu erzählen, da wurde er angepiepst. Er entschuldigte sich und ging aus dem Zimmer. Christine stand unsicher herum. Nach kurzer Zeit kam eine Krankenschwester herein. Sie führte Christine zum richtigen Gang auf der Intensivstation. Die Schwester stoppte unvermittelt und wandte sich um.

»Die Angehörige kommt gerade aus dem Zimmer, Sie können rein«, sagte sie und ging. Christine hielt sich etwas im Hintergrund. Sie sah, wie Frau Xaverius herauskam. Ein junger Mann ging auf sie zu und begrüßte sie.

Wer ist wohl der Kerl, dachte Christine. Sie schlüpfte hinter eine Säule, die sie zum Teil verdeckte und lauschte angestrengt. Es würde nicht schaden, ein paar unbelastete Informationen mitzukriegen.

»Sie sind ein Freund von Frank?«, fragte Frau Xaverius gerade.

»Ja, ich bin Maik«, sagte er und lächelte. »Ich wusste nicht, dass es ihm so schlecht geht.«

»Wieso ihm?«, sagte sie. »Mir geht es schlecht. Er schläft einfach nur.«

Aha, das ist also Maik, dachte Christine und beobachtete, wie er nervös den Blumenstrauß in der Hand knetete.

»Den Namen Maik hat er nie erwähnt«, stellte Frau Xaverius fest.

»Wir kennen uns noch nicht so lange.«

»So? Woher kennen Sie sich denn?«

»Vom Golfen«, antwortete er knapp und mit verschlossener Miene.

»Vom Golfen?«, wiederholte sie laut und dann nach innen gekehrt: »Und mir sagt er, dass er Golf verabscheut.«

»Ich konnte ihm das näherbringen. Ich verstehe ein bisschen was vom Golfspielen.«

Frau Xaverius sah ihn kritisch von der Seite an.

»Verstehen Sie auch etwas von Autos?«, fragte sie unvermittelt.

Alle Achtung, dachte Christine und grinste innerlich. Die Frau hätte ein Detektivbüro eröffnen können, auch wenn sie das bei ihrem Hausbesuch vehement abgelehnt hatte.

»Wieso soll ich ...«, stutzte Maik, »Sie meinen ...? Das ist ja die Höhe! Ich hätte Frank nie etwas angetan.«

»Nein? Sie haben gleich gewusst, was ich andeuten wollte. Woher wissen Sie von der Manipulation des Wagens? Reden Sie, aber auf der Stelle!«

»Sie haben vielleicht Haare auf den Zähnen! Ihnen sage ich gar nichts mehr«, wehrte sich Maik.

»Was? So eine Unverschämtheit. Mit Ihnen hat sich mein Mann bestimmt nicht getroffen, und zum Golfen schon gar nicht.«

»Mir scheint, Sie wissen einiges nicht von Ihrem Mann«, sagte Maik und sein Gesichtsausdruck verriet ihr in diesem Moment mehr, als er offenbaren wollte. Er merkte es, biss sich auf die Lippen und senkte den Kopf.

Frau Xaverius taumelte zurück, und ihr Mund öffnete sich vor Staunen. Mit weit aufgerissenen Augen stand sie einen Moment fassungslos und sprachlos vor ihm. Dann streckte sie impulsartig ihre rechte Hand aus und stieß ihm den Zeigefinger zwischen die Rippen.

Aua, dachte Christine.

»Was fällt Ihnen ein?«, rief er überrascht und ging einen Schritt zurück.

»Sie sind Kim«, keifte sie und ihre Stimme überschlug sich dabei.

»Und wenn?«, motzte er zurück. »Das ist kein Grund, mich hier zu attackieren!«

Christine wollte gerade dazwischengehen, als Frau Xaverius mit der rechten Hand ausholte und ihm eine klatschende Ohrfeige verpasste. Er hielt sich verblüfft die Wange, der Blumenstrauß fiel auf den Boden.

»Verschwinden Sie! Hauen Sie ab und lassen Sie uns in Ruhe«, brüllte Frau Xaverius. Ihr schwarzes Augen-Make-Up löste sich in ihren Tränen auf und lief in hässlichen Streifen über ihr Gesicht.

Maik sah sie einen Moment lang schweigend an, dann hob er den Blumenstrauß auf und ging langsam davon. Nachdem auch Frau Xaverius gegangen war, wagte sich Christine aus ihrem Versteck. Sie trat an die Glasscheibe von Xaverius' Zimmer. Dahinter bewegten sich auf einem Monitor die EKG-Linien in ruhigem, gleichförmigem Takt.

10

Der Fleck

»Guten Tag, Herr Jerichow. Wir kennen uns noch nicht, ich bin Gisela Selbering. Schön, dass Sie gleich kommen konnten.«

Jochen drückte die schmale Hand der Ärztin und folgte ihr in ihr Sprechzimmer. Die Räume der radiologischen Praxis waren ihm vertraut, und auch Frau Dr. Selbering hatte er schon flüchtig im Vorbeigehen gesehen. Doch zum ersten Mal sah er direkt in ihr hageres Gesicht, das ihm humorlos und verbittert vorkam, trotz der Freundlichkeit, mit der sie ihn begrüßte.

»Ihre Sprechstundenhilfe hat auf einen schnellen Termin gedrängt«, sagte er. »Ist es denn so wichtig, die Studie gleich fortzusetzen? So kurz nach dem Unfall von Herrn Xaverius?«

Frau Selbering blickte ihn verblüfft an, fing sich aber gleich wieder: »Nein, die Studie ist vorerst ausgesetzt. Wir hoffen, dass er sie selbst weiterführen kann, wenn er sich erholt hat.«

»Wissen Sie, wie es ihm geht?«

»Er liegt noch im Koma. Sein Zustand ist ernst, aber stabil. Aber ich habe Sie aus einem anderen Grund hergebeten.«

»Aus einem anderen Grund?«, wiederholte Jochen verwirrt.

Frau Dr. Selbering drehte ihren Computerbildschirm, sodass Jochen das Bild darauf sehen konnte. »Ich will nicht lange drum herum reden. Dies ist eine Aufnahme Ihres Gehirns, das bei der Studie im MRT entstanden ist«, sagte sie. »Sehen Sie das?« Sie deutete auf eine dunkle Linie in den weißen Falten der Hirnmasse.

Jochen nickte, dann schluckte er. Ein dunkler Fleck war in seinem Hirn, für den man ihn extra in die Praxis bestellte. Das konnte nur eines bedeuten, aber er wagte es nicht zu denken, weil es undenkbar schien. Er holte tief Luft und stieß sie mit einem hörbaren Seufzer wieder aus.

»Bei der Untersuchung der Bilder sind wir zufällig darauf gestoßen«, fuhr Frau Dr. Selbering ruhig fort. »Man hätte es leicht übersehen können, da wir nicht aktiv danach gesucht hat. Aber wenn es Ärzte gibt, die genau hinschauen, dann sind es Radiologen.«

Jochen interessierte es im Moment überhaupt nicht, welche Ärzte gründlicher hinsahen als andere. Sein Blick war so starr auf das Bild geheftet, dass ihm dunkel vor Augen wurde. Sein ganzer Körper war angespannt und er begann zu schwitzen.

»Was ist das?«, fragte er mit belegter Stimme. »Ist es ein Tumor?«

»Das wissen wir noch nicht«, sagte Frau Dr. Selbering. »Deswegen sollten wir vorerst annehmen, dass es kein Tumor ist. Dieses Bild gibt keinen Anlass, von einer Raumforderung auszugehen. Ich würde gerne eine Zweitmeinung einholen. Wir müssen vermutlich weitere Untersuchungen vornehmen und das sollte möglichst zeitnah geschehen, damit Sie gegebenenfalls eine geeignete Therapie beginnen können."

»Raumforderung?«, fragte Jochen verständnislos.

»Davon spricht man, wenn sich Gewebe ausdehnt und damit mehr Platz beansprucht«, erklärte sie.

»Das tut es also nicht, sagen Sie? Aber Sie brauchen eine Zweitmeinung?«

»Ja, ich bin in erster Linie Nuklearmedizinerin und keine Expertin in der Beurteilung von Kernspinaufnahmen des Gehirns. Das macht in unserer Praxis der Kollege Xaverius. Deswegen möchte ich die Bilder einem weiteren Kollegen schicken.«

»Und der kann dann sicher sagen, was es ist?«

»Herr Jerichow, ich verstehe Ihre Besorgnis. Wissen Sie, wir interpretieren die Aufnahmen und treffen Annahmen. Radiologie ist nicht wie Mathematik, wo immer gilt: Aus A folgt B. Eine Diagnose ist eher die Zusammenfassung aller ausgeschlossenen Erkrankungen. Bis vielleicht etwas übrig bleibt.«

Jochen fiel das alte Beispiel für logische Schlussfolgerungen ein: Alle Menschen sind sterblich. Er war ein Mensch. Also war er ...

»Ist es ... tödlich?«, fragte Jochen und erschrak selbst über das Wort. »Potenziell?«, schob er hinterher, wie um die Frage abzuschwächen.

»Wir wissen es nicht«, wiederholte die Ärztin. »Es kann etwas ganz Harmloses sein.«

»Harmlos? Mitten im Hirn? Gibt es das?«

»Ja, es kann ein sogenannter Virchow-Robin-Raum sein. Dort wird die Hirnflüssigkeit in äußere Hirnschichten transportiert. Ich halte das sogar für wahrscheinlich.«

»Und das ist harmlos?«

Jochen stellte sich vor, wie Risse zwischen seinen Neuronen klafften. Bilder von Spalten kamen ihm in den Sinn, riesige Abgründe, in die tosende Wasserfälle hinabstürzten. Sein Hirn driftete auseinander wie Kontinentalplatten und in den Zwischenraum drang das Meer des Vergessens ein.

Frau Dr. Selbering unterbrach seine Gedanken: »Ich weiß, diese Neuigkeiten sind erst einmal schockierend.

Aber Sie sollten sich keine Sorgen machen, solange wir keine weiteren Details kennen. Sie haben ja großes Glück, dass es so früh durch Zufall entdeckt worden ist. Falls es überhaupt etwas Krankhaftes ist, sind Ihre Heilungschancen damit deutlich erhöht gegenüber anderen Patienten.«

Jochen hörte ihre Worte, nahm den beruhigenden Tonfall wahr, aber er glaubte ihr nicht. Sie würde keinen Patienten grundlos in Panik versetzen. Wie würde sie dastehen, wenn sich alles als Lappalie herausstellte? Also wurde ihm die am wenigsten bedrohliche Variante aufgetischt. Aber war das auch die wahrscheinlichste? Wenn es nicht so ein Dingsraum war, sondern ein Tumor? Wie lange habe ich noch, wollte er fragen, aber er kannte ihre Antwort bereits: Sie wusste es nicht.

»Warum merke ich nichts von diesem Fleck in meinem Kopf?«, fragte er dann wenigstens.

»Das Gehirn hat kein Schmerzempfinden«, antwortete Dr. Selbering. »Am ehesten macht sich so etwas durch neurologische oder psychische Beeinträchtigungen bemerkbar. Das muss ich noch mit Ihnen abklären, auch damit wir die Diagnose weiter eingrenzen können. Haben Sie in letzter Zeit Taubheitsgefühle bemerkt oder ein Kribbeln? Hatten Sie Koordinationsschwierigkeiten, haben Sie zum Beispiel danebengegriffen oder etwas umgestoßen?"

Jochen war nichts Ungewöhnliches aufgefallen. Sie fragte weiter nach Gleichgewichtsproblemen, Sinnestäuschungen beim Sehen und Hören, bei Wärme- und Kälteempfinden, nach abrupten Gefühlswechseln, Vergesslichkeit, Alpträumen. Jochen zögerte. War ihm nicht in letzter Zeit im Büro oft zu warm gewesen? Und der Name des Kollegen, mit dem er schon so viele Jahre zusammenarbeitete, war ihm neulich partout nicht eingefallen. War das normal? War das krankhaft?

Er versuchte, so genau wie möglich zu antworten, aber er war nicht ganz bei der Sache. In jeder noch so kurzen Pause, in der sie seine Antworten notierte, sah er im Geiste das Bild seines Hirns mit dem dunklen Fleck, dem unbekannten bösen Wesen, das sich in seinem Innersten eingenistet hatte. Was bist du, dachte er, und was machst du dort?

11

Leichenschau

Wenn Doktor Heinz Erhardt arbeitete, dann konzentriert und leise. Christine hatte das schon mehrfach an ihm bewundert. Auch heute versuchte sie, sich möglichst unauffällig zu bewegen, damit sie ihn nicht störte. So stand sie einige Zeit im Türrahmen und beobachtete, wie seine behandschuhten Hände Instrumente sortierten. Sie klingelten beim Ablegen auf der Metallschale. Die Körperfülle von Dr. Erhardt war unübersehbar. Sein breiter Rücken war in einen weißen Arztkittel gehüllt. Tatsächlich hatte er eine gewisse Ähnlichkeit zu seinem berühmten Namensvetter. Er hatte Christine vor einiger Zeit erzählt, dass sein Vater auf den Namen bestanden hatte. Die ganze Familie Erhardt war Fan des großen Komikers und freute sich über den kleinen Heinz. Doch niemand hatte bedacht, welche Schwierigkeiten durch eine solche Namensgleichheit entstehen konnten. Christine war auch Fan von Heinz Erhardt, allerdings von Dr. Heinz Erhardt.

Mit einem Ruck drehte er sich zu ihr herum. »Mein Gott«, schrie er, »warum erschrecken Sie mich so?«

»Tut mir leid«, sagte Christine und lächelte ihn offen an. »Ich sehe gern zu, wenn Sie operieren.«

»Das nennt man nicht operieren, Engelchen«, sagte er. Dr. Erhardt war der einzige Kollege, der sie so nennen durfte. Wegen seines Alters verzieh sie ihm seine väterliche Art.

»Weiß ich doch«, sagte sie. »Aber wenn Sie so vorsichtig und sorgfältig arbeiten, dann sieht es aus, als ob Sie operieren.«

»Ich seziere. Dazu brauche ich keinen nörgelnden Anästhesisten. Aber wir haben einen Termin, wenn ich nicht irre.«

»Ja, mein Kollege kommt auch noch, er sucht noch einen Parkplatz am alten Hallenbad.«

»Soso, er will keinen Strafzettel kassieren, oder?«, lachte er. »Wie geht es Ihnen eigentlich so? Wir hatten schon länger nicht mehr die Ehre.«

»Gut, gut«, sagte Christine, »und Ihnen?«

»Bestens, danke.« Er ging auf sie zu, trug seinen mächtigen Bauch vor sich her. »Ich muss Ihnen zu dem Toten eine Geschichte erzählen.«

»Sie haben die Leiche gefunden, nicht wahr?«

»Das ist so nicht ganz richtig«, holte er aus. »Ich war mit meinem Sohn auf dem Golfplatz.«

»Mit Ihrem Sohn? Wie alt ist er denn?«

Er stutzte: »Moment, wir haben ihn zur Konfirmation angemeldet, also ist er jetzt dreizehn und wird vierzehn.«

»Ich wusste gar nicht, dass Sie Kinder haben.«

»Ja, jetzt passen Sie mal auf, jetzt kommt's. Ich schlage also meinen Ball, wir sind mittlerweile beim siebten Loch. Da erwische ich ihn auf Anhieb. So ein Ball ist ja ziemlich klein und daher schwer zu treffen. Aber diesmal klappt es wunderbar und die weiße Kugel schwebt in der Luft wie eine Möwe. Allerdings fliegt er dann doch etwas zu weit und nicht ganz in die richtige Richtung.«

»Und beim Suchen haben Sie die Leiche entdeckt«, stellte Christine sachlich fest.

»Nein, mein Sohn hat nach dem Ball gesucht, und plötzlich schreit er wie am Spieß. Ich denke noch, der hat sich was getan, weil er einen Hang hinuntergerutscht ist. Stellen Sie sich meine Überraschung vor, als ich die Leiche sehe! Und mein Sohn erst, kalkweiß im Gesicht, als ob er gleich umfällt. Da denke ich, wie kann ich ihn jetzt beruhigen, und habe erst mal auf cool gemacht.«

Christine hörte Schritte auf dem Gang. Es war Stefan, der sich schnell näherte.

»Doktor Erhardt erzählt gerade, wie sein Sohn die Leiche entdeckt hat«, sagte sie zu ihm, als er durch die Tür kam.

»Hallo«, begrüßte Stefan den Rechtsmediziner, »ich bin informiert, das Bild hat schon die Runde gemacht.«

Dr. Erhardt starrte ihn verblüfft an.

»Na, hier«, Stefan zückte sein Smartphone und zauberte das Bild »Leiche mit Handy« aus seinem Facebook-Account.

Christine sah es und empörte sich: »Wer hat denn das Telefon der Leiche in die Hand gedrückt? Was ist denn das für eine Sauerei? Was ist mit unseren Spuren?«

»Der Lümmel! Ich habe es ihm doch verboten!«, rief Dr. Erhardt.

Christine sah ihn ungeduldig an: »Was haben Sie ihm verboten?«

»Ich war ja gerade dabei, die Geschichte zu erzählen«, antwortete er bedächtig.

»Christine, jetzt reg dich doch nicht gleich wieder auf«, sagte Stefan, »Julian Erhardt ist ein kleines Missgeschick passiert. Das kann ja mal vorkommen.«

»Ja, er hat das Handy der Leiche nicht in die Hand gedrückt. Das Handy ist, wie soll ich sagen, von oben in die geöffnete Hand gefallen.«

»Und irgendein Idiot hat das dann fotografiert und rumgeschickt?«, zeterte Christine.

»Nun, also, ja«, sagte Dr. Erhardt zögernd.

Sie sah zwischen den beiden hin und her. Stefan zuckte die Schultern. Dr. Erhardt trat die Flucht hinter den Seziertisch an.

»Wenn wir jetzt die Untersuchungsergebnisse besprechen möchten?«, schlug er vor und zog das Tuch von der Leiche. Christine erwartete erneut den Anblick eines modrigen Körpers, aber was sie sah, wirkte weniger erschreckend.

Auch Stefan war überrascht: »Der Kamerad sah gestern noch aus wie eine Moorleiche.«

Dr. Erhardt lächelte: »Wir haben ihn sauber gemacht.«

Christine trat näher heran. Ein stämmiger Mann, dachte sie, ein Türstehertyp mit kräftigen Oberarmen. Seine rechte Gesichtshälfte und die rechte Körperseite waren etwas zusammengedrückt.

»Wie ist er denn gestorben?« fragte Stefan.

»Er ist auf jeden Fall ungewöhnlich gestorben«, meinte Dr. Erhardt.

»Ungewöhnlich?«, fragte Christine.

»Ja, er hatte einen Steckschuss im Abdomen, dort verlaufen große Blutgefäße. Fast hätte er Glück gehabt, denn zunächst steckte die Kugel genau in der Mitte der Aortenbifurkation.«

Dr. Erhardt hatte wohl die rätselnden Gesichter der Kommissare bemerkt und erklärte: »Vom Herzen aus verläuft eine große Arterie Richtung Beine. Da wir davon zwei haben muss sich das Gefäß aufteilen, die Kreuzung heißt Aortenbifurkation und genau dazwischen kam der Steckschuss zum Halten, abgebremst durch den Wirbelkörper. Soweit hätte alles noch gutgehen können, und dann«, er wies auf eine Aufnahme auf einem Monitor hinter ihm, »dann änderte die Kugel die Richtung und machte ein Loch in die Aorta, das war's.«

Auf der Aufnahme konnte man tatsächlich den Schusskanal und die Ablenkung der Kugel sehen. Zeigte sie zuvor eine regelmäßige schräge Aufwärtsbewegung, so stand sie nach der Ablenkung kerzengerade im Bild.

»Und warum änderte die Kugel die Richtung?«, fragte Stefan.

»Das wissen wir noch nicht, ich bin gerade im Gespräch mit anderen Medizinern, so einen Fall hatte ich noch nicht.«

»Ja, und jetzt?«, fragte Christine enttäuscht.

»Ich schlage vor, ihr findet heraus, wer der arme Mensch hier ist, und ich finde in der Zwischenzeit heraus, wie sich die Kugel ablenken ließ.«

»Na, prima«, sagte Stefan trocken, »wissen wir, wann genau der Tod eingetreten ist?«

»Ja, am Sonntagabend zwischen 18 und 22 Uhr. Ich habe euch ein paar Fotos von seinem Gesicht geschickt, von der hübschen Seite«, sagte er. »Die Kugel habe ich an die Kriminaltechnik weitergeleitet, zum Abgleich mit den Waffenbesitzern.«

Christine nickte anerkennend. Dann griff Dr. Erhardt hinter sich und zog eine Herrenuhr mit Metallarmband hervor. »Die hatte er am Handgelenk«, er bewegte seinen Kopf in Richtung der Leiche. »Sie trägt die Initialen C.S.«

Stefan trat näher heran: »Mann, das ist ja eine Rolex.«

Erhardt blickte durch den unteren Teil seiner Gleitsichtbrille: »Tatsächlich, sieht ganz echt aus, ist aber gefälscht.«

Stefan nickte: »Also ein Blender. Und warum ist es auf der Uhr Mitternacht?«

»Das ist mir auch schon aufgefallen. Ich hatte ja gesagt, er erlitt einen ungewöhnlichen Tod.«

»Von Geisterhand ermordet«, scherzte Christine.

»Zwischen 18 und 22 Uhr hatte ich gesagt, egal was die Uhr auch immer anzeigt. Glauben Sie nicht der Uhr, glauben Sie mir, Engelchen!«

Dann wandte er sich an Stefan: »Ach ja, wegen der Sache mit meinem Sohn ...«

»Welcher Sache?«, fragte Stefan mit gespielter Ahnungslosigkeit.

»Genau das wollte ich hören«, sagte Dr. Erhardt und verabschiedete die Kommissare.

Christine setzte sich in den Wagen und schnallte sich an. Stefan fuhr los. Sie wollten schnell zurück zum Kommissariat, um Yasemin zu informieren.

»Glaubst du das mit dem Handy? Das ist doch nie im Leben genau in die Hand gefallen, das kann doch gar nicht passieren!«

Stefan verzog sein Gesicht. »Hättest du mit vierzehn dein Telefon einer Leiche in die Hand gesteckt?«, fragte er.

Christine zuckte mit den Schultern. »Die Kids von heute sind anders drauf als wir.«

»Ja, du musst es ja wissen«, sagte er und bremste an einem Zebrastreifen. Christine schwieg beleidigt. Wieso hackte er auf ihrer Kinderlosigkeit herum? Er hatte ja auch keine Kinder und es störte niemanden. Und warum durfte sie ohne Kinder ihre Meinung nicht äußern?

Sie äußerte ja auch ihre Meinung über Atomkraftwerke, auch wenn sie keines hatte.

Christine wollte sich gerade Luft machen, als Stefan versöhnlich einlenkte: »Sorry, war nicht so gemeint.« Ihr Zorn verebbte, als hätte jemand einen Deckel auf eine überschäumende Sprudelflasche geschraubt. Stefan war ihr manchmal unheimlich. Konnte er in ihr Gehirn schauen? Wie konnte man überhaupt so zielsicher wissen, ob man bei anderen Grenzen überschritt? Sie konnte es nicht und würde es auch nicht mehr lernen.

»Ist schon gut«, brummte sie.

Der Wagen kam zum Halten. Sie öffnete den Gurt und stieg schnell aus.

12

Sorgen

Jochen setzte sich im Wohnzimmer an sein Klavier. Er brauchte Musik, etwas Strukturiertes, das seine Gedanken ordnete und ihn gleichzeitig so beschäftigte, dass er nicht nachdenken konnte. Vielleicht Bach? Die Inventionen oder etwas aus dem Wohltemperierten Klavier wären geeignet. Er spielte eine Fuge an, die er auswendig konnte, doch schon beim ersten Zwischenspiel war er nicht mehr bei der Sache. Jochen brach ab, wühlte in den Stapeln seiner Noten, fand verschiedene alte Schätze wieder, die er lange nicht gespielt hatte. Das lenkte ihn eine Weile ab. Er probierte einiges aus, aber er konnte sich auf nichts konzentrieren.

Wie oft würde er jedes dieser Stücke noch spielen können? Ein jedes Mal hatte seine Zahl: Er hatte es irgendwann zum ersten Mal gespielt, er würde es irgendwann zum letzten Mal gespielt haben. Es gab nur diese endliche Zahl von Malen, und auch wenn er sie nicht kannte, wurde ihm bewusst, wie kostbar jedes einzelne Mal dadurch wurde, dass es unwiederholbar war. Es wiederholte sich nichts, nicht im Leben, nicht in der Musik. Es war eine Täuschung. In Wahrheit geschah alles nur ein einziges Mal.

Das Telefon klingelte. Frau Oberhummer, die Sekretärin vom musikwissenschaftlichen Institut war dran. Es ging um eine lästige Angelegenheit wegen der Einwerbung von Drittmitteln, die nicht vorankam und unglücklicherweise an ihm hängen geblieben war. Jochen hatte nicht vor, sich darum zu drücken, aber er hatte jetzt keinen Kopf dafür. Frau Oberhummer merkte es und bestand umso mehr darauf. Sie pflegte die Dozenten an ihre Pflichten und Termine zu erinnern, auch wenn dies weder nötig war noch in ihre Zuständigkeit fiel.

»Ich kann jetzt nicht, bitte lassen Sie mich in Ruhe«, sagte Jochen und es gelang ihm kaum zu verbergen, wie sehr ihm dieser Anruf auf die Nerven ging.

»Bitte, wie Sie wünschen. Aber wenn Sie sich nicht bis nächste Woche mit einem Ergebnis zurückmelden, wird das dem Dekan nicht gefallen, das können Sie mir glauben.«

»Ja, vielen Dank, Frau Oberhummer, auf Wiederhören«, sagte Jochen und legte auf.

Seine Zeit war zu wertvoll, um sich mit der Sekretärin herumzuärgern. Doch es fiel ihm nicht mehr ein, worüber er vorher nachgedacht hatte. Er erinnerte sich nur, dass es mit dem Klavierspielen nicht geklappt hatte.

Dann eben Konserve, dachte er trotzig und ließ den Blick durch sein CD-Regal schweifen. Er wollte eine menschliche Stimme hören und blieb bei den Aufnahmen mit den Liederzyklen hängen. Doch Musik, die zu seiner Stimmung passte, kam nicht infrage. Schuberts Winterreise, Mahlers Kindertotenlieder, das alles würde ihn noch mehr herunterziehen. Er legte Mendelssohns Streichoktett in den CD-Spieler, ein Stück, das mit seinem jugendlichen Elan eigentlich immer in der Lage war, ihn aufzuheitern. Es funktionierte nicht. Er versuchte es mit zwei, drei anderen Aufnahmen. Aber vom Zauber der Musik, der sonst so zuverlässig wirkte, spürte er nichts. Als es ihm bewusst wurde, fühlte er sich schlechter als zuvor. Wenn ihn sogar die Musik nicht ablenkte, dann wusste er kein Mittel mehr gegen das Karussell seiner Gedanken. Dann musste er sich ihnen überlassen, dann sollten sie ihn überwältigen.

Jochen warf sich rücklings auf das Sofa und starrte gegen die Decke. Warum jetzt, dachte er, warum ich? Er rief sich zur Ordnung. Die Frage »Warum ich?« hatte noch nie ein Arzt einem Patienten beantworten können. Zufall, Statistik, Veranlagung, Risikofaktoren, das alles waren keine Erklärungen für das Schicksal des Einzelnen. Außerdem hatte er von der Ärztin kein Todesurteil gehört, es war nur eine Warnung, eine Möglichkeit ohne Wissen der Wahrscheinlichkeit. Vielleicht wurde er morgen vom Bus überfahren, das wusste man schließlich auch nicht vorher.

Ihm kam der Unfall wieder in den Sinn. Daran hatte er seit seinem Besuch in der Praxis nicht mehr gedacht. Angenommen, der Radiologe wäre bei dem Unfall gestorben. War ein unvorbereiteter Tod besser, als wenn man sich ein paar Monate oder Jahre darauf einstellen konnte? Ihm war immer noch nicht klar, wie viel er zu dem Unglück beigetragen hatte. Auch wenn alle sagen würden, dass ihn keine Schuld traf, was wäre geschehen, wenn er nicht gerufen hätte? Wenn sich Xaverius nicht umgedreht hätte? Vielleicht hätten die anderen Faktoren, die zu dem Unfall geführt hatten, dann nicht ausgereicht, und das Auto wäre nicht gegen den Baum gefahren. Auch wenn er nur der Tropfen war, der das Fass zum Überlaufen brachte, so war er doch der Auslöser dieses Überlaufens. Und nun war da etwas mitten in seinem Hirn, das dort nicht hingehörte. War das die gerechte Strafe? Nein, was für ein Unsinn. Er glaubte nicht an ausgleichende Gerechtigkeit. Und der Fleck in seinem Hirn war sicher nicht erst nach dem Unfall entstanden.

»Ich brauche mir keine Sorgen machen«, wiederholte er den Satz der Ärztin laut. Und schob in Gedanken hinterher: Noch nicht. Er hatte im Internet nachgesehen, welche Zeit einem Patienten blieb, bei dem ein Hirntumor diagnostiziert worden war. Er war überrascht über die Spannweite. Aber es gab gewisse Faktoren wie Alter, Vorerkrankungen, Stadium des Tumors bei der Diagnose, die die statistische Glockenkurve einschränkten und verschmälerten. Man konnte eine Mortalitätsrate angeben, eine Art »Halbwertszeit«. Das war der Zeitraum, den 50% der betroffenen Patienten überlebten.

Halbwertszeit. Jochen kam sich vor wie ein instabiles Atom, das jeden Moment zerfallen konnte. Es war unwahrscheinlich, dass das sofort passierte, aber je mehr Zeit verging, desto eher würde es auch ihn treffen. Natürlich. Jeder war sterblich, jeden erwischte es irgendwann. Aber eben irgendwann, nicht in naher Zukunft.

Er erinnerte sich an seinen Musiklehrer in der Oberstufe, der an Krebs gestorben war. Ein freundlicher, älterer Herr, der wenige Jahre vor seiner Pensionierung stand. Jochen hatte ihn sehr gemocht. Der Lehrer glühte für sein Fach und wusste seine Begeisterung mit leidenschaftlichen Worten zu vermitteln. Er behandelte seine Schüler mit höflicher Distanz, aber ohne Herablassung. Jochen hatte Musik schon zuvor geliebt, aber er war fasziniert von der Weite und Tiefe, die sein Lehrer ihm eröffnete und von denen er vorher nur eine blasse Ahnung gehabt hatte. Viele Mitschüler fanden den Lehrer altmodisch und langweilig, aber Jochen verehrte ihn.

Zu Beginn von Jochens letztem Schuljahr vor dem Abitur veränderte sich der Musiklehrer. Der gemütliche, gut genährte Mann nahm rapide ab, bekam eine graue Gesichtsfarbe, wurde reizbar und verhielt sich ungerecht gegenüber seinen Schülern. Störungen seines Unterrichts, die er sonst mit routinierter Gelassenheit bewältigt hatte, fasste er als persönliche Kränkung auf. Er verlor bald seine letzten Sympathien bei Schülern und Kollegen. Die Krankheit, die ihn beeinträchtigte, wurde nur hinter vorgehaltener Hand genannt. Nach den Weihnachtsferien war er nicht mehr zum Unterricht erschienen. Einige Wochen später erfuhren die Schüler, dass er gestorben war. Jochen hatte es eher erschreckt, als traurig gemacht. Viel später erst hatte er begriffen, wie wenig Zeit dem Lehrer nach Bekanntwerden der Diagnose geblieben war und welchen Mut und wie viel Stärke es von ihm gefordert haben musste, so lange noch an der Schule zu bleiben und seinen Verpflichtungen nachzugehen. Doch er hatte sich nie gefragt, welche Pläne, welche Träume dem Lehrer durch seinen frühen Tod versagt geblieben waren.

Er sollte sich eine Liste machen, überlegte Jochen, mit allem was er unbedingt noch tun wollte, wenn er nur noch einige Monat oder wenige Jahre zu leben hatte. Selbst wenn es sich als überflüssig herausstellen würde, wäre eine solche Übung doch nützlich. Man lebte zu sehr in den Tag hinein, hielt den eigenen Tod für viel zu fern, um darauf Gedanken zu verschwenden. Aber irgendwann war es zu spät, egal wie viel Zeit einem zugemessen war.

Er konnte sich nicht dazu aufraffen, vom Sofa aufzustehen, um sich Stift und Papier zu holen. Er würde im Kopf mit einer Liste für ein halbes Jahr anfangen.

Was könnte man in dieser Zeit noch erledigen? Was wäre ihm wichtig? Er dachte angestrengt nach, aber vor seinem inneren Auge stellten sich keine Fernreisen, keine Bungeesprünge, keine großen Familienfeste ein. Er sah nur seinen Alltag im musikwissenschaftlichen Institut und zu Hause mit seiner Katze. War das alles? Wollte er nicht mehr vom Leben als das? Wollte auch er nur seinen Verpflichtungen nachgehen und seinen Freunden und Kollegen auf die Nerven fallen, bis es zu spät war? Nein, das konnte nicht sein, das durfte nicht sein.

Er stand doch auf, um sich etwas zu schreiben zu holen. Solche Überlegungen sollte man auch nicht auf irgendeinen Block schreiben, dachte er, sondern auf ein besonderes Papier, in ein schönes Notizbuch zum Beispiel. Er durchsuchte die Schubladen seines Schreibtisches, aber fand es nicht. Dieses Notizbuch war lebenswichtig, überlebenswichtig! Wenn ihm jetzt etwas einfiele, wo sollte er das dann festhalten? Er konnte es sich nicht leisten, es wieder zu vergessen, es war zu kostbar! Angst und Wut wallten in ihm hoch und er konnte die beiden Gefühle nicht mehr unterscheiden, beide waren ein und dasselbe, durchdrangen sich und verstärkten sich gegenseitig. Wie ein Getriebener lief er durch die Räume, er wusste kaum noch, warum. Mit klopfendem Herzen setzte er sich zurück aufs Sofa und versuchte sich zu beruhigen. War dieser Ausbruch eine erste Auswirkung des Flecks? Oder einfach nur eine normale Reaktion auf etwas Lebensbedrohliches? Es war nicht zu packen. Flucht oder Kampf, beides war sinnlos. Alles geriet aus den Fugen, ohne dass er sich mit irgendetwas Sichtbarem oder Fühlbarem auseinandersetzen konnte.

»Das ist alles nur in meinem Kopf«, sagte er laut, und der Doppelsinn seiner Worte ließ ihn gequält auflachen.

Er schrak zusammen, als Kleopatra auf seinen Schoß sprang. Sie drehte sich um ihre Achse und legte sich schnurrend hin.

»Ach, Kleo«, sagte er seufzend und kraulte ihren Nacken. Erst jetzt bemerkte er, dass seine Wangen feucht von Tränen waren.

13

Der Vermisste

Yasemin kam schwungvoll ins Büro von Christine und Stefan und begrüßte sie strahlend. Ihre junge Kollegin war wirklich ein Sonnenschein, stellte Christine fest. Sie war mit einer Begeisterung bei der Arbeit, die ansteckte.

»Na«, rief sie ihr zu, »gute Laune?«

»Oh, im Vergleich zu anderen mir bekannten Damen hat Yasemin eigentlich immer gute Laune«, stichelte Stefan. Christine kniff die Lippen zusammen.

»Wir haben ihn!«, freute sich Yasemin und schwenkte einige Ausdrucke über ihrem Kopf.

»Wen?«, fragte Stefan. »Herrn Haupt? Das ging aber schnell.«

»Wieso Herrn Haupt?«, fragte sie irritiert zurück und ließ den Arm sinken.

»Lass mal, Yasemin, erkläre ich dir später«, sagte Christine. Sie warf Stefan einen strafenden Blick zu. Der grinste in sich hinein, holte sein Handy aus der Tasche und stellte sich mit ausgestrecktem Arm neben Yasemin.

»Du bist heute so gut aufgelegt, das muss man doch dokumentieren. Hast du was dagegen, wenn ich ein Selfie von uns beiden mache?«, fragte er.

Yasemin schüttelte den Kopf und sah ihn skeptisch an.

Christine ahnte, worauf es hinauslief. Ein Selfie war natürlich unverfänglicher, als wenn Stefan sie allein fotografierte. Aber mit ein paar Handgriffen konnte er einen Ausschnitt aus dem Bild herauskopieren und an

Herrn Haupt schicken und so das Versprechen einlösen, das er ihm bei ihrem Besuch in der KTU gemacht hatte.

»Halt, dann will ich auch mit drauf«, sagte Christine und stellte sich dazu. In dem Moment, in dem Stefan auslöste, hob sie schnell die Hand und winkte in die Kamera.

Stefan sah sich das Foto auf dem Handy an.

»Christine, was soll denn das?«, beschwerte er sich. »Du hast deine Hand vor Yasemins Gesicht gehalten.«

»Ja, und du weißt auch ganz genau, warum. Schluss jetzt mit dem Affentheater. Wenn hier jemand ein Bild von Yasemin an Herrn Haupt schickt, dann höchstens sie selbst.«

»Warum soll ich ihm ein Bild schicken?«, fragte Yasemin mit gerunzelter Stirn. »Ich kenne ihn doch gar nicht, außer vom Telefon.«

»Eben drum«, sagte Stefan.

»Männer«, fauchte Christine.

»Können wir mal zur Sache kommen?«, bat Yasemin. »Bei der Suche nach Vermissten mit den Initialen C.S., die vor drei Tagen verschwunden sind, gab's einen Volltreffer.«

Sie hielt nachdenklich inne. »C. und S.«, sagte sie dann. »Ist euch schon aufgefallen, dass das die Initialen von euren beiden Vornamen sind? Christine und Stefan?«

»Toll«, sagte Christine leicht genervt. Yasemin hatte manchmal wirklich seltsame Assoziationen, dachte sie.

»Zeig mal, wen wir da haben«, bat Stefan

»Hier ist er: Christian Schender.« Yasemin reichte ihm den Ausdruck.

»Gibt es ein Bild?«, fragte er.

»Ja, gibt es. Der Mann ist für uns kein Unbekannter.«

Sie zeigte ihm ein Foto auf ihrem Tablet.

Stefan betrachtete es: »Ja, das könnte er sein. Lassen wir das noch von der Rechtsmedizin prüfen?«

»Ist schon erledigt, er ist es«, bestätigte Yasemin.

»Was steht denn in seiner Akte?«, fragte Christine.

»Ich würde ihn als Kredithai bezeichnen. Er verleiht Geld an Leute, denen die Banken nichts geben«, erklärte Yasemin, »und hat öfter Schwierigkeiten, es zurückzukriegen. Schender hat ein paar Mal ruppige Methoden angewendet, wenn seine Kunden nicht pünktlich gezahlt haben.«

»Wie ruppig muss ich mir das vorstellen?«

»Das Übliche: Nachstellung, Bedrohung, Nötigung, aber alles minder schwere Fälle.«

»Das hat sein Mörder vielleicht anders gesehen«, sagte Stefan, »sonst hätte er wohl nicht auf ihn geschossen.«

»Wir dürfen nicht vergessen, dass der Schuss nicht direkt zu seinem Tod geführt hat«, wandte Christine ein. »Erst nachdem die Kugel in seinem Bauch ihre Richtung geändert hat, wurde sie tödlich.«

»Die Richtung geändert? Wie geht denn das?«, fragte Yasemin überrascht.

»Tja, das würden wir auch gern wissen«, sagte Christine und fragte an Stefan gewandt: »Hat Erhardt sich deswegen bei dir gemeldet?«

Stefan schüttelte den Kopf. »Wer war es denn, der ... wie hieß er gleich? ... Christian Schender als vermisst gemeldet hat?«

»Das war seine Frau. Hier ist die Adresse.« Yasemin gab ihnen die Ausdrucke, die sie mitgebracht hatte.

»Wer fährt hin und sagt es ihr?«, seufzte Stefan.

»Ich weiß, du machst das äußerst ungern«, antwortete Christine. »Ich kann das übernehmen, aber ich soll ja nicht, oder?«

Stefan zuckte verlegen mit den Schultern. Yasemin sah sie fragend an.

»Er hält mich für ein emotionales Trampeltier«, sagte Christine zu Yasemin und zeigte auf Stefan.

»Das habe ich nie gesagt«, protestierte Stefan.

»Und er meint, ich merke nicht, dass er das von mir glaubt«, ergänzte Christine.

»Klar«, sagte Yasemin, »du könntest es ja nur merken, wenn du etwas Feingefühl hättest.«

»Dabei fehlt eher ihm das Feingefühl, um zu merken, dass mir das sehr wohl was ausmacht«, sagte Christine. »Ich gehe auch nicht gern zu Leuten hin und erzähle ihnen, dass ihre Angehörigen nicht mehr leben. Aber es hilft auch niemandem, wenn ich das raushängen lasse.«

»Ich kann da hinfahren, kein Problem«, beeilte sich Stefan einzuwerfen.

»Siehst du?«, sagte Christine zu Yasemin. »Er will lieber nicht, dass ich das mache.«

»Das wollte ich doch gar nicht damit ausdrücken!« Stefan hob verzweifelt die Hände. »Wir können auch zusammen fahren.«

Yasemin grinste: »Egal, was du jetzt sagst, Stefan, es wird nicht besser.«

»Aber wir fahren trotzdem zusammen«, sagte Christine, »und auf dem Weg kriege ich ein bisschen Nachhilfeunterricht im schonenden Umgang mit Leuten.«

»Okay«, stöhnte Stefan, »hier kommt Lektion eins: Man sagt nicht als ersten Satz ›Ihr Mann ist tot‹ und dann als zweiten ›Dürfte ich mal Ihre Toilette benutzen?‹.«

»Das musst du ausgerechnet jetzt herumerzählen«, beschwerte sich Christine.

Yasemin unterdrückte ein Lachen. »Das hast du gesagt?«, fragte sie.

»Na, das ist jetzt arg verkürzt, schon ziemlich lange her, und außerdem musste ich wirklich ganz dringend.«

»Wie auch immer. Ich gehe lieber vorher noch mal aufs Klo«, sagte Stefan und schlich davon. Als er außer Hörweite war, fasste Christine Yasemin am Arm.

»Ich muss dich warnen.«

»Was? Wieso?«, fragte Yasemin erschrocken.

»Herr Haupt von der KTU will unbedingt wissen, wie du aussiehst. Stefan soll ihm ein Bild von dir besorgen.«

»Ohne mich zu fragen? Spinnen die komplett? Wie krank ist das denn?«

»Nennen wir es mal männliche Solidarität«, beschwichtigte Christine.

»Wenn die nur etwas Grips hätten, dann hätten sie längst meinen Namen im Internet gesucht und meine Bilder auf Facebook gefunden.«

»Sollen wir sie auf eine falsche Fährte locken?«

»Wie willst du das machen?«

»Herrn Haupt ein falsches Bild schicken. Per E-Mail.«

Yasemin spitzte die Lippen: »Das gefällt mir. Ich habe auch schon eine Idee, wer auf dem Foto sein könnte. Und Stefan sagen wir, dass alles erledigt ist.«

Stefan bog um die Ecke: »Alles ist erledigt? Gut, ich wäre dann so weit. Gehen wir?«

14

Frau Schender

Tamara Schender blickte erstarrt auf das Foto ihres toten Mannes. Es dauerte mindestens eine Minute, in der sie zu begreifen versuchte, dass ihr Mann nicht mehr lebte. Dann begann das Foto in ihrer Hand zu zittern.

»Stefan«, rief Christine, »einen Stuhl, schnell.«

Frau Schender schaute irritiert, als ob sie erst jetzt die Kommissare bemerkte. Sie begann zu wanken und Christine stützte sie am Ellenbogen. Sofort war Stefan zur Stelle und schob Frau Schender einen Stuhl unter, auf den sie sich fallen ließ.

»Ich hatte Ihnen gesagt, Sie sollten sich besser hinsetzen«, sagte Christine, als müsse sie sich verteidigen. Stefan schob sie weg und kniete sich zu Frau Schender hinunter.

»Geht es wieder?«, fragte er sanft und strich der dunkelhaarigen Frau über den Arm.

Eine unheimliche Stille erfüllte den Flur, als ob die weiß gestrichenen Wände von einem Moment auf den anderen zufroren, mit knackenden Lauten hinter der indirekten Beleuchtung. In der Mitte saß Tamara Schender auf ihrem Küchenstuhl, die Kommissare an ihrer Seite, und schwieg. Ihre grünen Augen waren geweitet und schwammen in Tränen. Kein Laut, kein Schluchzen kam über ihre Lippen.

»Sie müssen jetzt nichts sagen«, meinte Stefan. »Wir rufen erst mal einen Krankenwagen.«

Was für ein Unterschied zu Frau Xaverius, dachte Christine. Die war bestimmt fünf Minuten nach dem

Besuch der Kommissare wieder im Garten gewesen, um Rosen zu schneiden. Frau Schender warf die Nachricht regelrecht um. Doch sie winkte ab.

»Kein Krankenwagen«, sagte sie in gebrochenem Deutsch. Die Stimme war so leise, dass Stefan sie fast nicht verstanden hätte.

»Kein Krankenwagen, okay«, wiederholte er leise.

Christine nahm ihr Handy und forderte seelsorgerischen Beistand an. Sie würden jetzt sowieso warten müssen, bis die Helferin vor Ort war. Sie betrachtete das unregelmäßig geformte Holzregal mit den vielen Büchern. Eine Einzelanfertigung, urteilte Christine. Auch das moderne Gemälde über der Schuhkommode sah mit seinen dick aufgetragenen Pinselstrichen nach einem Original aus. Herr Schender wusste offenbar, wie man an Geld kam. Vielleicht konnten sie noch irgendetwas über den Toten erfahren.

»Wissen Sie, ob Ihr Mann Feinde hatte?«, fragte Christine.

Stefan schaute zweifelnd in ihre Richtung und schüttelte den Kopf. Offenbar war er der Meinung, dass sie heute nichts mehr herausbekommen würden. Christine musste zugeben, dass alles danach aussah, auch wenn es ihr nicht passte. Doch dann fragte Frau Schender ängstlich: »Musste er leiden?«

Christine schüttelte den Kopf.

»Wie ist er ...?«

»Er wurde erschossen.«

Stefan drückte Frau Schender ein Taschentuch in die Hand. Sie nickte und schnäuzte sich.

»Er war ein guter Mann«, stieß sie hervor und begann dann endlich zu weinen. Als Christine sah, wie der Körper der dunkelhaarigen Frau in einem Weinkrampf zuckte, sah sie zum Fenster hinaus. Sie mochte das Leid nicht an sich heranlassen, es rief Erinnerungen wach, von denen sie nichts mehr wissen wollte. Sie blockierten ihren Kopf und den brauchte sie jetzt. Sie nahm sich einen zweiten Stuhl und setzte sich ebenfalls. Nachdem sich Frau Schender wieder etwas beruhigt hatte, wiederholte Christine ihre Frage: »Hatte Ihr Mann Feinde?«

Tamara Schender hob ihren Blick und nickte dann: »Mein Mann vergab Kredite an Leute, die verzweifelt waren. Die bekamen von der Bank nix mehr und kamen dann zu Chris. Er hat ihnen geholfen, er war ein guter Mann.«

Sie schluchzte erneut auf.

»Erinnern Sie sich an einen bestimmten Schuldner, der es auf Ihren Mann abgesehen hatte?«, bohrte Christine nach. Nach kurzem Nachdenken gab Tamara Schender an, dass es wohl häufiger Streit mit den Schuldnern gegeben hatte, meistens am Telefon. Nur einmal hatte eine Frau vor ihrer Tür gestanden, an die sie sich erinnerte. Nachdem sie hereingelassen worden war, hatte sie getobt und gefordert, den Vertrag zu annullieren. Sie hatte Chris aufs Übelste beschimpft und gesagt, er wäre ein Halsabschneider, ein Blutsauger und nutze die Menschen nur aus. Chris war hart geblieben. Frau Schender erinnerte sich, dass die Frau zum Schluss auf dem Boden gekniet und ihn angefleht hatte, alles rückgängig zu machen. An den Namen der Frau konnte sie sich leider nicht erinnern.

»Gibt es ein Büro?«, fragte Christine. »Darf ich einen Blick hineinwerfen?«

Frau Schender nickte, drehte sich um und zeigte auf eine mattierte Glastür im Flur.

Dann vergrub sie ihr Gesicht wieder in einem Taschentuch.

Christine erhob sich und drückte die Türklinke hinunter. Das Büro von Christian Schender strömte eine weltmännische Atmosphäre aus: mehrere Ledersessel, ein Schreibtisch aus dunklem Holz auf einem roten Perserteppich, eine kleine Bar mit Kristallgläsern. Alles, was ein Geschäftsmann benötigte, um andere zu beeindrucken, war vorhanden. Der Humidor auf dem Schreibtisch für die Zigarren war leer. Vielleicht hatte er sich das Rauchen abgewöhnt. Außerdem stand auf dem Schreibtisch eine geschwungene goldglänzende Leuchte, eine elektrische Rechenmaschine, ein Laptop und ein schwarzes Kästchen, das Christines Aufmerksamkeit erregte. Sie biss sich auf die Unterlippe. War das etwa eine Schuldnerkartei, ganz klassisch auf Kärtchen notiert? Wenn sie Glück hatten, verbargen sich darin ein paar interessante Namen, die sie nachverfolgen konnte. Als sie das Kästchen öffnete, war sie überrascht. Es waren tatsächlich Karteikarten, aber nicht ein paar, sondern mindestens hundert. Die Karten waren feinsäuberlich mit Adressen und Telefonnummern beschriftet und mit Registern getrennt. Die Zahlen, die sie auf den Karten las, waren zum Teil sogar im sechsstelligen Bereich. Das sah nicht nach Kleinkreditnehmern aus. Bei den vereinbarten Zinssätzen wunderte sich Christine nicht darüber, dass es der Familie Schender finanziell so gut ging.

Draußen klingelte es. Christine hörte, wie Stefan die Tür öffnete und die Seelsorge herein ließ. Endlich war sie erlöst, sie würden das Leid in dieser Wohnung hinter sich lassen. Sie griff nach dem Laptop und dem Karteikästchen. Im Präsidium würden sie die Beute auswerten. Doch vorher brauchten sie erst einmal eine Pause in ihrer Lieblingsbäckerei um die Ecke.

Sie betraten den Laden, bestellten Kaffee und etwas zu essen und gingen hinüber zu den Stehtischen. Außer ihnen befand sich keiner dort. Stefan biss genussvoll in ein Eibrötchen mit Mayonnaise. Der Geruch stach Christine unangenehm in die Nase.

»Kannst du nicht was Normales essen?«, fragte sie. Sie deutete auf die Zimtschnecke auf ihrem Teller.

Er reagierte nicht und kaute munter weiter. Ein gelblicher Tropfen löste sich aus dem Brötchen und kleckste auf den Unterteller.

»Denkst du auch über Frau Schender nach?«, fragte Stefan. »Sie hat mir gesagt, dass sie in der Tatnacht mit einer Freundin ausgegangen war. Ich habe mir den Namen notiert, irgendetwas Unaussprechliches. Ich rufe sie später an. Ich glaube, sie ist Russin oder so.«

»Also, ich denke, wir können sie als Täterin ausschließen«, sagte Christine. »Interessanter scheint mir die Frau, von der sie erzählt hat. Schade, dass Frau Schender nicht mehr weiß, wie sie hieß. Jetzt haben wir einen Haufen Namen zu überprüfen.«

»Wir konzentrieren uns erst mal auf die neuen Kreditnehmer der letzten Monate«, meinte Stefan.

Christine rührte unglücklich im Schaum auf ihrem Kaffee: »Das darf doch nicht wahr sein, dass wir so im Trüben fischen.«

»Sieht aber ganz danach aus«, sagte Stefan und führte schwungvoll seinen Kaffee zum Mund, dabei schwappte die Tasse über und ergoss sich auf seine schwarze Lederjacke.

»Mist, die teure Jacke«, fluchte er und rieb mit der Serviette darauf herum.

Christine musste ihm Recht geben: Die Jacke wirkte edel. Selbst sein langweiliges blau kariertes Hemd sah mit dieser Kombination verwegen aus. Insgesamt passte alles zu dem Dreitagebart und Stefans dunklen Augen. Nur, dass sein Zahnarzt ihm als Kind offenbar die falsche Spange verpasst hatte, störte das perfekte Bild, und zwar jedes Mal, wenn er in sein Eibrötchen biss.

»Ob Frau Schender auch in Gefahr ist?«, fragte Christine.

»Ich glaube nicht«, sagte Stefan. »Ihr Mann ist bereits drei Tage tot. In der Zwischenzeit hätte ihr jemand bereits einen unerfreulichen Besuch abstatten können, aber es ist nichts dergleichen geschehen. Die Schuldner werden jetzt erst mal froh sein, dass der Bösewicht weg ist. Von wegen ›mein Mann war ein guter Mann‹, Frau Schender hätte nur mal einen Blick auf die horrenden Zinsen werfen sollen, dann hätte sie anders über ihren Mann gedacht. Warum sind Frauen nur so naiv?«

Christine warf den Löffel nach ihm, welcher an seiner Stirn abprallte und auf den Boden fiel.

»He, sag mal«, schimpfte er, holte den Löffel wieder auf den Tisch und drohte ihr mit dem Zeigefinger.

»Keine Verallgemeinerungen, du Chauvi«, erwiderte Christine und blickte in ihren Kaffee, in dem sie jetzt nicht mehr rühren konnte. »Kannst du mir 'nen neuen Löffel holen?«

»Erst wirft die Dame mit Löffeln um sich, und dann ist der Chauvi gut genug, ihr einen neuen zu besorgen? Den hol dir mal schön selber«, sagte er und hatte bereits wieder herzhaft zugebissen. Entsprechend undeutlich fiel die nächste Bemerkung aus: »Wasch hamwa beim Fall Schawewiusch?«

Christine grinste: »Bei wem? Xaverius? Iss erst mal das Zeug auf.«

Sie ging zur Verkaufstheke und kam mit einem neuen Löffel zurück. Der Arzt hat aber auch einen komplizierten Namen, dachte sie. Ja, was hatten sie im Fall Xaverius? Wenigstens gab es hier schon mehrere Verdächtige, die als Täter infrage kamen. Die feindselige Ehefrau und der allzu liebe Maik. Außerdem mussten sie sich das berufliche Umfeld noch genauer ansehen. Es wurde Zeit, dass sie den Senior Dr. Hahnfuß und die Kollegin Dr. Selbering befragten. Außerdem wollte sie den Unfallzeugen Jochen Jerichow ins Präsidium laden.

»Was willst du von dem Unfallzeugen?«, fragte Stefan, nachdem sie ihm ihre Überlegungen mitgeteilt hatte.

Christine zuckte mit den Schultern. »Ich weiß nicht genau, vielleicht ist ihm jemand aufgefallen. Wenn ich der Täter wäre, würde ich wissen wollen, ob mein Plan aufgegangen ist.«

Stefan nickte. »Okay, ich helfe Yasemin bei der Auswertung der Schuldnerkartei, und du machst einen Termin mit der Praxis und mit Jerichow.«

»Aber kein Foto von Yasemin an Herrn Haupt!«, sagte Christine drohend.

Stefan grinste, dann schüttelte er den Kopf.

»Außerdem muss ich dir noch etwas aufladen: Sprich nochmal mit Maik. Finde heraus, ob er was mit dem Unfall von Xaverius zu tun hat«, sagte Christine.

»Maik? Der ist harmlos«, sagte Stefan.

Christine sah in prüfend an. »Wo ist denn der penible Ermittler geblieben?«, fragte sie spitz und setzte hinzu. »Maik ist harmlos, wenn er uns ein passendes Alibi anbietet, ansonsten bleibt er im Kreis der Verdächtigen. Oder soll ich mich um ihn kümmern? Ich will nicht, dass wir Ärger mit der Staatsanwaltschaft bekommen. Ich kann mich doch auf dich verlassen, oder?«

»Quatsch, ich treffe mich mit ihm, kein Problem«, sagte Stefan und warf seine zerknüllte Serviette auf den Teller.

15

Der Zeuge

Jochen lag wieder einmal in der Röhre des MRT, aber diesmal hatte er viel mehr Platz. Es war geradezu geräumig, außerdem war die Unterlage mit rotem Samt ausgeschlagen und an den Wänden befanden sich vergoldete Applikationen, die Ranken und Blätter nachbildeten. Eigentlich sah es mehr aus wie in der privaten Loge eines altmodischen Theaters, nur dass man hier lag und nicht saß.

Na bitte, kann doch ganz gemütlich sein, dachte Jochen zufrieden. Er überlegte, ob er bei der Arzthelferin einen Sekt bestellen konnte, als die Musik begann. Er hatte keine Kopfhörer auf. Es geht also auch ohne, dachte er zufrieden. Es war der Beginn von Brahms' erster Sinfonie und erstaunlicherweise waren die regelmäßigen Paukenschläge auf den Punkt genau im Takt mit dem Klopfen des MRTs. Nein, die Paukenschläge waren der MRT!

Jochen blickte zur Seite, da lag Xaverius neben ihm und lächelte: »Was für ein großartiger Einfall. Der MRT als Musikinstrument! Wie sind Sie darauf bloß gekommen?«

Jochen war perplex: »Aber es war doch gar nicht mein Einfall.«

»Na, dann war es eben dieses Ding in Ihrem Kopf. Scheint ein kleines kreatives Monsterchen zu sein.«

»Wissen Sie, was für eine Art Monsterchen es ist? Es redet nämlich nicht mit mir.«

Doch Xaverius hörte ihm nicht zu. Er rieb sich die Hände und sagte: »Ein MRT auf der Konzertbühne.

Was man damit alles machen könnte! Das würde sogar die Flugzeugpropeller von George Antheil in den Schatten stellen.«

»Woher kennen Sie George Antheil?«, fragte Jochen. Er hatte nicht erwartet, dass sich Xaverius in der Musik des 20. Jahrhunderts auskannte.

»Crescendo«, rief der Radiologe.

»Ja«, rief Jochen, »es wird tatsächlich immer lauter.«

Die Musik schwoll langsam immer mehr an, die Einleitung mit den Paukenschlägen hätte längst vorbei sein müssen, aber ging weiter und weiter.

»Das ist der Director's Cut«, schrie Xaverius, »eine unbekannte lange Fassung aus Brahms' Schublade.«

»Brahms hatte keine Schublade«, widersprach Jochen. »Er hat seine Skizzen alle vernichtet.«

»Nicht in dieser Schublade hier«, brüllte Xaverius gegen den Lärm der Musik und tippte sich an die Stirn. »Ich sage nur: Crescendo.«

»Was haben Sie denn immer mit dem Crescendo?«, wunderte sich Jochen.

»Crescendo«, röhrte Xaverius. »Crescendo, crescendo, crescendo."

Er sang die Silben auf die Melodie von »Maria« aus der Westside Story, die Musik passte sich an und begleitete ihn.

»Für einen Amateur singen Sie gar nicht übel«, lobte Jochen. »Der Tritonus ist nicht leicht zu treffen.«

»Ich habe ein Rätsel für Sie: Was haben Brahms und Bernstein gemeinsam?«, fragte der Radiologe.

»Sie fangen beide mit B an«, antwortete Jochen und war stolz, diese Frage so schnell beantwortet zu haben.

»Sehen Sie? Dieselbe Schublade. Crescendo. Immer wieder crescendo.«

Er schlug launig mit der flachen Hand auf Jochens Brust und maunzte.

Jochen schlug die Augen auf. Kleopatra war auf seine Bettdecke gesprungen, stand auf seinem Bauch und blickte ihn erwartungsvoll an.
»Kleo, was ist denn? Ist es schon so spät?«
Jochen rappelte sich auf und blickte auf die Uhr. Es war schon nach acht. Die Katze erwartete zu Recht ihr Frühstück. Wer würde ihr die Dose aufmachen, wenn er nicht mehr …? Jochen verbot sich den Gedanken. Er lebte ja und das vielleicht noch sehr lange. Vielleicht. Er blickte aus dem Fenster, ein trüber, nasser Tag blickte zurück.
»Das richtige Wetter, um in eine schöne, lange Depression zu verfallen«, seufzte Jochen. Aber er hatte zu tun. Er musste heute Morgen auf dem Präsidium erscheinen, als Zeuge des Unfalls. Der Traum kam ihm wieder in den Sinn. Xaverius lag im Koma, er konnte also nicht neben ihm im MRT liegen, überlegte er, bis ihm einfiel, dass in der Enge des MRT ohnehin niemand neben ihm liegen konnte. Was für ein gesteigerter Blödsinn! Blödsinn im Crescendo sozusagen.
Crescendo. Das war Xaverius' letztes Wort zu ihm gewesen. Jochen hatte es verdrängt. Es war zwar seltsam, aber schien nicht wichtig. Vielleicht war es das doch? Er musste das heute zu Protokoll geben, vielleicht konnte die Polizei etwas damit anfangen. Warum hatte Xaverius in seinem Traum so darauf herumgeritten? Crescendo hieß ja auch ›wachsend, anschwellend‹. Wurde aus dem kleinen Monsterchen in seinem Kopf allmählich ein großes?

Er ging in die Küche, um Kleopatra zu füttern, dann sorgte er für sein eigenes Frühstück. Nach einem ausführlichen Aufenthalt im Bad fühlte er sich bereit. Es war zu regnerisch draußen zum Radfahren und der Weg nach Mannheim war ihm zu weit, also nahm er seinen alten BMW, um zum Präsidium in L6 zu fahren. Er fuhr einige Zeit um die Quadrate herum, bis er einen vernünftigen Parkplatz gefunden hatte. Schließlich wollte er bei einem Besuch bei der Polizei kein Knöllchen kassieren. Dann stand er vor der historischen Fassade des Präsidiums. Schon die Eingangstür sah beeindruckend aus. Sie öffnete sich schwerfällig. Die ovale Halle dahinter war nicht groß, aber hoch, mit Jugendstil-Ornamenten an den Wänden und der gewölbten Decke. Die Glasfront der Anmeldung und ein nachträglicher Durchbruch zu einer Nebentür wirkten unpassend in dieser Pracht. Er meldete sich am Empfang an und wurde nach wenigen Minuten von der Kommissarin abgeholt.

Sie begrüßte ihn freundlich. Er musterte sie. Ihr pausbäckiges, rundes Gesicht mit den blonden Ringellocken wirkte kindlich und harmlos. Ob das für eine Kommissarin wohl eher von Vorteil oder Nachteil war, wenn sie so wenig einschüchternd schien? Bestimmt fanden nicht wenige Männer sie attraktiv, auch wenn sie nicht den gängigen Schönheitskriterien entsprach. Sie bemerkte seinen Blick und lächelte unverbindlich und ein wenig kühl, als sei sie es gewohnt, so angeschaut zu werden. Es kränkte ihn nicht. Er fand sie nicht begehrenswert. Aber das hatte mehr mit ihm als mit ihr zu tun. Es war, als werfe er einen Blick auf eine schöne Landschaft, deren Reize er wahrnahm, ohne viel dabei zu empfinden. So war es eigentlich immer. Er kannte es nicht anders, und normalerweise machte es ihm nichts aus. Es lag nur an seiner aktuellen Situation, dass er sich ein wärmeres Lächeln gewünscht hätte, egal von wem.

»Wie geht es Ihnen?«, fragte Kommissarin Karch, auf dem Weg zum Zimmer, in dem das Protokoll aufgenommen werden sollte.

»Wie es einem so geht, wenn man nicht weiß, wie lange man noch zu leben hat.« Jochen versuchte es leichthin zu sagen.

Die Kommissarin blieb verwirrt stehen. »Wieso das? Im Bericht stand gar nichts über Ihre Unfallbeteiligung.«

»Ach, der Unfall. Nein, dabei habe ich nichts abbekommen. Aber in der Radiologischen Praxis von Herrn Xaverius haben sie etwas in meinem Hirn gefunden.«

»Einen Tumor?«

»Komisch, das fällt allen als Erstes ein. Mir auch. Man weiß es noch nicht. Es gibt wohl tausend Sachen, die man im Hirn haben kann. Harmlose und weniger harmlose.«

»Und wie geht's Ihnen damit?«

»Möchten Sie das wirklich wissen?«

Die Kommissarin nickte zögernd. Jochen überlegte. Wie konnte er ihr seine extremen Gefühle erklären, wenn sie sie nie selbst erlebt hatte?

»Hören Sie gern Musik?«, fragte er.

»Kommt drauf an.«

»Beethoven, Opus 131. Können Sie sich das merken?«

»Kein Problem. Wieso, was ist damit?«, fragte sie.

»Geben Sie das mal im Internet ein und hören sich den ersten Satz an. Dann wissen Sie, wie es mir gerade geht.«

Sie lächelte, drehte sich um und lief vor ihm den Gang entlang. Aber Jochen blieb ernst. Es war kein Scherz. Das unruhige, schwankende, scheinbar endlose Kreisen um ein einziges, schwermütiges Thema, kurze Momente einer aufgehellten Zuversicht, dann wieder Rückfall in eine Melancholie voll grauem Zweifel. Genauso fühlte er sich, er steckte mitten darin. Wenn nur alles vorbei wäre, wenn er den munteren, zweiten Satz erreicht hätte ...

Sie hatten die Treppen und langen, hohen Gänge des alten Gebäudes durchquert. Alles war ein bisschen zu groß und raumgreifend für den modernen Geschmack und wirkte einschüchternd. Sie waren mehrmals abgebogen und Jochen hätte allein nicht mehr zum Eingang zurückgefunden. Nun wechselten sie hinüber in den Neubau, und die Atmosphäre wechselte schlagartig. Hier herrschten Funktionalität und Sachlichkeit, gerade Linien und klare Kanten.

Sie öffnete ihm eine Tür: »So, da wären wir, nehmen Sie Platz. Ich komme gleich wieder, ich muss noch eine Schreibkraft holen.«

Das war also eines dieser Zimmer, die man in den Kriminalfilmen immer sah, dachte Jochen. Es wirkte wie ein normales Büro, mit Schränken, einem großen Schreibtisch und Fenstern zum Innenhof. Kein venezianischer Spiegel, keine schmucklosen, kahlen Wände, keine künstliche Beleuchtung mit kalten Neonröhren.

Die Kommissarin kam zurück mit einer weiteren Frau an ihrer Seite.

»Das ist Frau Wohlfahrt«, stellte sie sie vor. »Sie wird das Protokoll schreiben.«

Frau Wohlfahrt begrüßte ihn, setzte sich an den Tisch und klappte ein Notebook auf.

»Möchten Sie einen Kaffee?«, fragte die Kommissarin.

»Ja, gerne«, erwiderte Jochen.

Frau Wohlfahrt begann bereits mitzuschreiben. Jochen wunderte sich. Sie merkte es und erklärte: »Zur Sicherheit halten wir alles fest, was hier im Raum gesprochen wird.«

Die Kommissarin stellte eine schwarze Porzellantasse vor ihn hin. Pechschwarz, schwarz wie die Nacht, schwarz wie der Tod, überlegte er und verwarf den Gedanken sofort wieder. Es gab keinen Grund, an den Tod zu denken. Sie kam mit einer Thermoskanne und schenkte ihm ein. Schwarz wie schwarzer Kaffee, dachte er. Es gab so viele Dinge, die schwarz waren.

»Möchten Sie Milch oder Zucker?«

Aber es gab auch viele weiße Dinge. Weiß wie Milch und Zucker. Schwarz und weiß, Schatten und Licht, beides bedingte einander. Dann merkte er, dass die Kommissarin noch auf seine Antwort wartete.

»Danke, nein«, lehnte er ab, »schwarzer Kaffee ist gut.«

Er sah auf seine Tasse. Sie hatte begonnen, sich zu verfärben, es war offenbar eine dieser »magischen« Tassen, die auf die Hitze des Getränkes reagierten. Ein Chamäleon leuchtete ihm in allen Regenbogenfarben entgegen. Sieh an, dachte er, nicht alles ist so schwarz, wie es anfangs aussieht.

»Sehr hübsch, Ihr Chamäleon«, sagte er, »sehr farbenfroh.«

»Woher kennen Sie Hannibal?«, fragte sie verwirrt.

»Hannibal? Heißt es so?«, fragte er und zeigte ihr die Tasse.

Er sah die Überraschung in ihrem Gesicht, dann fing sie herzlich an zu lachen.

»Entschuldigung«, prustete sie, »ich hatte keine Ahnung. Die Tasse hat mir mein Kollege geschenkt. Ich habe sie vorher noch nicht benutzt. Sie sind der Erste.«

»Ich finde, die Tasse gewinnt deutlich mit Inhalt.«

»Da haben Sie recht.«

Sie wurde wieder ernst und setzte sich ihm gegenüber. Er merkte, dass er den kurzen Moment unbeschwerter Heiterkeit bereits vermisste. Aber sie waren nicht zum Vergnügen hier. Nach den Anfangsformalitäten bat sie ihn, den Unfallhergang so genau zu schildern, wie es ihm möglich war.

»Ich muss Ihnen ein Geständnis machen«, begann Jochen.

»Eigentlich sind Sie ja als Zeuge geladen, aber bitte, ich höre?«

»Ich bin nicht unschuldig an dem Unfall von Herrn Xaverius. Ich habe ihm hinterhergerufen, als er an mir vorbeifuhr. Ich fand sein Überholmanöver rücksichtslos und habe mich geärgert ...«

»Sie haben ihm nachgerufen, okay. Aber haben Sie ihn von der Straße gedrängt oder irgendwie genötigt? Haben Sie sich verkehrsgefährdend verhalten?«

»Nein, nein, natürlich nicht. Nur gerufen. Aber er hat sich kurz umgedreht und danach die Kontrolle über den Wagen verloren.«

»Dann waren Sie vielleicht der Auslöser für den Unfall, aber eine Schuld im juristischen Sinn sehe ich nicht. Sein Auto war nicht in Ordnung, das war die eigentliche Unfallursache.«

»Aber der Wagen war doch tipptopp gepflegt«, wunderte sich Jochen.

»Wir sind noch bei der Ermittlung. Darum sind Sie ja hier. Fangen Sie bitte noch mal ganz von vorne an. Dr. Xaverius hat Sie also überholt, Sie haben ihm nachgerufen. Was geschah dann?«

Jochen berichtete so detailliert, wie er sich erinnern konnte. Dann erwähnte er, dass Xaverius als letztes Wort »Crescendo« zu ihm gesagt hatte.

Die Kommissarin runzelte die Stirn: »Crescendo? Was heißt das?«

»Das ist italienisch für ›wachsend, anschwellend‹«, erklärte Jochen.

Die Kommissarin runzelte die Stirn und sah ihn argwöhnisch an, als ob er etwas Unanständiges gesagt hätte.

Jochen unterdrückte ein Grinsen: »Es ist eine gängige Bezeichnung in den Noten, wenn die Musik lauter werden soll.«

»Warum sollte Dr. Xaverius so etwas sagen? Hat er mit Musik zu tun?«

»Ich weiß es nicht genau, aber immerhin leitet er die Studie über die Einflüsse von Musik auf das Hirn. Ganz unmusikalisch ist er sicher nicht.«

»Was kann er denn damit gemeint haben?«, grübelte die Kommissarin. »Wurde in dem Moment irgendetwas lauter um Sie herum? Oder hat er sich das eingebildet?«

»Ich habe auch schon darüber nachgedacht«, sagte Jochen. »Vielleicht ist es ein Passwort, mit dem man in seinen Computer reinkommt oder so.«

Sie blickte ihn zweifelnd an: »Ich glaube, Sie gucken zu viele Kriminalfilme. Leute, die kurz vor dem Ableben sind, denken an ihre Familie, ihre Freunde, vielleicht an ihre Feinde, aber nicht an ihr Computerpasswort.«

»Gibt es denn jemanden im Umfeld von Dr. Xaverius, der Crescendo heißt?«, fragte Jochen. Er hatte es ironisch gemeint, aber die Kommissarin stutzte.

»Sind Sie sich ganz sicher, dass er ›Crescendo‹ gesagt hat? Oder könnte es etwas Ähnliches gewesen sein? Ein Name zum Beispiel?«

»Es hat sich angehört wie ›Crescendo‹. Aber ich gebe zu, er hat nicht sehr deutlich gesprochen in seinem Zustand.«

»Kann es sein, dass er stattdessen ›Chris Schender‹ gesagt hat?«

Jochen überlegte, dann nickte er: »Möglich wäre es.«

Die Kommissarin nickte nachdenklich und machte sich eine Notiz.

»Chris Schender? Wer ist denn das?«, fragte Jochen.

»Ich darf Ihnen leider nichts über die laufenden Ermittlungen sagen, tut mir leid. Bringen wir das hier zu Ende.«

Jochen schloss seine Aussage ab. Frau Wohlfahrt klappte ihr Notebook zu und verabschiedete sich. Jochen hatte sie während des Gesprächs fast vergessen, so sehr hatte sie sich im Hintergrund gehalten. Die Kommissarin bedankte sich bei ihm und brachte ihn zum Eingang zurück.

»Und gute Besserung für Ihr … Sie wissen schon.« Sie tippte sich mit dem Finger an die Stirn.

Jochen fiel auf, dass Xaverius im Traum genau dieselbe Geste gemacht hatte. »Für meine Schublade? Mit dem Director's Cut drin?«, schmunzelte er.

»Ich kann Ihnen nicht ganz folgen?«

»Vergessen Sie's, war nur so eine Assoziation. Aber Sie haben mich auf eine Idee gebracht, vielen Dank.«

Nachdem sie sich verabschiedet hatten, ging er die letzten Treppenstufen hinunter und zog die Eingangstür schwungvoll auf. Die Straße empfing ihn mit Verkehrslärm. Erst jetzt bemerkte er, dass er ein Lächeln mit nach draußen getragen hatte. Wenn Brahms eine Schublade mit unvertonter Musik im Hirn hatte, was befand sich in der Schublade von Jochen Jerichow? Würde es sich nicht lohnen, mal nachzusehen, was das kleine kreative Monsterchen so drauf hatte? Möglicherweise war es ein buntes Chamäleon? Nein, das war Unfug. Trotzdem stimmte ihn dieser Unfug heiter und der Tag wirkte weniger grau als beim Aufstehen am Morgen.

16

Der Senior

»Warten Sie hier«, sagte die junge Angestellte und schob Christine vor eine makellos weiße Tür, die sie an die Rechtsmedizin erinnerte. »Gehen Sie bitte erst hinein, wenn der Herr Doktor mit dem Diktat zu Ende ist.«

Die Tür stand einen Spalt weit offen, so konnte sie einen Blick in das Arztzimmer werfen. Christine hörte die Stimme von Dr. Hahnfuß, allerdings konnte sie ihn nicht sehen, nur einen Tisch mit einem großen Stapel pappgrauer Umschläge und Papiere. Dahinter leuchtete matt der Bildschirm. Die sonore Stimme murmelte im monotonen Gleichton und verbreitete eine beruhigende Stimmung.

Sie überlegte, wo Stefan und sie heute essen gehen könnten. Die Hamburger-Phase sollte mal wieder abgelöst werden, dachte sie. Vielleicht würde sie ihn in das vegetarische Restaurant beim Wasserturm mitschleppen. Das Knarzen des Bürostuhls unterbrach ihre Gedanken.

»Das obere Mediastinum ist nicht verbreitert«, murmelte der Doktor gerade in das Diktiergerät. Christine sah, wie sich eine Brille mit Titangestell über den Stapel erhob, dahinter erschienen dichte graue Brauen und ein Paar braune Augen, die interessiert durch den Türspalt blickten.

»Kann ich Ihnen weiterhelfen?«, rief Dr. Hahnfuß mit professioneller Freundlichkeit. Christine öffnete die Tür und trat ein.

»Ah ja«, rief er aus, als ob er eine erfreuliche Bekanntschaft wiedersehen würde. Der Doktor kam mitsamt Drehstuhl hinter seinem Turm aus Pappe hervorgerollt, stand schwungvoll auf und drückte kräftig ihre Hand: »Sie sind die Dame von der Polizei?«

»Richtig. Christine Karch«, antwortete sie und sah zu ihm hinauf. Sie fragte sich, wie alt der Arzt sein mochte. Er hatte diese bestimmte und dabei höfliche Art gewisser reiferer Herren. Ein Relikt aus einer anderen Zeit.

»Dabei sehen Sie gar nicht aus wie eine Kommissarin«, sagte er und lächelte sie an.

»Das höre ich gelegentlich«, antwortete Christine.

Innerlich seufzte sie. Schon wieder eine dieser Bemerkungen, die sie an ihren täglichen Kampf erinnerte. Mit Bürsten, Kämmen und schmierigem Haarwachs versuchte sie, die Locken auf ihrem Kopf zu bändigen. Bisher war noch jeder Salon, der ihr empfohlen worden war, bei dem Versuch gescheitert, eine Frisur aus den störrischen Haaren zu formen. Mittlerweile schnitt Freundin Steffi ihr die Haare. Einen fehlerhaften Schnitt konnte bei ihr sowieso niemand erkennen.

»Und?«, fragte Dr. Hahnfuß, »wie kommen Sie weiter mit dem Fall? Möchten Sie etwas trinken? Einen Kaffee?«

Christine zögerte etwas zu lang mit einer Antwort. Er verschwand bereits hinter der Wand aus Karton und Papier in einer Ecke des kleinen Zimmers. Christine ging um den Wall aus Pappe herum und sah, wie Dr. Hahnfuß auf den Tasten eines Kaffeeautomaten von beeindruckender Größe herumdrückte. Der Automat zerhackte lautstark die Espressobohnen, dann fiel plätschernd der Kaffee in zwei bereitgestellte Tassen.

Dr. Hahnfuß drückte ihr eine der Tassen in die Hand. Darauf waren zwei Knochenhände zu sehen. Christine dachte an die Rechtsmedizin, und dass Dr. Erhardt sich über eine solche Tasse sicher freuen würde. Sie sah aber nach einem Werbegeschenk aus und man konnte sie wahrscheinlich nirgendwo kaufen.

»Ich nehme Koffein immer in seiner klarsten Form, stark und heiß und schwarz.« Dr. Hahnfuß nahm einen Schluck aus seiner Tasse. »Hier ist sowieso alles schwarz und weiß, oder was meinen Sie?«

Christine blickte hinter sich auf den Monitor, auf dem eine Röntgenaufnahme zu sehen war, und sagte: »Sieht ganz so aus.«

»Wenn Sie Milch oder Zucker möchten, bedienen Sie sich bitte, Frau Karch. Entschuldigen Sie mich, ich muss nur mal kurz ...«

Christine wurde ungeduldig. Jetzt verschwand er schon wieder, ohne dass sie eine Frage stellen konnte! Er zückte erneut sein Diktiergerät und murmelte eine Reihe von Fachbegriffen hinein. Christine startete den Milchschäumer an der Maschine und hoffte, dass die zischenden Geräusche auf dem Diktat hörbar würden. Doch Dr. Hahnfuß schien es nicht zu stören. Wie von Geisterhand wurde das Gesprochene in Zeichen und Worten auf dem Monitor sichtbar. Der Brief war fertig.

»Automatisches Diktat?«, fragte Christine überrascht und ließ eine Süßstoff-Tablette in die Tasse fallen.

Dr. Hahnfuß meldete sich vom Computer ab und drehte sich um: »Ja, eine automatische Spracherkennung, sonst würde das hier wohl niemals kleiner.«

Er deutete auf den Pappeturm. »Das ist der Stapel mit Voraufnahmen unserer Patienten, sie warten alle auf einen Befund«, seufzte er. »Und ohne meinen Kollegen ist das kaum zu schaffen.«

»Damit wären wir am Punkt«, sagte sie schnell. »Was können Sie mir über Dr. Xaverius sagen?«

Dr. Hahnfuß schmunzelte: »Aha, Sie beginnen mit Ihren Ermittlungen. Wissen Sie, wir machen eigentlich auch nichts anderes, wir ermitteln Krankheiten. Das sind die eigentlichen Bösewichte in dieser Welt, niemand hat so viele Leben auf dem Gewissen.«

»Meine Mutter wollte, dass ich Arzthelferin werde«, sagte Christine und stellte fest, dass sie nun selbst abschweifte. Doch mittlerweile war es ihr egal. Irgendwann würde selbst Dr. Hahnfuß zum Punkt kommen.

»Arzthelferin! Auch nicht schlecht«, sagte Dr. Hahnfuß. »Die Arzthelferinnen heißen heute allerdings ›Medizinische Fachangestellte‹. Bei uns arbeiten hauptsächlich ›Technische Assistenten‹. Das sind quasi die Kriminaltechniker der Radiologen. Ermittlungsarbeit dürfen aber nur wir machen, die Ärzte. Sie, Frau Karch, und ich, wir tragen die Verantwortung. Wir sind diejenigen, die die Täter entlarven. Aber wir müssen uns vor voreiligen Schlüssen hüten.«

Christine merkte, dass sich der Senior gerade in einen Vortrag hineinsteigerte, doch ihre Versuche, Blickkontakt aufzunehmen und ihn zu unterbrechen, scheiterten.

»Kommen Sie, ich muss Ihnen etwas zeigen.«

»Herr Dr. Hahnfuß, bitte, ich habe nicht den ganzen Tag Zeit«, ging Christine dazwischen. Irgendwann war dann doch mal Schluss. Er stutzte.

»Verzeihen Sie mir bitte, Frau Karch«, sagte er, »ich komme immer vom Hundertsten ins Tausendste. Aber gestatten Sie mir noch einen ganz kurzen Exkurs. Ein

Befund von heute Morgen. Das beschäftigt mich immer noch. Kommen Sie.«

Er winkte sie heran. Auf den riesigen beiden Monitoren flackerten Röntgenaufnahmen, schwarze Halbkreise mit weißen Punkten und Strichen. Dann stoppten die Bilder auf dem rechten und linken Monitor.

»Das ist die vergrößerte Mammographieaufnahme einer sechzigjährigen Frau, Sie wissen schon, die Aufnahme der weiblichen Brust. Hier links, da rechts.«

Er zeigte auf etwas, ohne nach hinten zu sehen. Christine trat näher und betrachtete die Bildschirme.

»Sehen Sie genau hin: Hier ist eine große krankhafte Veränderung, ein regelmäßiger Bereich mit glatten Rändern. Wie sich im Ultraschall herausstellte, war es eine harmlose große Zyste, sehen Sie das?«

Christine wusste nicht, worauf er hinauswollte.

Er drehte sich um und sagte: »Das ist ein gutes Beispiel für den Irrtum des ersten Erfolges. Wissen Sie, warum?«

Christine zuckte lustlos mit den Schultern. Eigentlich wollte sie jetzt endlich Informationen und keinen fachmedizinischen Vortrag.

»Ich hatte den Brief schon zu Ende diktiert, da fiel mir caudal eine kleine Stelle auf. Sehen Sie das?« Er deutete auf einen hellen Bereich mit winzigen Punkten.

»Dort hatte der Gynäkologe auch bei der Palpation eine Verhärtung gespürt, caudal. Aber natürlich hatte ich gedacht, der Befund wäre falsch beschrieben. Bei einem so deutlichen zystischen Befund ...«

Christine verschränkte die Arme und sah ihn weiterhin verständnislos an.

Er begann endlich zu bemerken, dass er nicht mit Fachpublikum sprach und sagte: »Ganz einfach, man sieht den Wald vor lauter Bäumen nicht. Bei einem so großen Befund freut sich der Ermittler so sehr über die glatte Lösung, dass der eigentliche Bösewicht kaum bemerkt wird: Das da unten, Frau Karch, der kleine unscheinbare Fleck mit den weißen Mikrocalzifikationen, also diesen Punkten hier, das ist der Täter, der die Frau umbringen wird, wenn wir nicht eingreifen.«

Er drehte sich auf seinem Bürostuhl zu ihr um und lächelte sie erwartungsvoll an.

Sie wartete ab, welcher Einschub jetzt kommen würde. Er angelte nach einem zweiten Bürostuhl und drehte die Sitzfläche nach vorn.

»Nehmen Sie den Kaffee und setzen Sie sich, Frau Karch, ich muss Ihnen eine Geschichte erzählen. Wir hatten hier im Haus mal eine Nachbarin mit, sagen wir mal, etwas ungewöhnlichen Vorstellungen ...«

17

Ein Alibi

Stefan fuhr mit dem transparenten Lift hinauf in die Café-Bar im Stadthaus am Paradeplatz. Die Aussicht hier oben war wirklich nicht schlecht, stellte er fest. Trotzdem war er bisher nur selten hier gewesen. Er fand es nicht richtig gemütlich mit dem offenen Blick über die ganze Stadt, der nüchternen Architektur aus Stahl und Glas und der dazu passenden Einrichtung. Er saß lieber in einer ruhigen Ecke, das fand er entspannender.

Maik hatte das Café vorgeschlagen, als Stefan ihn gebeten hatte, sich noch einmal mit ihm zu treffen. Es passte zu Maik, es brachte ein Flair von weiter Welt in die Provinzgroßstadt Mannheim. Stefan blickte sich suchend um, dann fiel sein Blick auf Maik, der an der Bar saß und bereits einen Latte macchiato vor sich stehen hatte.

»Heute kein blaues Erkennungszeichen? Nicht einmal Blaulicht?«, scherzte er.

»Wenn du unbedingt was Blaues willst, kannst du was aufs Auge kriegen«, murrte Stefan und setzte sich zu ihm.

»Oh, ist der Herr schlecht gelaunt? Geht's nicht voran mit den Ermittlungen? Da muss dann dein alter Kumpel Maik als Sündenbock herhalten?«

Stefan antwortete nicht. Er wollte nicht mit der Tür ins Haus fallen. Christine hatte ihm den Auftrag gegeben, Maik noch einmal zu befragen, weil sie vermutete, dass es zwischen den Fällen von Xaverius und Schender eine Verbindung gab. Warum, hatte sie ihm nicht gesagt, und er hatte vergessen, danach zu fragen. Weil die Geschehnisse zeitlich so dicht beieinander lagen, klang es im ersten Moment plausibel. Jetzt wunderte er sich, wie sie auf die Idee gekommen war.

Er bestellte einen Milchkaffee und ein Stück Johannisbeerstreusel. Dann wandte er sich wieder an Maik: »Macht dir das eigentlich Spaß?«

»Was denn?«

»Dein Job als Callboy?«

»Ist das jetzt eine private oder berufliche Frage?«, wollte Maik wissen.

Stefan ließ seinen Blick über die Hügel des Odenwaldes schweifen. Die Gegenfrage war berechtigt. Auch wenn er mit Maik eigentlich über den Fall Xaverius sprechen wollte, hatte ihn in den letzten Tagen etwas anderes beschäftigt. Als er bei ihrem ersten Wiedersehen herausfand, dass Maik als Callboy arbeitete, war er zu perplex, um sich klarzumachen, was es bedeutete. Erst hinterher hatte er es sich ausgemalt und es hatte ihn zunehmend verstört. Wie konnte jemand, den er zu kennen glaubte, in so einen Abwärtsstrudel hineingeraten? Was war mit Maik geschehen in den vielen Jahren, in denen sie sich nicht getroffen hatten?

»Ich habe mich das gefragt, seit wir uns beim Italiener wiedergesehen haben«, sagte er. »Ist das nicht irgendwie … erniedrigend? Oder ist dir das egal, weil du so viel Geld dafür kriegst?«

Maik hob die Augenbrauen: »So viel ist es nun auch nicht. Es ist ein guter Nebenverdienst. Man könnte davon leben, ja. Aber das will ich nicht.«

»Aber wie fühlst du dich dabei?«

Es entstand eine kurze Pause. Maik grinste still in sich hinein, dann sah er ihn offen an: »Ich bin ja nicht gezwungen, alles mitzumachen. Klar, man muss nett und charmant sein und den Kunden das Gefühl geben, dass sie etwas Besonderes sind. Das fällt mir nicht schwer. Viele sind einfach nur einsam und dankbar für ein bisschen Nähe. Die Frauen eher als die Männer.«

»Du machst da keinen Unterschied?«, fragte Stefan schockiert.

»Zwischen Frauen und Männern? Oh doch! Die haben ganz verschiedene Ideen von einem gelungenen Abend.«

»Das meinte ich jetzt nicht.«

»Du wolltest wissen, ob ich mit jedem ins Bett steige? Nein, das tue ich nicht. Aber das Geschlecht ist dabei kein Kriterium.«

Stefan konnte kaum glauben, was er eben gehört hatte. Wie konnte Maik das nur so entspannt sehen?

»Und wie bist du in das Gewerbe geraten?«, fragte er, nachdem er sich gefasst hatte.

Maik sah ihn amüsiert an: »Du bist ganz schön neugierig.«

»Ist eine Berufskrankheit.«

»Du erinnerst dich, dass ich in der Schulband gespielt habe?«, fragte Maik.

Stefan nickte.

»Eigentlich bin ich Musiker, war es immer schon«, erklärte Maik. »Ich spiele kein Instrument richtig gut, aber ich kann mit Computern umgehen. Ich bastele dir nach Wunsch jeden Song zusammen, den du willst. Das reicht aber nicht für eine Karriere. Leute wie mich gibt es viele. Manchmal hilft es, die Entscheidungsträger zu bezirzen, nicht nur mit Worten, sondern auch mit Taten. Dabei habe ich gemerkt, dass mir das nichts ausmacht. Warum also nicht gleich ein Geschäft daraus machen?«

»Wie meinst du das jetzt? Du hast versucht, dich nach oben zu schlafen?«, fragte Stefan entgeistert.

»Ja, das wollte ich damit sagen. Das kommt gelegentlich vor in Künstlerkreisen.«

»Und das hat funktioniert?«

»Na ja, mehr schlecht als recht. Sonst wäre ich ja heute reich und berühmt.«

Stefan schaute hinunter auf den Paradeplatz, auf das bunte Gewimmel der Leute, die dort durcheinander liefen. Sie trugen Einkaufstüten, saßen auf den Bänken und aßen Eis, fuhren auf dem Fahrrad vorbei, stiegen in die Straßenbahnen ein. Er stellte sich vor, wie all diese Menschen vor einer Bettkante Schlange standen, vor einem riesigen Bett, auf dem Maik sich in lasziver Pose ausgebreitet hatte. Dann wurde sein Blick zur Seite gezogen, wo ein junges Paar das Café betrat. Sie hielten sich eng umschlungen und hatten nur Augen füreinander. Es war das Gegenbild zu dem, was er sich gerade anhören musste.

»Tschuldigung«, sagte er und verzog das Gesicht, »du redest darüber, als wäre es das Normalste von der Welt. Aber ich finde das widerlich.«

»Wieso? Du weißt doch gar nicht, wie die Leute aussahen? Für mich war es meistens auch ganz nett.«

»Es ist mir egal, wie sie aussahen. Es ist falsch. Es ist unehrlich. Das hat normalerweise was mit Gefühlen zu tun. Hast du keine?«

»Du redest von Liebe, ich von Sex.«

»Aber irgendeine Form von Zuneigung muss doch dabei sein«, sagte Stefan gequält.

»Jetzt sprichst du von Anziehung, von Erotik. Mir scheint, du bringst da einiges durcheinander, Stefan.«

»Wieso durcheinander? Man kann nicht einfach trennen, was zusammengehört.«

Maik grinste breit. »Bist du etwa ein Romantiker? Glaubst du ernsthaft, Kerzenschein, Mondlicht und Sternenhimmel haben irgendetwas damit zu tun, ob zwei Menschen es miteinander treiben? Wenn dem so ist, müsstest du bei allen Frauen einen Volltreffer landen.«

Stefan merkte, wie eine Welle der Empörung in ihm aufstieg. Sollte er sich etwa dafür rechtfertigen oder sogar entschuldigen, dass er noch an so etwas wie tiefere Gefühle glaubte? Was bildete Maik sich ein?

»Lieber ein Romantiker als ...«, er rang nach Worten, »so jemand wie du!«

»Hey, langsam. Du hast nach diesem Treffen gefragt, nicht ich.«

Stefan blickte in den Himmel. Normalerweise war er nicht so leicht aus der Fassung zu bringen. Normalerweise. Das Wort kam ihm in Zusammenhang mit diesem Treffen merkwürdig vor. Aber er war dienstlich hier. Wenn er etwas herausfinden wollte, konnte er jetzt keinen Streit provozieren, obwohl ihm gerade danach war.

»Sorry«, sagte er, »ich habe kein Recht, dich zu verurteilen. Aber das gilt auch umgekehrt, ja?«

»Frieden«, sagte Maik und hielt ihm die Hand hin.

Stefan ergriff sie. Dann zog er ein Diktiergerät aus seiner Tasche.

»Ich hoffe, du hast nichts dagegen, dass ich deine Aussage aufzeichne?«

»Das heißt, wir kommen jetzt zum offiziellen Teil?«

Stefan nickte und startete die Aufnahme. Dann fragte er: »Was ist Xaverius für ein Mensch?«

»Er ist einer meiner angenehmsten Kunden, liebenswert, zuvorkommend, großzügig.«

»Wollte er mehr von dir als nur Sex?«

»Wieso Sex?«, fragte Maik mit gespielter Überraschung.

»Was?«, fragte Stefan verblüfft. »Ihr wart niemals miteinander im Bett? Warum hast du mir das nicht gesagt?«

»Du hast mich nicht gefragt«, antwortete Maik genüsslich. »Das kannst du dir nicht vorstellen, oder? Dass jemand sich für viel Geld einen Callboy bestellt, ohne ›das Eine‹ von ihm zu wollen. Aber das kommt vor.«

»Aber was wollte er dann von dir?«

»Nähe, Gesellschaft, was weiß ich. Wir haben nie darüber gesprochen. Mag sein, dass ich so eine Art Ersatzsohn für ihn war.«

Stefan schwieg nachdenklich. Die Wolken zogen vorbei. Man fühlte sich ihnen näher hier im Turmcafé. Ihnen war das Tun und Lassen der Menschen egal.

»Du hast mich aber nicht deswegen hierher bestellt?«, fragte Maik schließlich.

»Nein. Kennst du einen Chris Schender?«

»Nie gehört«, behauptete Maik.

»Er ist tot«, sagte Stefan. »Wir haben seine Leiche auf einem Golfplatz gefunden.« Eigentlich waren das Details, die Maik nichts angingen, aber er hatte das Gefühl, dass er vielleicht eine Reaktion hervorrufen könnte.

Maik schien wirklich kurz die Fassung zu verlieren. Er sah Stefan verstört an und fragte: »Auf welchem Golfplatz?«

»Wieso interessiert dich das?«

»Nicht so wichtig. Xaverius und ich waren ein paar Mal Golf spielen.«

»Auf welchem Golfplatz?«, wiederholte Stefan die Frage von Maik. »War er irgendwo Mitglied?«

»Ich glaube nicht. Wir haben immer Schnupperangebote genutzt, in Neckarau, Viernheim, Sandhausen.«

»Oftersheim?«

»Auch.«

»Du kennst Chris Schender wirklich nicht?«

»Nein«, betonte Maik, »keine Ahnung, wer das ist.«

Stefan glaubte ihm nicht, aber er konnte nicht festmachen, wieso. »Wann war Xaverius das letzte Mal bei dir? Ich brauche das genaue Datum.«

Maik zückte sein Smartphone und drückte darauf herum. Dann hielt er es Stefan vor die Nase. Es war der Kalendereintrag für die Verabredung mit Xaverius. Für die Aufzeichnung las Stefan das Datum laut vor. Es stimmte mit dem Tag überein, den Dr. Erhardt für die Tat ausgerechnet hatte, stellte er fest. Also hatte Xaverius ein Alibi?

»Wo und wann habt ihr euch genau getroffen?«, fragte er.

»Um zehn Uhr abends bei mir zu Hause.« Maik zeigte auf den Kalendereintrag, in dem die Details notiert waren.

»Habt ihr an dem Abend irgendetwas unternommen?«

»Nein, es war ein spontanes Treffen. Wie ich dir schon gesagt habe, war er ziemlich durcheinander. Er wollte bloß eine Flasche Rotwein mit mir leeren. Ich hatte nur ein Glas davon, den Rest hat er getrunken. Er hat dann noch eine ganze Reihe härtere Drinks hinterhergekippt. Meinen guten irischen Whiskey hat er dabei ganz vernichtet. Das kam mir schon sonderbar vor, so was hat er sonst nie gemacht. Er war ziemlich schnell beschwipst, danach ist er auf meinem Sofa eingeschlafen. Ich bin dann selbst ins Bett gegangen. Mehr ist an dem Abend nicht gelaufen.«

»Wann ist er weg?«

»Am frühen Morgen, so gegen sechs. Er hat sich nicht verabschiedet, wollte mich wohl nicht wecken. Aber ich habe die Tür gehört.«

»Er kann nicht in der Nacht heimlich weggegangen und wiedergekommen sein?«

»Unwahrscheinlich bei seinem Alkoholpegel.«

Stefan rieb sich die Stirn. Wer hatte Schender auf dem Golfplatz verscharrt? Wenn er Maik Glauben schenkte, konnte es Xaverius nicht gewesen sein, denn der lag zu dem Zeitpunkt betrunken auf Maiks Sofa. Stefan konnte nicht einmal stichhaltig beweisen, dass sich Schender und Xaverius überhaupt gekannt hatten.

Und doch war sich Christine sicher, dass es eine Verbindung zwischen beiden geben musste. Wo war das fehlende Puzzlestück?

18

Eduard

Es war Freitagabend. Jochen saß mit seinem Laptop auf dem Schoß im Wohnzimmer und recherchierte im Internet nach Hirnerkrankungen. Viel Vernünftiges war zum Thema Flecken im Hirngewebe nicht zu finden. Entweder es waren schwere und gefährliche Erkrankungen wie Multiple Sklerose, ein Tumor, ein Aneurysma, oder es war ohne jede Auswirkung und völlig harmlos. Dazwischen schien es nichts zu geben. Er hätte sich gern mit etwas anderem beschäftigt und hatte eigentlich auch genug Arbeit auf dem Schreibtisch liegen. Seminararbeiten waren zu korrigieren, ein Gutachten zu schreiben, Vorlesungen vorzubereiten. Er hatte es mehrfach versucht. Es fehlte ihm die Konzentration und die Arbeit lenkte ihn nicht ausreichend ab. Wenn das so weiterging, würde er sich krankschreiben lassen müssen, auch wenn er noch gar keine Diagnose hatte.

Kleopatra maunzte vor der Terrassentür und wollte hereingelassen werden. Jochen stand auf und öffnete. Sie schlängelte sich durch den Spalt und trabte in die Küche zu ihrem Futternapf. Jochen setzte sich zurück aufs Sofa. Zerstreut ließ er seinen Blick durch das Wohnzimmer gleiten. Ob er mal wieder seine CD-Sammlung aufräumen sollte? Sie füllte eine ganze Schrankwand und war alphabetisch geordnet. Er hatte sich vor längerem vorgenommen, sie stattdessen historisch zu sortieren. Auf dem Tisch daneben stand ein säuberlich aufgebautes Schachspiel mit handgeschnitzten Figuren und verstaubte vor sich hin. Jochen war kein großer Schachspieler, obwohl ihn die geordnete Strenge des Spieles faszinierte. Zwei gleiche Kräfte, schwarz und weiß, rangen miteinander, bis eine die andere besiegt hatte.

Das Telefon unterbrach seine Überlegungen. Es war Andrea, seine Schwester. Sie hatten zuletzt Weihnachten telefoniert. Ihr Kontakt war nicht sehr gut, doch vielleicht gab es diese besondere Verbindung zwischen Geschwistern ja doch? Vielleicht hatte sie gespürt, dass er jemanden brauchte, mit dem er reden konnte.

»Hallo, Schwesterchen. Das ist ja eine Überraschung. Wie geht's?«

»Ach, die üblichen Sorgen mit den Kindern. Und bei dir?«

»Falsche Frage, falls du was Schönes hören möchtest.«

»Ist was passiert?«

»Ich war beim Arzt. Sie haben da was in meinem Kopf gefunden.«

Im Hörer war einen Moment Stille. »In deinem Kopf ... gefunden? Was denn?«

»Man weiß es noch nicht.«

»Und jetzt?«

»Muss ich abwarten und vielleicht noch zu weiteren Untersuchungen.«

»Und was machst du nun? Ich meine, wie geht es dir damit?«

»Wie schon? Scheußlich.«

»Haben sie dir ... hat dir irgendjemand gesagt, ob du ... ist das Ding irgendwie ... das in deinem Kopf ... Wie gefährlich ist das?«

»Was meinst du mit ›gefährlich‹? Ansteckend ist es nicht.«

»Nein, gefährlich für dich natürlich, meinte ich.«

»Du willst wissen, ob ich daran sterben kann? Und wann? Ist es das?« Jochen schnaubte in den Hörer.

»Jochen, ich wollte dir nicht zu nahe ... Ich bin doch deine Schwester ... Ich mache mir Sorgen!«

»Schon gut. Man weiß es nicht.«

»Aber wenn du verzweifelt bist ... Du bist verzweifelt, nicht wahr ...? Du weißt, dass es Rat und Trost gibt?«

»Was meinst du?«, fragte Jochen, aber er ahnte es bereits.

»Ich meine unseren Herrn«, antwortete sie.

»Bitte komm mir nicht damit.«

»Doch, denn genau den brauchst du jetzt. Wenn dir sonst nichts helfen kann, dann bleibt immer noch das Gebet.«

»Lass mich mit diesem Unsinn in Ruhe. Ich bin vor dreißig Jahren aus der Kirche ausgetreten. Sobald ich das selbst entscheiden durfte.«

»Dir ging es immer zu gut, deswegen hast du geglaubt, du kannst ohne Gottes Hilfe leben. Aber jetzt ... Das ist ein Zeichen der Umkehr.«

Jochen hörte ihren freudigen Unterton und spürte ein Würgen in der Kehle: »Wie geht's den Kindern?«

»Jochen, ich will nur dein Bestes.«

»Ja, ich weiß schon was du willst, aber das kriegst du nicht. Auch wenn du dir heimlich ausmalst, wie ich auf Knien betend durch meine Wohnung robbe.«

»Du bist gemein. Ich verzeihe dir das, weil du außer dir bist.«

»Vergib deinen Feinden, tue wohl auch denen, die dich hassen«, zitierte Jochen.

»Ich wusste gar nicht, dass du dich so gut in der Bibel auskennst?«

»Was passiert eigentlich, wenn du mal nicht machst, was in der Bibel steht? Fällt dir dann der Himmel auf den Kopf?«

Sie ignorierte die Spitze: »Ich wünsche dir, dass alles gut wird und du mit Gottes Segen schnell gesund wirst. Ich bete für dich.«

»Mach das, das schadet wenigstens nicht. Tschüss.«

Er wartete ihre Antwort nicht ab und legte auf. Eine dumme Idee, ausgerechnet ihr von seiner Lage zu erzählen. Woher kamen diese wirren Vorstellungen? Statt das Leben selbst in die Hand zu nehmen, schob sie alles auf Gottes Ratschluss und versuchte, ihren Fatalismus auch noch anderen aufzudrängen. Sie wohnte zum Glück in München. Das war weit genug weg, um sich nicht ständig über sie zu ärgern.

Er ging in die Küche, um nachzusehen, ob er Kleopatras Fressnapf auffüllen musste. Sie hatte ihr Trockenfutter rund um den Teller verteilt und knabberte es nun vom Küchenboden.

»Kleo! Mit dem Essen spielt man nicht«, sagte er mahnend. Sie ließ sich dadurch nicht stören. Seine Katze hatte keine Tischmanieren, keine religiösen Traditionen und keine Ahnung von der Zukunft. Gern hätte er mit ihr getauscht.

Er brauchte jemanden zum Reden, aber er scheute sich, seine Diagnose den Menschen in seiner Nähe mitzuteilen. Mit Fremden wie der Kommissarin war es leichter. Aber die Nachbarn, Bekannten und Freunde? Er wollte kein Mitleid, keine gut gemeinten Ratschläge, keine Geschichten über andere Kranke, über Ärzte, über Wundermittel, von denen jemand mal irgendjemand anderen erzählen gehört hatte. Er wollte einfach nur berichten können, was ihn gerade bewegte. Und dann wollte er sich ablenken lassen und mit anderen Themen beschäftigen. Wer könnte sich dafür eignen? Er blätterte im elektronischen Adressbuch seines Telefons, dann stieß er auf Eduard Steinhaus.

Er hatte Eduard beim »Literarisch-philosophischen Gesprächskreis«, kurz LPG, kennengelernt, eine regelmäßige Veranstaltung, bei der sich einige Heidelberger Intellektuelle und solche, die sich dafür hielten, zum geistigen Austausch trafen. Im Hessejahr 2012 hatte Jochen dort über Hesses Verhältnis zur Musik referiert. Eduard hatte ihn hinterher angesprochen und aus dem geplanten Nachgeplänkel bei einem Glas Wein entwickelte sich eine unvorhersehbar lange und höchst angeregte Diskussion bis in den frühen Morgen. Eduard war auf seiner Wellenlänge, aber er war ihm nicht zu nah. Es bestand eine Chance, dass die Nachricht über das »Ding im Kopf« bei ihm nicht betroffenes Schweigen oder hektische Beschwichtigung auslösen würde. Jochen wählte seine Nummer.

»Steinhaus?«

»Hallo, Eduard, hier ist Jochen.«

»Jochen, freut mich, dass du anrufst. Wir haben lange nichts voneinander gehört.«

»Ich dachte, ich melde mich mal wieder. Seit es den LPG nicht mehr gibt, sehen wir uns kaum noch.«

»Ja, schade. Obwohl ich mit Helmut so meine Probleme hatte. Ich hatte immer Lust, ihm zu widersprechen, sogar wenn ich seiner Meinung war.«

»Ich auch. Es geht nicht ohne ihn, aber mit ihm ging es auch nicht mehr.«

Helmut, der Initiator des LPG, war eine Art Universalgelehrter. Er hatte immer wieder interessante Gäste eingeladen und eine anregende Atmosphäre geschaffen.

Doch hatte er einen Hang zum Gutmenschentum und war sehr empfindlich gegenüber Kritik. Interne Querelen hatten dafür gesorgt, dass er die Leitung des LPG niedergelegt hatte. Ein Nachfolger hatte sich nicht gefunden.

»Sollen wir ein LPG-Gedächtnistreffen machen?«, fragte Eduard. »Wir laden ein paar der alten Leute ein und du hältst noch mal deinen Vortrag über Hesse und die Musik.«

»Meinst du wirklich?«

»Erstens war es höchst interessant und zweitens bist du einer der wenigen guten Redner beim LPG gewesen.«

»Na ja, ich stehe ja auch dauernd vor den Studenten.«

»Wenn ich im Konzert sitze und es gibt diesen Moment der Stille und der gespannten Erwartung, bevor die Musik beginnt, dann denke ich daran, wie du das auf Hesses Zeile ›Und jedem Anfang wohnt ein Zauber inne‹ bezogen hast.«

»Die Idee habe ich ein bisschen aus Patrick Süskinds ›Kontrabass‹ geklaut. Außerdem würde ich das heute anders formulieren.«

»Und zwar?«

»Und jedem Anfang wohnt das Ende inne.«

»Weil die musikalischen Motive des Anfangs am Ende wiederkehren?«

»Nein. Ich meinte mein eigenes Ende.«

»Klar. Alles, was irgendwann anfängt, ist auch irgendwann vorbei. Ein Musikstück genauso wie unser Leben. Das scheint mir nicht so tiefsinnig.«

»Ich weiß, es ist trivial. Aber hast du dir mal klar gemacht, das alles seine Zahl hat?«

»Du meinst, alles hat seine Zeit? Buch der Prediger?«

»Lass mich bitte mit der Bibel in Ruhe. Nein, ich meine alles hat seine Zahl. Alles was wir tun im Leben. Morgens aufstehen, die Zähne putzen, eine Treppe runtergehen, eine Tür öffnen.«

»Jemanden anrufen«, ergänzte Eduard.

»Ja, auch das. Du hast alles davon schon x-mal im Leben gemacht, auch wenn du diese Zahl nicht kennst. Und du wirst es auch nur noch eine endliche Zahl von Malen tun, auch wenn keiner wissen kann, wie oft. Aber jedes Mal, wenn du es tust, ist es eins weniger. Ein Körnchen mehr ist durch den Trichter der Sanduhr gefallen.«

»Memento mori, carpe diem, denke an den Tod und genieße den Augenblick. Alles schön und gut, aber so kenne ich dich gar nicht, Jochen. Was ist los?«

Jochen berichtete Eduard so sachlich wie möglich von seinem Befund und sagte ihm auch, dass er zwar darüber nachdenken müsse, aber eigentlich nicht wolle.

»Ich verstehe«, sagte Eduard. Am anderen Ende der Leitung gab es eine kurze Pause, dann sagte er: »Dazu gibt es übrigens auch ein Hesse-Zitat. Warte mal einen Moment.«

Jochen hörte, wie Eduard mit seinem Telefon herumging und Bücher aus dem Regal nahm. »Ich habe es gleich«, murmelte er, »du kannst mir ruhig was zwischendurch erzählen.«

»Hast du heute Abend Zeit?«, fragte Jochen hoffnungsvoll. »Ich würde gern mal wieder eine lange Nachsitzung machen. Auch ohne LPG vorher.«

»Leider nicht. Aber morgen kann ich. Aha, hier ist es. Pass mal auf: ›Ich überlasse die Krankheit sich selber, ich bin nicht dazu da, ihr den ganzen Tag den Hof zu machen.‹ Das ist aus Hesses ›*Kurgast*‹.«

»Ja, das trifft es ganz gut«, sagte Jochen, »obwohl ich ja nicht wirklich krank bin. Ich habe keine Schmerzen. Ich weiß nicht mal, ob das Ding in meinem Kopf pathologisch ist.«

»Aber du leidest. Also bist du ein Patient.«

»Ich bin ein Impatient. Ich bin ungeduldig, dass mir endlich jemand sagt, was los ist.«

»So gefällst du mir schon besser. Weiteres Kalauern morgen Abend im Vetter's?«

Sie vereinbarten, sich am frühen Abend in der Heidelberger Altstadt zu treffen. Dort gab es viele Kneipen in enger Nachbarschaft, sodass sie der Tradition folgen konnten, in jedem Lokal nur ein Getränk zu sich zu nehmen, um dann weiterzuziehen, »damit Beine und Geist in Bewegung bleiben«, wie Eduard zu sagen pflegte.

Nach dem Telefonat fühlte Jochen sich besser und freute sich auf den Abend. Der letzte Moment, in dem es ihm ähnlich gegangen war, lag nur einige Stunden zurück, aber Jochen kam es vor wie eine Ewigkeit. Das war, als er das Präsidium verließ und sich fragte, welche kreativen Überraschungen sich in der ungeöffneten Schublade seines Hirns noch befinden würden. Gab es etwas, das er immer hatte tun wollen? Er erinnerte sich, dass er im Zusammenhang mit Hesse zu Eduard gesagt hatte, er würde gerne mal »Siddhartha« als Oper auf der Bühne sehen. Er fand, der Text besaß eine eigene Musikalität, seltsam schillernd zwischen der altindischen Atmosphäre der Handlung und der europäischen Herkunft ihres Autors. Natürlich wollte er, dass jemand anderes das machte. Er war schließlich kein Komponist.

Aber er stellte sich vor, wie die Ouvertüre mit einem indischen Ensemble begann, mit dem Trommeln der Tablas und den Saitenklängen von Sitar und Tanpura, eine wohlklingende indische Idylle, die die Freude darstellte, die alle am wohlgeratenen Siddhartha hatten. Und wie dort hinein das Sinfonieorchester nach und nach seine Klänge mischte, Akkorde, die allmählich schärfer und störender würden, die Siddharthas innere Unruhe und Unzufriedenheit ausdrückten.

Nein, Jochen war kein Komponist. Er war nicht in der Lage, seine Vorstellungen musikalisch umzusetzen. Aber er konnte sie zumindest skizzieren, damit sie nicht verloren gingen. Er holte sich Notenpapier und begann.

19

Im Park

Stefan hatte sich am Freitagabend zu einer Kneipentour mit einigen Freunden überreden lassen. Trotzdem stand er am Samstag früh auf. Normalerweise ging er zum Laufen an den Rhein, dann am Bellenkrappen entlang und über die Kuckucksbrücke auf die Reißinsel. Es war die ideale Strecke von seiner Wohnung auf dem Lindenhof, ruhig und mit viel frischer Luft. Um diese Jahreszeit war die Reißinsel gesperrt, denn es war das Brutgebiet seltener Vögel. So musste er sich mit dem Waldpark begnügen, wo sich normalerweise viele Jogger tummelten. Doch um diese Zeit war zum Glück noch nichts los. Danach würde er eine Fahrradrunde durch den Mannheimer Süden machen. Anschließend würde das Sommerbad geöffnet sein und er konnte noch einmal hin und zurück durch den Stollenwörthweiher schwimmen, warm genug war es ja. Damit wäre sein persönlicher Kurz-Triathlon für heute geschafft. Anschließend würde er seine Trainingsdaten, die das Sportarmband an seinem Handgelenk aufgezeichnet hatte, ins Internet hochladen und seiner persönlichen Statistik hinzufügen. Er fühlte sich gut und war schon gespannt darauf, ob er heute seine Bestzeiten erreichen oder übertreffen konnte.

Er hatte nie auf einen Wettkampf hingearbeitet, aber er war sich sicher, dass er dabei einen guten Platz machen könnte, wenn er nur regelmäßiger trainieren würde. Natürlich war er fit, jedenfalls fitter als die meisten seiner Freunde und Altersgenossen. Doch in drei Sportarten gut zu sein, erforderte nun mal fast dreifachen Trainingsaufwand, und irgendwie fehlte ihm dann doch die Zeit. Oft genug raubte ihm die Arbeit die Konzentration. Zwar half der Sport beim Abschalten, aber er erwischte sich auch immer wieder dabei, dass sich seine Gedanken im gleichförmigen Rhythmus des Laufens oder Radfahrens verselbstständigten. Dann dachte er über die anliegenden Fälle nach, brütete neue Hypothesen aus, ging im Geiste die Konstellation der Personen durch und suchte nach Schwachstellen in den gesammelten Aussagen.

Der aktuelle Fall war auch wieder so eine harte Nuss, an der sich keine Naht zeigte, an der man sie aufstemmen konnte. Die Motive der Beteiligten waren dürftig oder nicht vorhanden, die Alibis waren wasserdicht.

»Wasserdichtes Alibi« ist eigentlich ein komischer Ausdruck, dachte Stefan, während er am Wasser des schmalen Altrheinarms entlanglief. Warum waren Alibis nicht reißfest oder unzerbrechlich? Das ergab genauso viel Sinn. Er hörte Rufe, die ihn von seinen Gedanken abbrachten. Er lief weiter in die Richtung, aus der sie kamen, und sah, wie sich auf einer Wiese ein Mann und eine Frau rangelten. Der Mann hatte die Frau an den Oberarmen gepackt und versuchte, sie festzuhalten, während sie sich wehrte, strampelte und nach ihm trat. Er war ein grober, kräftiger Kerl und trug ein grasgrünes T-Shirt mit einem Markenlogo, auf dem sich Schweißflecken zeigten. Sie war eher zierlich und älter als er, steckte in einem Schlabberkleid mit vielen Taschen und wirkte ungepflegt. Sie war ihm gegenüber deutlich im Nachteil. Um sie herum sprang ein kleiner Terrier, der aufgeregt bellte, aber sich nicht entscheiden konnte, was er tun sollte.

Stefan näherte sich. »Lassen Sie die Frau los«, sagte er laut und energisch.

»Verpiss dich«, rief der Mann. »Die Schlampe hat ...«
Er unterbrach den Satz mit einem Schrei, denn die Frau hatte ihn in den nackten Unterarm gebissen. Kurz ließ er los, was sie für einen Fluchtversuch nutzte, aber er hatte sie gleich wieder eingefangen. Er schlug nach ihr und sie zog wimmernd den Kopf ein.

»Hören Sie auf damit«, brüllte Stefan. »Lassen Sie die Frau in Ruhe.«

»Leck mich«, schrie der Mann zurück.

»Hilfe«, rief die Frau. Stefan ging zwischen die beiden und löste den Griff des Mannes, indem er ihn kräftig an den Handgelenken packte und seine Arme nach außen drehte. Die Frau konnte sich ihm entwinden, stieß einen kurzen Triumphschrei aus und rannte mit einem erstaunlichen Tempo weg, während Stefan den Mann festhielt. Der Terrier hatte nun doch eine Entscheidung gefällt und biss Stefan in die Wade. Stefan schrie auf und versuchte, den Hund abzuwehren, aber der startete immer neue Angriffe.

»Rufen Sie den Hund zurück«, befahl Stefan.

»Du Spack«, kreischte der Mann und seine Stimme überschlug sich. »Sie hat mir mein Handy geklaut. Einfach aus der Hand gerissen. Das war sauteuer. Und du ... du ...«

»Was?«, fragte Stefan entgeistert, ließ den Mann los und rannte der Frau hinterher.

»Haust du jetzt auch noch ab? Macht ihr gemeinsame Sache, oder was?«, brüllte der Mann ihm hinterher. Der Hund setzte Stefan noch ein Stück nach, wurde aber von seinem Herrchen zurückgepfiffen.

Stefan spürte den pochenden Biss an seinem Bein bei jedem Schritt. Er fluchte. Der Hund hatte zum Glück nicht kräftig zugebissen. Trotzdem verfolgte er die Frau quer über die Wiese und rief: »Stehenbleiben, Polizei!«

Sie bog um eine Ecke, war hinter den Bäumen kurz außerhalb seiner Sichtweite. Als er sie wieder sah, hatte sich ihr Abstand schon verringert. Sie kam nicht weit, blieb keuchend an einem Baum stehen und machte keine Anstalten, weiterzulaufen.

»Können Sie sich ausweisen?«, fragte er sie, als er sie eingeholt hatte.

»Können ... Sie sich ... denn ... ausweisen?«, fragte sie mit schweren Atemstößen in den Pausen.

Stefan stutzte. Nein, das konnte er nicht. »Ich habe meinen Dienstausweis nicht dabei«, sagte er.

»Und woher ... weiß ich dann, ... dass Sie ... Polizist sind?« Sie strich sich die langen, schwarzen und fettigen Haarsträhnen aus dem Gesicht. Sie hatte eine graue Haut und wirkte müde.

»Haben Sie dem Mann das Handy gestohlen oder nicht?«, fragte Stefan. »Falls ja, dann geben Sie es jetzt zurück, und ich drücke ein Auge zu.«

»Von wegen Handy gestohlen«, empörte sie sich. »Der Scheißkerl hat mich angegrabscht!«

Stefan sah sie skeptisch an. War das wahrscheinlich? Bei ihrem Aussehen? Aber Sexualstraftäter waren wenig wählerisch.

»Ich bin doch dazwischengegangen. Warum sind Sie denn weggelaufen?«, wollte er wissen.

»Soll ich daneben stehen bleiben und warten, bis er sich noch mal auf mich stürzt?«

Stefan kratzte sich am Kopf. Hier stand Aussage gegen Aussage. Und er hatte keine Handhabe, die Frau festzuhalten.

»Darf ich mal Ihr Handy sehen?«, fragte er.

»Wenn's Ihnen Spaß macht«, sagte sie patzig und holte aus einer tiefen Tasche ihres Kleides ein schmuddeliges Mobiltelefon heraus. Es war kein teures Smartphone, sondern ein gut zehn Jahre altes Gerät.

»Glauben Sie, das habe ich jemandem geklaut?«, fragte sie und sah ihn mit erhobenen Augenbrauen an. »Mit dem Ding kann man nur telefonieren, sonst nichts.«

»Und ein anderes Handy haben Sie nicht?«

Sie stülpte einige der vielen Taschen um, die sie an ihrem Kleid hatte: »Sehen Sie? Nichts. Oder wollen Sie mich etwa noch durchsuchen?«

Selbst wenn Stefan es gewollt hätte, er hätte es nicht gedurft.

»Sie bleiben dabei, dass nicht Sie den Mann bestohlen haben, sondern er Sie belästigt hat?«, versuchte er es noch einmal.

»Was wollen Sie?«, regte sie sich auf. »Wenn ich den Typen beklaut hätte, dann wäre er ja wohl inzwischen hier, um sich von Ihnen sein tolles Handy zurückgeben zu lassen. Und? Wo ist er? Statt mich hier zu nerven, sollten Sie sich lieber mal um diesen Gangster kümmern! Aber der ist jetzt natürlich längst weg.«

Stefan entschuldigte sich zähneknirschend bei ihr und ließ sie ziehen. Er wusste nicht, wer von beiden ihn belogen hatte. Die Wahrheit war eine komplizierte Sache, selbst in einem scheinbar so einfachen Fall wie diesem.

20

Dawid

Im Wohnzimmer brannte nur eine Lampe. Die Wärme- und Lichtquelle von Hannibals Terrarium. Draußen färbte sich die Sonne bereits rot. Die meisten Leute hatten den Samstag genutzt, um bei den hohen Temperaturen im Baggersee zu schwimmen. Christine saß auf ihrem Sofa und schlug die nackten Beine übereinander. Bald würde sie die Wohnung verlassen, aber es war noch zu früh. Es blieb genug Zeit, um kurz durchzuatmen. Außerdem wollte sie die hohen Schuhe erst im allerletzten Augenblick anziehen. In den vergangenen zehn Minuten hatte sie wahrscheinlich fünfmal auf die Uhr gesehen. Es war eine Schnapsidee gewesen, doch der Fall Xaverius hatte sie zu diesem Mannheimer Escortservice geführt. Darum hatte sie sich am Vormittag auf dessen Internetseite herumgetrieben. Dieser Begleitservice war tatsächlich etwas Besonderes. Dort hatte sie ihn entdeckt: Dawid. Ein dunkelhäutiger Typ mit krausen schwarzen Locken, vielleicht ein Afrikaner. Heute Abend würde sie ihn kennenlernen, doch ihre Abenteuerlust hatte sich bereits abgekühlt. Wie er wohl war, dieser Dawid? Nach dem Foto zu urteilen, sicher ein heißer Liebhaber mit diesen funkensprühenden Augen und den vollen Lippen. Christine warf Hannibal einen Handkuss zu und stand mit einem Ruck auf. »Wer nicht wagt, der nicht gewinnt«, sagte Christine und schnappte sich die zu den Schuhen passende Handtasche in bordeauxrotem Leder. Als sie die Tür hinter sich zugezogen hatte, war sie sich ihrer Sache allerdings nicht mehr so sicher.

In Mannheim, wo sie aufgewachsen war, kannte sie sich zwar besser aus, aber sie hätten dort möglicherweise Leute treffen können, die sie kannte. Er wartete an der vereinbarten Stelle bei der Buchhandlung am Uniplatz in Heidelberg. Sie sah ihn schon von Weitem. Er trug einen hellen Leinenanzug, seine Sonnenbrille war lässig ins krause Haar gesteckt. Eine imposante Erscheinung, trotz seiner eher geringen Größe. Sie verfluchte ihre hohen Schuhe und dachte an die bequemen Ballerinas im Schrank. Mit denen hätten sie sich auf Augenhöhe begegnen können, dachte sie. Jetzt war es nicht sicher, ob das noch gelingen konnte. Er begrüßte sie mit Küsschen links und rechts und einem akzentfreien Deutsch. Seine Eltern lebten schon lange hier, erklärte er, und dass er in Sandhausen aufgewachsen sei. Ausgerechnet im kleinsten Kaff der Region, es passte überhaupt nicht zu ihm. Christine wusste nicht, was sie von sich erzählen sollte. Ihren Beruf beschloss sie erst einmal zu verschweigen. Sie hatten zwei der hinteren Plätze im Zimmertheater erwischt. »Playboy in Nöten« hieß das Stück. Christine konnte sich nicht so recht konzentrieren. Immer wieder wehte sein Duft sie an. Sie begann hektisch mit ihrem Fächer zu wedeln, ein Werbegeschenk, das am Eingang verteilt worden war.

»Es ist so heiß«, erklärte sie ihm. Das war zwar richtig, aber natürlich nicht der Grund für ihre Unruhe. Sie sah ihm an, dass er Bescheid wusste, und es war ihr unangenehm. Wie schaffen das die anderen Frauen mit solchen geplanten Verabredungen, dachte sie nervös. Nachdem der Veranstaltungssaal sie wieder in die warme Nacht ausgespuckt hatte, hakte er sich wortlos unter, und sie gingen die Hauptstraße entlang. Da Heidelberg von der einen Seite vom Wasser und von der anderen Seite vom Berg eingekeilt war, schoben sich auch abends eine ganze Reihe von unternehmungslustigen Touristen und Studenten durch die Innenstadt, als müssten alle durch diese enge Gasse. Christine nahm die alten Sandsteinbauten zu beiden Seiten nur aus dem Augenwinkel wahr, sie blickte auf ihre unbequemen Schuhe und dachte an das Märchen von Andersen, »Die kleine Meerjungfrau«. Auch die ging an Land wie auf Schwertern.

»Sind Sie das, Frau Kommissarin?«, ertönte eine Stimme. Erschrocken hob Christine den Blick und sah zwei Männer, die gerade vor ihnen stehen geblieben waren. Es war Jochen Jerichow und ein Begleiter, den sie nicht kannte. Christines Miene erstarrte, nun war es heraus, vorbei mit der Geheimniskrämerei, der Abend war gelaufen. Dawid sah sie überrascht an. Sie hätte sich am liebsten in einem Erdloch verkrochen, doch dafür war es nun zu spät. Was dachte Dawid darüber, dass er sich mit einer Polizistin verabredet hatte? Sie hätte es gern gewusst. Schnell setzte sie eine heitere Miene auf.

»Oh, hallo«, begrüßte sie Jochen Jerichow. Er roch, als hätte er schon einige alkoholische Getränke zu sich genommen und sah irgendwie leidend aus. Christine erinnerte sich an seine Tumordiagnose. Sie fragte sich, warum er mit jemandem durch Heidelberg zog, wenn es ihm so schlecht ging. Dawid brach das Eis und begrüßte die Herren mit Handschlag.

Jerichow stellte seinen Begleiter vor: »Das ist Eduard Steinhaus, ein Freund von mir.«

Christine nickte wortlos.

»Und das ist Frau Karch«, sagte Jerichow zu seinem Freund. »Ich habe dir von ihr erzählt, sie ist bei der Mordkommission in Mannheim.«

»Hallo«, sagte der Angesprochene. Jerichow musterte Christine und ihren Begleiter neugierig. Sein Freund betrachtete inzwischen das Schaufenster zu seiner Rechten.

»Ja, dann«, sagte Dawid und setzte an, weiterzugehen.

Jerichow bemerkte es nicht: »Wir sprachen vorhin von Ihrem Metier, Frau Karch. Ich habe festgestellt, das regt doch zu allerlei Überlegungen an. Machen wir ein Gedankenexperiment: Nehmen wir an, jemand wird getötet, und eine Woche davor, da isst er zu Abend beispielsweise Spaghetti Bolognese und denkt sich vielleicht, er sollte sich künftig besser ernähren.«

Jerichows Freund erwachte aus seinen Gedanken: »Jetzt lass doch die Leute damit in Ruhe. Das interessiert sie nicht.«

»Wieso denn, Eduard? Wir haben doch auch darüber geredet.«

»Ja, aber eigentlich wolltest du dich mit mir treffen, um mal über etwas anderes zu reden.«

»Du hast mir noch recht gegeben, dass man sich viel zu wenig Gedanken darüber macht«, insistierte Jerichow. »Also, jemand isst Spaghetti Bolognese ...«

»Die beiden haben bestimmt schon zu Abend gegessen. Und wenn nicht, dann verdirbst du ihnen den Appetit.«

»Was ist denn mit den Spaghetti Bolognese?«, fragte Dawid neugierig.

»Siehst du, es interessiert sie doch«, triumphierte Jerichow. »Wenn also jemand wüsste, dass er ermordet wird und ihm nur noch eine Woche bleibt, was meinen Sie, was er dann macht? Verstehen Sie, wie unwichtig solche Dinge wie gesundes Essen dann sind? Oder was würden Sie machen, wenn in einer Woche die Welt untergeht?«

Christine schwieg betreten. Was sollte sie dazu sagen? Dass jetzt nicht der richtige Moment für philosophische Betrachtungen war? Dass sie sich ein Schäferstündchen mit ihrem gutaussehenden Romeo wünschte und keine Weltendszenarien mit einem angetrunkenen Musikwissenschaftler diskutieren wollte?

Eduard verzog das Gesicht: »Dann kann man bis dahin noch sieben Apfelbäumchen pflanzen.«

»Wieso sieben?«, fragte Jerichow verwirrt.

»Jeden Tag einen, nicht wahr?«, ergänzte Dawid.

»Du magst aber doch gar keine Äpfel«, sagte Jerichow zu seinem Freund.

»Das ist doch egal. Dann pflanze ich eben was anderes.«

»Ich pflanze gar nichts. Ich muss erst mal herausfinden, was ich dann tue. Ich habe nämlich keine Ahnung.«

»Jochen, das haben wir eben schon diskutiert«, sagte Eduard.

»Haben wir?«, fragte der Angesprochene und riss die Augen weit auf. »Ja, das habe ich doch gesagt, oder? Es ist für mich noch äußerst irritierend. Ich hoffe, ich kann meine Gedanken zusammenhalten. Meine Gedächtnisleistung, ich fühle, wie sie nachlässt ...«

Sein Begleiter zupfte ihn am Ärmel. Dann sagte er, dass Jerichow und er noch zu einer Veranstaltung gehen wollten, zu der sie nicht zu spät kommen durften. Jerichow wirkte überrascht, als ob er von dieser Veranstaltung gar nichts wusste, aber Dawid nutzte die Gunst des Augenblicks und zog Christine mit sich. Sie sah noch einmal zurück. Jerichow sah ihr nach. Sie lächelte ihm zu und winkte zum Abschied. Dann hakte sie sich bei Dawid unter, und beide setzten ihren Weg durch die schier endlose Fußgängerzone fort. Eine Weile konnte sie nichts sagen. Die kurze Begegnung mit Jerichow hatte ihre Stimmung gedämpft.

»Du bist also Kommissarin?«, fragte Dawid.

Christine nickte. »Ich wollte dir davon nichts erzählen, weil viele Männer dann seltsam reagieren.«

»Und der Mann eben?«, fragte Dawid.

»Kenne ich von meiner Arbeit«, sagte sie vorsichtig, »allerdings erst seit Kurzem.«

»Ich dachte, ihr würdet euch schon länger kennen«, stellte er sachlich fest. Sie lief schweigend neben ihm her und ärgerte sich insgeheim über den verpatzten Abend, auf den sie sich so gefreut hatte. Dawid blieb unmittelbar vor ihr stehen und ergriff ihre Hände.

»Ich bin nicht sicher, wie du dir den weiteren Abend vorgestellt hast«, raunte er ihr zu.

Christine schluckte, jetzt war der Moment gekommen, vor dem sie sich gefürchtet hatte.

Er lächelte sie aufmunternd an. »Du bist dir auch nicht sicher, richtig?«, fragte er.

Christine nickte und spürte, wie sie rot wurde.

»Hey, das ist kein Problem. Begleitest du mich trotzdem ins Hotel? Es ist ganz in der Nähe. Ich möchte dich gern zu einem Drink einladen.«

Christine ließ sich willig mitziehen und kam sich erbärmlich vor. Es kam schließlich schon hin und wieder vor, dass sie mit männlichen Bekanntschaften ins Bett ging. Warum war es jetzt so anders? War es, weil sie dafür bezahlte und dieser Mann sie sonst vielleicht nicht einmal angesehen hätte? Oder fehlte ihr das aufregende Prickeln, die Eroberung auf beiden Seiten?

An der Hotelbar fielen sie nebeneinander in zwei überraschend flauschige Sessel, in denen man sofort versank. Christine zupfte am Saum ihres kurzen Rocks. Er bestellte zwei Hugos. Als der Kellner gegangen war, legte er seinen Arm über ihre Sessellehne und streifte ihre Wange mit der Hand. Eine beinahe zufällige Berührung. Sie schmiegte sich kurz an seinen Handrücken und lehnte sich dann zurück.

»Wegen der Begegnung vorhin auf der Straße wollte ich dir noch danken«, sagte sie. »Du hast die Situation gerettet.«

»Ich hoffe, du wirst mir heute noch für etwas anderes dankbar sein«, raunte er.

Ihre Blicke begegneten sich, und sie wurde so nachgiebig wie der Sessel, in dem sie sich verkroch. Wie konnte jemand so verführerisch gucken? Wollte sie nicht doch mit ihm aufs Zimmer?

Schritte kamen näher. »Zwei Hugo für Sie«, stellte der Kellner fest und sortierte Bierdeckel und Cocktails auf dem winzigen Beistelltisch. Christine sah zu den bodentiefen Fenstern hinaus und zählte die Abfolge von weißen und schwarzen Limousinen vor der Hoteleinfahrt.

»Was beschäftigt dich?«, fragte er.

Sie lächelte und antwortete wahrheitsgemäß: »Fünfmal weiß und viermal schwarz, aber alles eine Automarke, witzig oder? Die Leute lieben schwarz auf weiß.«

»Schwarz auf weiß ist bei Weitem nicht die größte Sicherheit auf der Welt. Es gibt nichts Gewisseres als Empfundenes und Geglaubtes«, sagte er.

Sie stutzte: »Klingt fast wie ein Aphorismus.«

»Das ist von Felix Mendelssohn Bartholdy. Ich weiß nur nicht, ob er Noten meinte oder Bücher. Autos meinte er gewiss nicht.«

»Nein, das können wir getrost ausschließen. Und Röntgenbilder wohl auch nicht.«

»Wie kommst du jetzt darauf?«

»Fiel mir nur gerade so ein.«

Sie stießen mit den Cocktailgläsern an. Christine fielen Zitate von Autoaufklebern ein »Hier arbeiten 360 Pferde und ein Esel lenkt« oder »Mindestens haltbar bis: siehe Bodenblech.«

Dawid blieb eine Weile beim Thema »Schwarz und Weiß« und ging dann zu romantischen Versen über. Christine war es mittlerweile durch den Hugo sehr warm geworden und sie hängte ihre Strickjacke über die Lehne.

»Was meinst du? Soll ich dir nicht mal wenigstens mein Zimmer zeigen?«, fragte er schelmisch.

Sie grinste und sagte: »Okay, sieht ja ziemlich exklusiv aus hier. Würde mich schon mal interessieren, wie die Zimmer sind.«

Im Fahrstuhl hingen an drei Seiten Spiegel. Das unsichere Gefühl von vorhin war wie weggeblasen. Sie fand, dass er gut aussah an ihrer Seite, und sie konnte seine Wärme spüren, da sie eng zusammenstanden.

Sie gingen einen langen Hotelflur entlang. Es war stickig, die Hitze des Tages war in diesem Flur eingesperrt und konnte so schnell nirgends heraus. Dawid steckte seine Karte in die Vertiefung an der Tür und drückte die Klinke hinunter. Er ließ Christine den Vortritt. Durch das Fenster hinter dem Vorhang kam deutlich kühlere Luft herein. Der hellblaue Stoff des Vorhangs bewegte sich leicht. Davor stand ein Sessel mit hohen Holzbeinen und einem dunkelblau gestreiften Dekor. Sie drehte sich um und sah direkt auf die weißen Laken des Hotelbetts. Wieder begann sie zu zweifeln. War es richtig, was sie hier tat? Dawid stellte sich vor sie und sah sie an. Sie wich seinem Blick aus und sagte: »Ich weiß auch nicht, normalerweise bin ich nicht so.«

Er ging noch einen Schritt näher und umfing mit beiden Händen ihre Oberarme. »Darf ich dich wenigstens mal in den Arm nehmen?«, fragte er. Sie lachte herzlich und drückte ihn an sich. Dabei flog sie sein Duft an, der sie an geschälte Orangen und an Vanilleschoten erinnerte.

»Ich mache dir einen Vorschlag«, flüsterte er. »Du schließt die Augen und entspannst dich ein wenig. Und wenn jetzt gleich etwas passieren sollte, was dir nicht gefällt, dann öffnest du sie wieder.«

Sie schloss die Augen und öffnete sie sofort wieder. »Ich habe eine bessere Idee«, sagte sie und streifte die Schuhe von den schmerzenden Füßen ab. Endlich konnte sie ihm direkt in die funkelnden Augen sehen. Sie küsste erlöst seine weichen Lippen.

21

Die Nachbarin

»Ich sehe, du benutzt die Tasse ja tatsächlich«, bemerkte Stefan, als er am Montagmorgen ins Büro kam.

»Na klar«, sagte Christine, »vielen Dank, die ist wirklich cool.«

Stefan hängte seine Lederjacke an die Garderobe. »Ich dachte zuerst, du magst sie gar nicht«, rief er zum Tisch hinüber.

»Nein, die ist super, danke.«

Christine sah zu Yasemin, doch die war gerade mit ihrem Handy beschäftigt. Wahrscheinlich wartet sie auf eine Reaktion von Herrn Haupt, dachte Christine. Sie hatte ihm ein wunderschönes Foto geschickt. Allerdings nicht von Yasemin. Die hatte Christine ein Foto von ihrer Mutter weitergeleitet. Außer dem farbenfrohen Kopftuch und der Hand vor dem Mund konnte man allerdings nichts erkennen. Zumindest nichts von dem Gesicht. Im Hintergrund sah man eine beleuchtete Miniversion der Blauen Moschee aus Istanbul. Ein Geburtstagsgeschenk von Yasemins Onkel, der im Gegensatz zu ihrer Mutter auf Kitsch stand. Das Geschenk hatte bei ihr eine Lachsalve nach der anderen ausgelöst. Das Foto diente dem Familienfrieden. Sie hatten etwa zehn Fotos gemacht, bis sie eins hatten, auf dem die Mutter nicht kicherte, das war dann für den Onkel. Für Herrn Haupt hatten sie eins von den anderen Fotos ausgewählt. Die Lachfältchen um die dunklen Augen waren unübersehbar.

»Sorry, dass ich so spät bin, ich war noch beim Training«, sagte Stefan und ließ sich geschäftig an dem großen Schreibtisch nieder. Yasemin ließ ihr Handy in ihrer überdimensionalen Handtasche verschwinden und sah hoch. Na klar, dachte Christine, jetzt will er ein Lob. Aber da kann er lange warten.

»Hey, klasse«, sagte Yasemin und strahlte ihn an, »du musst mich unbedingt mal mitnehmen. Ich sehe so gerne schwitzende Männer.«

Christine sah zu Stefan hinüber, der gerade zu einer längeren Ausführung ansetzen wollte: »Was hast du aus Maik rausgekriegt?«

Nach einer kurzen Pause antwortete er: »Maik ist anders als früher.«

»Also kein guter Kumpel mehr?«

»Er war nie mein bester Kumpel, wenn du das meinst. Aber ... er hat jetzt ganz sonderbare Vorstellungen von Beziehungen. Es war ein seltsames Treffen.«

»Hatte er eine Beziehung mit Xaverius?«, fragte Yasemin.

»Auf irgendeine Weise schon.«

Christine zog ungeduldig die Augenbrauen hoch. »Kann Herr Weiz sich etwas genauer ausdrücken?«, fragte sie.

»Meine Güte, ich weiß es ja auch nicht. Es scheint, als hätte Maik ihn nicht sexuell interessiert.«

»Glaubst du!«

»Nein, hat Maik mir erzählt.«

»Vielleicht wollte er es nicht vor dir zugeben?«

Stefan schüttelte den Kopf. »Maik hat keinen Hehl aus seinen Neigungen gemacht, die übrigens in beide Richtungen gehen, Männer und Frauen.«

Yasemin sah ihn neugierig an: »Klingt nach einem interessanten Leben.«

Sie zog einen Ordner hervor mit einigen Fotos von Xaverius und den Verdächtigen, stand auf und begann diese an die Pinnwand zu heften.

»Also hat Xaverius einen Vertrauten gesucht, weil seine Frau eine Beißzange ist«, konstatierte Christine.

Stefan zuckte mit den Schultern: »Sieht so aus. Wie lief es bei dir?«

Christine lächelte und nahm einen Schluck aus der Kaffeetasse. Ja, wie war es denn gelaufen? Stefan meinte natürlich ihr Treffen mit Dr. Hahnfuß. Aber sie musste an Dawid denken. Was würde Stefan sagen, wenn er wüsste, dass sie neuerdings selbst Kundin beim Escortservice war. Aber Dawid als Begleiter? Das würde ihre finanziellen Möglichkeiten übersteigen. Außerdem würde er nie ein treuer Begleiter sein, soviel war sicher.

»Hahnfuß?«, fragte sie. »Der ist okay. Auf jeden Fall habe ich viel über Röntgenbilder erfahren.«

Yasemin drehte sich um: »Röntgenbilder hat mein Bruder immer benutzt, um im Hörspiel ein Gewitter nachzuahmen, klingt sehr echt.«

Stefan und Christine schauten rätselnd in ihre Richtung. Es war wieder eine dieser unerwarteten Assoziationen, die Yasemin manchmal in die Runde warf.

Christine ignorierte den Einwurf und sagte: »Hahnfuß hat mir erzählt, dass Xaverius in einen Rechtsstreit mit seiner Nachbarin Edith Reißinger verwickelt war. Sie wohnte über der Praxis und behauptete, sie habe ihr Kind wegen der Röntgenstrahlen verloren.«

»Ist das möglich?«, fragte Stefan.

Christine schüttelte den Kopf. »Nein, es gab einige Gutachten zu der Sache. Die Strahlung war abgeschirmt.«

»Wie macht man das, mit Blei?«

Christine nickte: »Blei wird als dünne Platte in Wänden und Türen verbaut, man kann es von außen nicht sehen.«

»Also mit anderen Worten: Frau Reißinger hat das Kind aus anderen Gründen verloren, denkt aber, die Praxis wäre daran schuld.«

Christine nickte: »Sie hatte sich in die Sache ziemlich hineingesteigert. Zum Schluss hatte sie wohl einen richtigen Hass auf Xaverius, besonders, weil sie vor Gericht den Kürzeren zog.«

»Würde mich schon mal interessieren, wie gefährlich Röntgenstrahlen sind«, sagte Yasemin. »Ich bin schon oft geröntgt worden beim Zahnarzt.«

»Ich habe Dr. Hahnfuß fast genau das gleiche gefragt und mir notiert, was er gesagt hat.« Christine zog ihr Handy aus der Handtasche und zitierte: »In der bildgebenden Diagnostik wird keine Strahlung genutzt, mit der man gezielt Schädigungen von Gewebe herbeiführen kann. Strahlenschäden, wie beispielsweise Krebs, sind zwar möglich, aber unwahrscheinlich. Trotzdem versucht man heutzutage mit strahlungsfreier Technik wie der Kernspintomographie Diagnosen zu erstellen.«

»Alle Achtung«, sagte Yasemin und setzte sich wieder zu den Kollegen, »hast du das mitgetippt?«

»Spracherkennung«, sagte Christine und zwinkerte ihr zu.

»Schaut mal an die Wand, wir haben zwei Fälle«, erinnerte Stefan und deutete auf die Pinnwand, an die Yasemin säuberlich getrennt die Fotos der Verdächtigen und der Opfer gehängt hatte. Neben Xaverius, dessen Frau und Maik hingen die Fotos der Schenders.

»Wir haben die Schuldnerkartei auf die letzten sechs Monate reduziert und mit unseren polizeilichen Einträgen verglichen«, begann Yasemin. »Es waren einige zwielichtige Geschäftsleute darunter, aber keine Schwerverbrecher, denen ein Mord zuzutrauen wäre. Danach haben die Kollegen die Telefon- und Handyanrufe der Schenders verglichen und einige Alibis abgecheckt, ohne Treffer.«

»Maik hat mir erzählt, dass er mit Xaverius öfter Golf gespielt hat«, sagte Stefan.

»Auf welchem Platz?«, fragte Christine.

»Unter anderen haben sie ein Schnupperangebot in Oftersheim wahrgenommen«, sagte er.

Sie neigte den Kopf und überlegte: »Das heißt noch nichts.«

»Wir sollten nochmal über eine Verknüpfung der Fälle nachdenken.«

»Und wie könnte die aussehen?«, fragte Yasemin.

»Hat Maik ein Alibi für die Tatzeit von Schenders Ermordung?«

»Er hat einen Zeugen, der belegen könnte, dass Maik zu Hause war. Aber der liegt gerade im Koma.«

»Xaverius«, stellte Christine fest, und Stefan nickte.

»Somit verschaffen sich die Verdächtigen gegenseitig ein Alibi.«

»Haben die beiden den Mord zusammen ausgeführt?«, fragte Yasemin.

»Möglich«, sagte Christine.

»Aber warum sollten Maik und Xaverius das tun?«

»Maik würde Xaverius unterstützen, schließlich ist er sein Freund.«

»Naja«, wehrte sich Stefan, »so gut sind Maik und Xaverius jetzt auch wieder nicht befreundet. Maik geht mit dem Thema eher geschäftlich um. Ich kann mir das nicht vorstellen.«

»Dann hat Maik vielleicht Probleme mit Schender. Ich vermute, Xaverius würde mit ihm durch dick und dünn gehen«, sagte Christine.

»Maik kennt Schender nicht mal«, entgegnete Stefan, »sagt er wenigstens.«

»Dann glaubst du, Xaverius hat Schender umgebracht? Aber der hat ein Alibi von Maik, und dem glaubst du ja wohl alles«, warf Yasemin ein.

Stefan war eingeschnappt. Er ließ sich nicht gern vorwerfen, dass er nicht professionell arbeitete. Yasemin hatte keine Zeit, das mit ihm auszudiskutieren. Sie musste weg zu einer Besprechung. Christine stellte sich rätselnd vor die Pinnwand. Sie sah die Gesichter von Xaverius, Maik und Schender prüfend an. Was verbindet euch, dachte sie. Geld? Derselbe Liebhaber? Die Radiologie?

Alle Theorien klangen interessant. Jerichow hatte sie möglicherweise auf die richtige Spur geführt. Aber Xaverius hatte ihm nicht den Namen des Täters gesagt. Schender war bereits tot, als die Bremsschläuche manipuliert worden waren. Was war also zwischen den beiden vorgefallen? Vielleicht lag die Antwort ja doch in der radiologischen Praxis. Sie würde Dr. Hahnfuß einen weiteren Besuch abstatten.

22

Ein Überfall

Edith Reißinger wohnte nicht mehr in Feudenheim über der radiologischen Praxis. Sie war nach Seckenheim umgezogen in die Offenburger Straße. Von hier aus waren es nur ein paar Schritte zum Neckar. Damit hat sie sich auf jeden Fall verbessert, dachte Christine, als sie in der Nähe des Seckenheimer Schlosses parkten. Vielleicht sollte sie auch hierher ziehen, weit weg von der lauten Innenstadt Mannheims, wo sie wohnte. Außerdem lag Seckenheim direkt am Neckar. Sie könnte sich ein Paddelboot zulegen. Aber sie kam ja kaum dazu, ihr Motorboot zu bewegen, dachte sie enttäuscht. Sie schloss ihren Wagen ab und folgte Stefan, der bereits ausgestiegen war und vor ihr her lief.

Christine überholte ihn auf den letzten Metern und drückte auf den Klingelknopf des bescheidenen Wohnhauses. Frau Reißinger wohnte im zweiten Stock, sie blickte ihnen misstrauisch entgegen. Nur einer freute sich über den unerwarteten Besuch. Hinter ihr stand ein Junge, kaum zwei Jahre alt. Er klatschte begeistert in die Hände und ließ ein »Lalala« erklingen. Nachdem Frau Reißinger die Ausweise genau studierte hatte, seufzte sie. Dann bat sie Christine und Stefan in ihre Wohnung. Im Wohnzimmer war eine Zigarette notdürftig im vollen Aschenbecher abgelegt, ein Rauchfaden stieg nach oben. Frau Reißinger griff nach dem Glimmstängel und bot den Kommissaren Platz auf dem Sofa an. Dann setzte sie sich gegenüber in einen Sessel.

Christine fühlte sich wie bei einer Eheberatung auf dem engen Zweisitzer mit dem langweiligen hellbraunen Blumenmuster. Außerdem drückte sie die Dienstwaffe. Es war kaum möglich, so zu sitzen. Der Junge hüpfte auf den Schoß seiner Mutter. Christine konnte kaum hinsehen. Sie fand es absurd, wie die Mutter gleichzeitig rauchte und ihr Kind hielt.

»Frau Reißinger, wir kommen wegen ...«, begann Stefan.

»Wegen Xaverius, stimmt's?«, fragte sie.

Stefan nickte.

»Einer musste doch was tun, verstehen Sie. Die Röntgenstrahlen aus der Praxis haben mein erstes Kind umgebracht, noch im Mutterleib.«

Christine hielt die Luft an, das klang fast nach einem Geständnis!

»Was mussten Sie tun?«, fragte Stefan schnell.

Edith Reißinger sah ihn entnervt an: »Sagen Sie bloß, Sie haben die Akten nicht gelesen.«

Also geht es gar nicht um Xaverius' Unfall, dachte Christine enttäuscht. Sie entschied sich den Faden aufzugreifen.

»Doch, in der Akte steht, dass Sie handgreiflich gegen Doktor Xaverius wurden. Er hat Sie aber nicht wegen Körperverletzung angezeigt«, sagte Christine.

»Ganz klar, der hatte Angst, weil er genau wusste, dass die Strahlen gefährlich sind.«

»Dr. Hahnfuß sagte mir, dass Dr. Xaverius das Gespräch mit Ihnen gesucht habe, um Sie über die Strahlung aufzuklären. Er sagte mir auch, dass die Strahlen abgeschirmt sind gegenüber den Wohnungen im Haus. Außerdem habe er Ihnen ein Gutachten vorgelegt. Stimmt das so?«

Frau Reißinger nickte: »Sie glauben denen auch alles, wie? Denen ist doch alles egal. Und Gutachten kann man ja wohl an jeder Straßenecke kaufen. Sie denken wohl, ich bin so blöd und glaube das. Nee, so einfach kriegen die mich nicht. Einer muss ja die Konsequenzen daraus ziehen und andere Mütter beschützen. Ich habe die ›Vereinigung wider die medizinische Verstrahlung‹ gegründet.«

Christine sah sie erstaunt an. Was es alles gab. Frau Reißinger wirkte sehr überzeugend. Wobei ihre Ausführungen etwas nach Verfolgungswahn klangen. Das Gespräch mit Dr. Hahnfuß klang ihr noch in den Ohren: Ein Gericht und mehrere Gutachter hatten sich in der Sache umgetan und der Fall wurde zugunsten von Xaverius entschieden. Das hatte Frau Reißinger jedoch nicht beruhigt, wie man an der »Vereinigung wider die medizinische Verstrahlung« erkennen konnte.

»Wir müssen Sie fragen, was Sie zwischen dem letzten Sonntagnachmittag und Montagmittag gemacht haben«, sagte Christine.

»Wieso wollen Sie das wissen?«, meinte Frau Reißinger schnippisch, dann weiteten sich ihre Augen. »Dem Doktor ist was passiert, oder?«, fragte sie.

»Antworten Sie einfach«, seufzte Christine. Wieso konnten die Leute auf diese Frage immer nur mit einer Gegenfrage reagieren?

»Mein Sohn und ich waren im Mutter-Kind-Urlaub in Büsum, da drüben steht noch mein Koffer«, sagte Frau Reißinger.

»Was macht Sie eigentlich so sicher, dass Sie das Kind nicht aus anderen Gründen verloren haben?«, fragte Christine.

»Das spürt eine Mutter. Außerdem habe ich neulich gehört, dass Xaverius die Stadt verlassen will. Warum sollte er das tun, wenn er eine reine Weste hat?«

»Er wollte wegziehen?«, fragte Stefan überrascht. »Woher wissen Sie das?«

Sie blickte zu Boden. »Naja, im Haus der Praxis wohnt noch eine frühere Nachbarin von mir, die kriegt so einiges mit«, antwortete Frau Reißinger zögernd und strich dem Jungen eine Haarsträhne aus dem Gesicht.

»Ihre frühere Nachbarin hat also ein Gespräch belauscht«, stellte Christine fest. »Worum ging es dabei?«

»Sie hat gesagt, während der Sprechstunde sei Xaverius mit einem anderen Mann in den Hausflur gegangen und sie hätten geredet.«

»Was wurde genau gesprochen?«, fragte Stefan.

»Fragen Sie sie doch selbst! Ich habe mir nur gemerkt, dass Xaverius weg wollte. Das klingt schon verdächtig, oder?«

Stefans Telefon klingelte. Er fingerte das Handy mit spitzen Fingern aus seiner Hosentasche. Christine sah neugierig zu ihm hinüber. Er sah konzentriert auf den Boden. Das Gespräch beunruhigt ihn, dachte Christine. Stefan stand auf und ging zur Tür hinaus. Christine hörte, wie er leise ins Telefon sprach. Sie entschuldigte sich bei Frau Reißinger, die ihren Sohn an sich drückte, während sie noch einmal nach der Zigarette im Aschenbecher griff.

Christine fand Stefan bei der Garderobe, er telefonierte immer noch: »Sie verhalten sich ruhig und lassen niemanden rein. Wir schicken die Kollegen zu Ihnen.« Dann legte er auf.

»Was ist?«, fragte Christine.

»Jemand versucht, bei Frau Schender reinzukommen.«

»Echt? Ruf die Streife an, die sollen dort hinfahren.«

»Bin ja schon dabei«, murrte Stefan. Im Türrahmen stand der Junge und sah den beiden Kommissaren neugierig zu. Dann zog er ein Bonbon mit einer klebrigen Verpackung aus seiner Hose. Der Kleine nestelte verzweifelt daran herum.

Stefan schüttelte den Kopf.

»Unsere schlauen Kollegen sind in den Stau vor Edingen gefahren, obwohl jedes Kind weiß, dass dort eine Baustelle ist.«

»Und jetzt?«, fragte Christine und packte das Bonbon für den Kleinen aus.

»Es sieht so aus, als wären wir selbst am nächsten dran, wir brauchen nicht mehr als zehn Minuten.«

Sie sah ihn beunruhigt an. Stefan zuckte mit den Schultern und hastete zur Tür hinaus. Christine seufzte. Es passte ihr gar nicht in den Kram, Räuber und Gendarm zu spielen. Sie verabschiedete sich schnell von Frau Reißinger, hinterließ ihre Karte und rannte hinterher.

Im Auto setzten sie das Blaulicht aufs Dach und rasten durch die Umgehungsstraßen bei Seckenheim. Stefan hielt sich linksspurig auf dem Autobahnzubringer beim Flughafen in Richtung Neckarau. Gerne hätte sie ihre Gedanken mitgeteilt, aber an ein Gespräch mit Stefan war nicht zu denken, es war wegen des Signalhorns zu laut. Die Anspannung lag spürbar in der Luft. Es war nicht klar, was sie vor Ort erwarten würde. Es war nie vorher klar. Als sie an der Pizzeria in Neckarau vorbeifuhren, schalteten sie das Blaulicht aus. Einige Straßen weiter hielten sie direkt auf dem Bürgersteig, weil sie sonst die Fahrbahn blockiert hätten. Durch die in der Mitte fahrende Straßenbahn gab es kaum Platz. Eine ältere Spaziergängerin mit Hund drängte sich am Fahrzeug vorbei. Sie sah griesgrämig in den Wagen und zeigte ihnen den Vogel. Stefan sah Christine an, lächelte aufmunternd und sagte: »Los geht's!«

Dann flogen beide Autotüren auf und die Kommissare liefen zum Hauseingang. Christine wollte die Tür aufdrücken, aber die war zu. Sie drückte auf einige Klingelknöpfe und kurz danach schwang die Tür auf. Stefan rannte vor ihr den kurzen Treppenabsatz hoch bis zur Wohnung im ersten Stock. Die Tür war nur angelehnt und offensichtlich aufgebrochen worden. Vielleicht war der Täter schon auf und davon. Doch es war ebenso gut möglich, dass er noch da war. Es war unheimlich still, als ob auch von drinnen angestrengt gelauscht wurde. Sie zogen ihre Dienstwaffen. Christine schob das Türblatt mit einem Ruck auf. Es knallte laut gegen die Wand. Dahinter sah sie Frau Schender. Sie war völlig aufgelöst. Und vor ihr stand eine Frau. Gut sichtbar war das Schnappmesser, mit dem sie Frau Schender bedrohte.

»Polizei, Messer fallen lassen, sofort!«, knurrte Stefan.

Der Frau ließ das Messer los, es landete fast lautlos auf dem weichen Teppich. Sie sah sich hektisch um und rannte zur offenen Balkontür.

»Stehen bleiben oder ich schieße«, schrie Stefan. Aber er riss seine Waffe nicht hoch, sondern rannte hinterher. Was Christine nun sah, konnte sie fast nicht glauben. Die Verfolgte umschloss mit beiden Händen das Balkongeländer wie einen Griff und wirbelte mit einer einzigen fließenden Bewegung beide Beine hoch. Es sah aus wie ein Radschlag, nur dass es hinter den Blumenkästen abwärtsging. Dann war sie verschwunden. Stefan kletterte laut fluchend über das Balkongeländer. Christine hörte ihn draußen seine Anweisungen schreien. Gern wäre sie sofort hinterhergerannt. Da blickte sie zu Frau Schender, die zitternd im Raum stand.

»Geht es Ihnen gut?«, fragte Christine und stützte sie, während Frau Schender langsam zu Boden glitt.

Christine hockte sich zu ihr hinunter: »Wer war das?«

»Ich glaube, es war wieder die Frau«, antwortete sie in ihrem Akzent.

»Welche Frau?«

»Die schon mal wegen des Kredits da war.«

»Ja, Sie hatten davon erzählt. Die Frau wollte den Kreditvertrag Ihres Mannes annullieren.«

»Nein. Ich meine: Ja, das habe ich Ihnen erzählt, aber es war anders. Chris bekommt sein Geld nicht mehr von der Bank. Wir mussten beim Zirkus Geld leihen. Das kam öfter vor.«

»Der Zirkus hatte so viel Geld, dass er Ihnen etwas leihen konnte?«

»Nicht der Zirkus selbst, aber ... na ja, es gab da so Leute ... die haben nebenher solche Geschäfte gemacht. Ich weiß es auch nicht so genau.«

»Und die Frau ist vom Zirkus?«

»Ja, haben Sie nicht gesehen, wie sie eben über den Balkon gesprungen ist?«

Christine rechnete sich die Chancen aus, die Stefan bei diesem Hürdenlauf haben würde.

»Ich bin gleich wieder hier, legen Sie die Kette vor die Tür und machen Sie die Balkontür zu«, befahl sie und rannte hinaus zum Wagen. Wo waren die beiden nur hin? Von außen betrachtet war es auch für Stefan eine ziemliche Leistung, unverletzt über den Balkon zu springen, da zwischen dem Vorgartenrasen und der Balkonbrüstung etwa drei Meter Höhenunterschied lagen. Sie sprach in ihr Funkgerät: »Stefan, wo bist du?«

Es kam keine Antwort. Sie konnte es nicht leiden, wenn Stefan im Alleingang den großen Helden mimte. Sie mussten die Flüchtige unbedingt aufgreifen, und wie es aussah, konnten sie es nur gemeinsam schaffen. Christine beschloss, einfach loszufahren, und setzte sich in den Wagen. Als sie starten wollte, sah sie ihr blinkendes Smartphone in der Halterung. Sie stöhnte erleichtert. Natürlich, Stefan hatte ihr den Link seiner Verfolgungs-App geschickt. Sie drückte auf dem Handy herum. Ein Punkt wurde sichtbar, der sich schnell auf dem Display bewegte.

»Das geht ja quer durch die Kleingärten«, ächzte sie. »Wie soll ich mit der dicken Karre durch diese Wege fahren?«

Es war nur zu schaffen, wenn die Flüchtige aus den Gärten herauskam und in Richtung Stollenwörthweiher laufen würde. Sie hoffte, dass sie richtig entschied, und raste die Rheingoldstraße entlang in den Kreisverkehr. Dann zog sie den Wagen nach rechts und bog ab. Einige schwer bepackte Badegäste sprangen ihr aus dem Weg. Christine fuhr langsamer. Wenn die Artistin schlau war, dann würde sie hier zwischen den ganzen Leuten abtauchen. Christine wartete an einer spitzwinkeligen Kreuzung und sah abwechselnd in die eine und andere Straße. Sie hatte Glück. In weiter Ferne sah sie die Flüchtige und ihren Verfolger laufen. Meine Güte, hatte Stefan eine Kondition! Doch dann sah sie, dass er hinfiel und auf dem steinigen Boden entlangrutschte.

Sofort gewann die Verfolgte wieder einen Vorsprung. Scheiße, dachte sie und riss die Autotür auf.

»Stehenbleiben, Polizei«, schrie Christine. Die Frau hielt inne und blickte sich nach allen Seiten um. Dann wandte sie sich nach rechts und bog in einen kleinen Seitenweg ein. Eine Gartentür öffnete sich. Ein muskulöser Mann mit nacktem behaarten Oberkörper und Grillschürze trat heraus. Christine rannte direkt auf ihn zu. Er hielt eine Grillzange in der Hand und blickte erst ein paar Mal abwechselnd zu Christine und zu der Flüchtigen. Dann kam Bewegung in ihn. Er schmiss die Grillzange von sich und stürzte hinterher. Oh Mann, dachte Christine, noch so ein Held. Hoffentlich hatte die Flüchtige keine weitere Waffe. Und hoffentlich verschwand sie nicht demnächst mit einem ihrer akrobatischen Tricks hinter einer der Gartenmauern, die hier zum Glück sehr hoch gebaut waren. Sie lief den beiden noch schneller hinterher, zumindest kam es ihr so vor, obwohl sich der Abstand nicht verkürzte. Christine verfluchte ihre schlechte Kondition und die vielen abendlichen Rotweingläser, vielleicht hätte sie es doch eher mit dem Auto versuchen sollen. Sie erreichte den Seitenweg, als Stefan wieder zu ihr aufschloss. Vor ihnen schob sich der Grillmeister von der Seite an die Frau heran und rammte sie mit aller Kraft in die Seite. Sie fiel um wie ein Stein, bedeckt von dem schwitzenden Mann, der triumphierend lachte und die Kommissare zu sich winkte. Sie tobte und versuchte erfolglos, sich zu befreien. Was für ein Durcheinander, dachte Christine und sah zu Stefan hinüber. Doch sein Gesichtsausdruck war wie versteinert. Der Grillmeister zog ein Handy aus seiner Hosentasche und knipste ein Selfie in Heldenpose.

»Lassen Sie das«, brüllte Stefan, »und gehen Sie sofort von der Frau runter.«

»Ein einfaches Dankeschön genügt«, sagte der Angesprochene pampig und stand auf. Christine legte der Flüchtigen Handschellen an. Die Frau rappelte sich hoch und stieß einige fremdländische Schimpfworte in Richtung ihres Verfolgers aus. Der Mann lachte nur amüsiert und zückte noch einmal das Handy. Am liebsten wäre Christine ihm an den Hals gesprungen. Stefan kam heran, zerrte ihm genervt das Handy aus der Hand und sagte: »Keine Fotos, okay?«

»Hey, geben Sie mir mein Handy wieder«, motzte der Mann.

»Das ist konfisziert. Können Sie sich bei mir im Präsidium wieder abholen.«

Er reichte dem Mann seine Geschäftskarte der Polizei. Der Mann nahm sie und wollte widersprechen, aber Stefan hob drohend den Zeigefinger: »Ich will nichts mehr hören. Halten Sie einfach den Mund und gehen Sie.«

Hoppla, dachte Christine. So energisch erlebte sie ihren Kollegen nur selten. Der andere warf ihm noch einen bösen Blick zu, aber trollte sich dann. Einige Zaungäste aus den Kleingärten standen um sie herum. Christine sah, dass ein paar dieser Leute ebenfalls mit dem Handy hantierten.

»Schnell weg hier«, raunte sie Stefan zu. Der nickte mit finsterer Miene.

»Nicht mitnehmen, bitte«, meinte die Artistin zaghaft in gebrochenem Deutsch.

»Seien Sie vernünftig, Sie haben keine Wahl«, sagte Christine und schob sie vor sich her in Richtung Wagen.

23

Eine Frage des Geldes

Christine parkte den Wagen vor der Praxis in Feudenheim. Sie hoffte, dass man sie nicht abwimmeln würde. Aber es war erst acht Uhr dreißig. Soviel konnte daher noch nicht los sein. Vor der Eingangstür studierte sie noch einmal das Praxisschild: Berufsausübungsgemeinschaft Dres. Hahnfuß, Xaverius und Selbering. Letztere hatte sie noch nicht kennengelernt. Das Schild besagte, dass sie auch Nuklearmedizinerin sei. Von diesem Berufszweig hatte Christine noch nie etwas gehört. Vielleicht würde sich heute eine Gelegenheit zu einem Gespräch ergeben. Unter dem Schild zeigten die Öffnungszeiten, dass die Praxis schon seit sieben Uhr Patienten untersuchte. Christine öffnete die Tür und betrat den Empfang mit den weiß gestrichenen Wänden, an denen farbenfrohe Bilder hingen. Sie gehörten zu einer Ausstellung. Der Fußboden war ein hochwertiges Teakholzimitat. Links sah sie das Wartezimmer durch eine Milchglastür. Bei ihrem letzten Besuch hatte sie diese Details gar nicht bemerkt. Christine ging auf den Tresen der Anmeldung zu. Dahinter beobachtete eine Sprechstundenhilfe angestrengt den Bildschirm und sprach in ein Headset. Noch bevor diese den Blick hob, trat Dr. Hahnfuß durch eine der Türen.

»Oh, Frau Kommissarin«, begrüßte er sie und drückte ihr die Hand. »Kommen Sie doch kurz nach nebenan in den Sozialraum. Ich gönne mir eine Pause, und wir trinken einen Kaffee zusammen.«

Christine wurde in dunkle Gänge geführt. Der Weg ging an einigen Bildschirmen vorbei. Weiß gekleidete Assistenten verschwanden hinter Türen mit brummenden Maschinen oder hantierten mit der Maus, um irgendwelche Einstellungen an den Geräten vorzunehmen. Eine fremde Atmosphäre. Die meisten waren beschäftigt und nahmen sie gar nicht wahr. Nur einige sahen sie an und versuchten wohl, sie gedanklich einzuordnen. Der penetrante Geruch von alkoholischem Desinfektionsmittel umfing sie. Sie atmete auf, als Hahnfuß die Tür des Sozialraums hinter ihr schloss. Hier waren die Wände in hellem Grün gestrichen. Einige Pflanzen standen auf dem Fensterbrett, in einer Ecke befand sich ein PC-Arbeitsplatz. Christine zwängte sich auf die Eckbank, die mit dunkelbraunem Kunstleder überzogen war.

»Hier ist der Kaffee«, sagte er und stellte zwei weiße Becher auf den Tisch.

Die Tür ging auf und eine Helferin blickte herein: »Dr. Hahnfuß, ich habe schon wieder jemanden aus Heidelberg in der Leitung.«

»So früh? Sagen Sie, ich rufe zurück, ich hätte hier noch einen schwierigen Fall zu lösen.«

Er lächelte Christine an, die Tür schloss sich leise. Hahnfuß lehnte sich zurück: »Und? Ich bin sehr gespannt, was Sie herausgefunden haben!«

»Wir haben die Nachbarin besucht. Aber sie hat ein Alibi«, berichtete Christine.

»Schade«, meinte Hahnfuß, »jetzt müssen wir uns das Ganze nochmal ansehen.«

»Genau, wir betrachten das Bild aus einer anderen Richtung.«

»Und die wäre?«

»Was wissen Sie noch über Dr. Xaverius?«

Hahnfuß seufzte. »Wissen Sie, man arbeitet Tag für Tag miteinander, bespricht Geschäftliches, macht hier und da einen Witz. Aber was weiß man schon vom anderen? Von den Wünschen und von den Plänen? Eigentlich nichts. Und jetzt könnte es sein, dass der Kollege gar nicht mehr aufwacht. Aus diesem Blickwinkel betrachtet, ist das Ganze eine Katastrophe.«

»Sie sagten, Sie wissen eigentlich nichts. Vielleicht gibt es ja doch etwas. Beginnen wir doch einfach von vorn. Wann stieg Dr. Xaverius in die Praxis ein?«

Hahnfuß nahm einen Schluck Kaffee und sah zum Fenster hinaus, als könne er dort Informationen aus der Vergangenheit finden: »Im Jahr '97 ging der damalige Partner raus. Wir suchten eine Ewigkeit nach einem passenden Radiologen und hatten schließlich Glück. Frank war im Uniklinikum Mannheim in der Neuroradiologie tätig und suchte eine neue Herausforderung.«

»Xaverius klingt nicht gerade deutsch, kam er aus der Gegend?«

»Xaverius ist einfach nur eine latinisierte Form von Xaver. Das hat man während der Zeit des Humanismus gern gemacht. Soweit ich weiß, kommt seine Familie aus dem Rhein-Neckar-Raum.«

»Wissen Sie etwas über Freunde oder Feinde?«

Hahnfuß dachte nach, dann sagte er: »Ich weiß, dass es um seine Ehe nicht besonders gut steht. Er hat seine Frau niemals zu den Weihnachtsfeiern mitgebracht, und irgendwann verstanden wir alle, warum das so ist. Sie ist eine Xanthippe. Passt gut zum Nachnamen: Xanthippe Xaverius.«

Christine schmunzelte, dann sagte sie: »Wir haben einen Zeugen, der aussagt, dass Xaverius die Stadt verlassen wollte. Wissen Sie etwas darüber?«

Hahnfuß sah sie überrascht an, dann stutzte er: »Warten Sie, er kam mal auf mich zu und wollte aus der Praxis aussteigen und sich ausbezahlen lassen. Das ist noch gar nicht so lange her.«

»Was meinen Sie mit Ausbezahlen?«

»Es ging um eine halbe Million.«

Christine zog die Augenbrauen hoch.

Dr. Hahnfuß winkte ab: »Das überrascht Sie? Die Radiologie ist ein teurer Spaß. So ein Kernspintomograph beispielsweise kostet fast 1 Million, bis er in Betrieb gehen kann. Es gibt auch Geräte mit einem stärkeren Magnetfeld von drei Tesla, die kosten locker das Doppelte. Außerdem verschlingt die Wartung eine Menge Geld. Ganz zu schweigen von dem Fachpersonal. Wir drei Kollegen Xaverius, Selbering und ich teilen uns die Investitionen und bringen unsere Arztsitze ein.«

»Das Geld würde ihm also zustehen, wenn er aus der Praxis rausgeht?«

Hahnfuß nickte: »Wenn er rausgeht und seinen Sitz hierlässt.«

»Was bedeutet das?«

»Ganz einfach, es geht um die Abrechnung mit den gesetzlichen Krankenkassen. In Deutschland kann ein Arzt nach seinem Studium zwar jederzeit Privatpatienten behandeln, aber wenn er Krankenkassenpatienten behandeln und abrechnen will, muss er einen sogenannten Arztsitz bekommen, und der ist limitiert.«

»Also ohne Arztsitz gibt es kein Geld von den Krankenkassen?«

»Richtig.«

»Aber Sie wollten ihm das Geld nicht geben?«, fragte Christine.

»Nicht so schnell wenigstens«, meinte Hahnfuß. »Außerdem hätten wir ihn ungern als Partner verloren. Ich weiß selbst nicht, warum er unbedingt aus der Praxis raus wollte. Eigentlich dachte ich, dass er sich wohlfühlt. Aber was weiß man schon über andere. Ich wiederhole mich, gell, Frau Karch?«

Christine lächelte: »Sie sind Schwabe.«

»Ja und nein. Sehen Sie sich um, wäre ich ein Schwabe durch und durch, gäbe es sicher nicht diese wunderbare Einrichtung«, sagte er und machte eine ausholende Handbewegung, die die fliederfarbene Küchenzeile einschloss.

»Also stimmen die Vorurteile nicht?«, fragte sie.

Hahnfuß wiegte den Kopf hin und her: »Das würde ich so auch nicht sagen.«

Beide lachten.

»Wann kam Dr. Xaverius wegen seines Ausstiegs auf Sie zu?«, fragte Christine.

»Es sind bestimmt ... Warten Sie, etwa vor drei Monaten.«

»Im März?«

»Ja«, sagte er und begann seine Brille mit einem Zipfel des Arztkittels zu putzen. Er hauchte die Brillengläser an. »Jetzt, wo wir darüber sprechen, kommt mir der Gedanke, dass Frank gar nicht aussteigen wollte. Vielleicht ging es ihm nur darum, kurzfristig viel Geld frei zu machen.«

»Das wäre natürlich auch eine Möglichkeit. Aber warum ist er nicht einfach zur Bank gegangen?«

»So wie ich es verstanden habe, hat Frank schon das Haus seiner Frau beliehen, da ging nichts mehr, trotz Zugewinngemeinschaft.«

Christine schlürfte den letzten Rest aus der Tasse und stand umständlich auf.

»Danke für den Kaffee«, sagte sie. Dr. Hahnfuß erhob sich ebenfalls.

»Halten Sie mich auf dem Laufenden. Wenn ich helfen kann, mache ich das gern«, sagte er und drückte ihr zum Abschied die Hand.

Christine ging vorsichtig durch die dunklen Gänge zurück zum Tresen. Geldsorgen, dachte Christine, wozu brauchte Xaverius eine halbe Million? Wollte er auswandern? Mit Maik vielleicht? Stefan war ja überzeugt, dass Xaverius und Maik nur eine Männerfreundschaft verband. Zwar eine gut bezahlte, aber nicht mehr als das. Doch vielleicht täuschte er sich dieses Mal. Vielleicht hätte sie sich besser selbst um Maik kümmern sollen. Christine bekam ein unbehagliches Gefühl bei dem Gedanken, dass Stefan befangen sein könnte.

»Nein, nicht hier rein«, sagte eine Mitarbeiterin und stellte sich ihr in den Weg. »Wo wollen Sie denn hin? Zum Wartezimmer?«

Christine blickte irritiert auf ein rotes Warnschild, welches ihr den Zutritt verbot. Beinahe wäre sie in einem Röntgenraum gelandet. Die Assistentin sah ihr wohl ihre Unsicherheit an.

»Keine Sorge, da drin strahlt es nur, wenn ich aufs Knöpfchen drücke«, schickte sie hinterher. Christine ließ sich den Weg zum Ausgang zeigen. Die letzte Tür entließ sie aus der Dunkelheit zum hellen Empfangstresen, sie atmete auf.

Am Tresen stand jemand, den sie kannte. Ein schlaksiger Mann mit einer antiquierten Ledertasche. Er setzte gerade zu einer aufgeregten Ausführung an: »Frau Selbering hat mir ausdrücklich gesagt, dass ich mich wegen der Zweitmeinung noch einmal melden soll.«

»Das wäre sehr ungewöhnlich, Herr Dr. Jerichow«, sagte die Sprechstundenhilfe nachsichtig lächelnd und schob ihre Brille zurecht.

»Natürlich ist das ungewöhnlich, bei mir liegt ja auch keine gewöhnliche Sache vor«, zeterte er.

Christine freute sich über das unverhoffte Wiedersehen. Dawids Bemerkung kam ihr in den Sinn: »Ich dachte, ihr kennt euch schon länger.«

Der Sprechstundenhilfe erfror das berufliche Lächeln: »Üblicherweise melden wir uns bei unseren Patienten. Sie können ja nicht wissen, wann der Zweitbefund kommt.«

»Ja, eben deswegen bin ich hier«, antwortete Jerichow ungeduldig. »Sie haben sich ja gestern schon nicht gemeldet, und heute ist bereits Dienstag.«

»Sieh an, der Herr Musikwissenschaftler, schön Sie zu treffen«, sagte Christine.

Jerichow drehte sich überrascht um: »Ach, Frau Karch!«

Er kam lächelnd auf sie zu, platzierte umständlich seine Aktentasche zwischen den Beinen und gab ihr die Hand.

»Wenn wir uns das dritte Mal treffen, müssen Sie einen ausgeben«, sagte er zu ihr und korrigierte sich sogleich, »ich meine, dann gebe ich einen aus.«

»Eigentlich sehen wir uns schon zum dritten Mal«, sagte sie.

Er sah sie prüfend an und schüttelte den Kopf: »Das erste Mal zählt nicht. Das war ja rein beruflich.«

Christine sah zu Boden. Wie unangenehm, er musste ja denken, dass sie geradewegs darauf aus war, sich mit ihm zu treffen. Sie spürte, wie sie rot wurde und entschied sich für ein Ablenkungsmanöver: »Sie warten auf eine Zweitmeinung wegen Ihrer Sache?«

Seine Miene verdüsterte sich: »Nun ja, ich bin ... etwas beunruhigt.«

Das hätte er nicht sagen müssen, dachte Christine, man kann sie sehen, die schlaflosen Nächte, die dunklen Gedanken und die Angst. Man sieht sie in seinem Gesicht, als würden sie einen Abdruck hinterlassen. Die Schnitte am Hals von der Rasur mit zittrigen Händen, die Bewegung unter der Haut, wenn er die Zähne zusammenpresste, wie gerade jetzt. Gern hätte sie etwas Tröstliches gesagt, aber ihr fiel nichts ein.

24

Die Artistin

»Wie ihr das hingekriegt habt, ist doch egal. Hauptsache, ihr habt sie!«, meinte Yasemin.

Sie hatte gut reden! Stefan traute sich nicht mehr, in seinen Facebook-Account zu gehen. Das Bild »Grillmeister fängt Verdächtige« hatte über die üblichen Wege seine Runde gemacht. Es gab bereits etliche Nachrichten von Kollegen, die davon wussten, gespickt mit Kommentaren, die ihm wenig Freude machten.

»Ich habe gestern übrigens noch Kollegen zu Frau Schender geschickt, sie war ziemlich aufgelöst. Ihre Aussage liegt auf deinem Tisch.«

»Danke, schau ich mir nachher an«, meinte Stefan. »Hat die Artistin gestern noch etwas ausgesagt?«

»Nein, sie spricht kaum Deutsch. Und wir haben sie dabehalten. Gleich kommt die Dolmetscherin.«

Die Nacht auf dem Revier hat ihr bestimmt nicht besonders gefallen, dachte er.

»Eure Madame ist ein ganz schönes Energiebündel. Wir haben ihr sicherheitshalber einen Aufpasser an die Seite gestellt.«

Davon konnte sich Stefan selbst überzeugen, als er wenig später in das Vernehmungszimmer kam. Die kleine Frau sprang ständig von ihrem Stuhl auf und tigerte durch den Raum. Der Beamte hatte es mittlerweile aufgegeben, sie zu ermahnen. Sie konnte nicht stillsitzen. Vielleicht verstand sie ihn auch nicht. Als sie Stefan sah, kniff sie die Augen zusammen und brachte einen unverständlichen Wortschwall heraus. Yasemin und die Dolmetscherin, Frau Lange, folgten ihm nach. Frau Lange kannte er bereits. Sie war eine gutaussehende Frau, schlank, aber nicht zu dünn. Auffällig waren ihre hohen Wangenknochen und ihre helle Haut. Er schätzte ihr Alter auf etwa vierzig Jahre, aber sie konnte auch schon älter sein. Eine beeindruckende Person, dachte er. Beruhigend sprach sie auf die Artistin ein. Nach einer Weile kam eine Konversation in Gang. Yasemin und Stefan warteten geduldig ab.

»Sie heißt Maria Ionescu, und das, was sie zuvor gesagt hat, möchtet ihr gar nicht wissen«, meinte Frau Lange in ihrer pragmatischen Art.

Yasemin blätterte in der Akte: »Sagen Sie ihr, dass wir wissen möchten, warum sie Frau Schender bedroht hat.«

Das Spiel wiederholte sich. Im Prinzip konnte Frau Lange das bestätigen, was Schenders Frau ihnen auch schon erzählt hatte. Schender hatte sich einige hunderttausend Euro geliehen, konnte das Geld aber nicht zurückzahlen. Der Zirkus würde heute schon weiterziehen. Daher hatte man den Schenders eine ungemütliche Zahlungsaufforderung zukommen lassen. Maria Ionescu hatte bereits morgen einen erneuten Auftritt in Karlsruhe. Ob sie den absolvieren konnte, stand noch in den Sternen. Stefan war klar, dass sie hier einen kleinen Fisch geangelt hatten. Viel interessanter würde es sein, an die großen heranzukommen. Aber das war dann nicht mehr ihre Baustelle. Irgendwo musste das viele Geld hergekommen sein, und für Prostitution, Drogengeschäfte oder Hehlerei waren andere Kollegen zuständig.

Stefan schaltete sich ein: »Wo war sie am Montag vor einer Woche?«

Die Antwort kam schnell: »Nicht hier, sie war mit dem Zirkus in Darmstadt.«

»Und um 21 Uhr?«

»Sie sagt, sie ist um diese Zeit aufgetreten.«

Stefan lehnte sich lässig zurück und fixierte die Artistin: »Ich glaube das nicht, das hat sie eben erfunden, das wäre ja ein Wahnsinnszufall.«

»Gibt es Beweise für diesen Auftritt? Verlässliche Zeugen, die sie benennen könnte? Videomitschnitte?«, lenkte Yasemin ein. Frau Lange übersetzte erneut.

»Sie sagt, es gibt Zeugen, ein ganzes Zirkuszelt voll mit Leuten.«

Yasemin seufzte, klemmte sich die Akte unter den Arm und stand auf. Die Artistin schnellte ebenfalls hoch und redete auf sie ein. Offenbar befürchtete sie, noch eine Nacht auf der Holzpritsche verbringen zu müssen. Yasemin sah zu Frau Lange hinüber.

»Sie kann Ihnen eine Telefonnummer nennen. Der Zeuge kann für sie aussagen.«

Yasemin setzte sich wieder hin und fischte aus der Akte das Handy der Artistin. Der gingen die Augen über. Sie griff hastig danach und wollte das Handy an sich nehmen. Doch der Beamte drückte sie auf den Stuhl zurück.

»Sie haben Ihr Handy auf der Flucht verloren. Glücklicherweise konnten wir es finden. Sie scheinen aber nicht sehr froh darüber zu sein?«

Frau Ionescu schwieg verstockt.

»Ist die Telefonnummer von Ihrem Freund in diesem Telefon? Welche Pin muss ich eingeben?«, fragte sie.

Maria Ionescu schüttelte den Kopf. Sie wollte offenbar den Zugriff auf die Telefonnummern in ihrem Handy nicht zulassen. Wahrscheinlich hatte sie das Handy schon während der Flucht ausgeschaltet. Doch Yasemin war nicht unvorbereitet. Sie legte einen Verbindungsnachweis der Mobiltelefongesellschaft auf den Tisch. Die Artistin sank in ihrem Stuhl zusammen. Jetzt saß sie still.

Stefans Handy klingelte. Er drückte den Anruf weg. Yasemin blickte ihn fragend an. Er schaute auf das Display, es war die Nummer von Herrn Haupt. Stefan überlegte, welche Neuigkeiten Haupt haben könnte. Wenig später kam noch eine Mitteilung per SMS. Und dann noch eine. Es schien dringend zu sein.

»Du kannst ruhig gehen, ich komme hier klar«, meinte Yasemin.

25

Rätselhafte Anziehung

Christine wurde aus ihren Gedanken gerissen, als die Tür zur Praxis aufging und Stefan hereinkam: »Guten Tag zusammen!«

»Was machst du denn hier?«, fragte sie und ging diskret ein paar Schritte zur Seite, damit Jerichow nicht alles mitbekam.

»Dich abholen. Hatten wir so vereinbart, schon vergessen?«

»Ich dachte, du bist noch bei der Befragung unserer Artistin?«

»Die war schnell vorbei. War wieder mal eine Sackgasse. Zum entscheidenden Zeitpunkt war sie mit dem Zirkus in Darmstadt und ist dort aufgetreten. Yasemin lässt es überprüfen, aber das scheint zu stimmen. Dafür haben wir einige vielversprechende Telefonnummern von Schenders Gläubigern. Aber das fällt nicht mehr in unseren Bereich.«

»Und wenn diese Gläubiger andere Leute geschickt haben, die Schender ermordeten?«

»Warum sollten sie das tun? Kein Schuldner, kein Druckmittel, kein Geld. Das kann doch nicht in ihrem Interesse liegen?«

»Da hast du auch wieder recht. Also muss sie sich nur für die Bedrohung von Frau Schender verantworten«, murmelte Christine.

Stefan nickte. »Dafür gibt es Neuigkeiten von der KTU. Die Uhr von Chris Schender weist eine starke Magnetisierung auf.«

Christine blickte sich noch einmal zu Jerichow um. Er schien ihnen nicht zuzuhören, aber sie zog Stefan noch weiter vom Tresen weg und senkte die Stimme.

»Wo kommt die her?«

»Das weiß man nicht. Aber das Feld ist so stark, dass das nicht durch Magnete in normalen Haushaltsgeräten verursacht worden sein kann. Das schafft nur ein großer Industriemagnet, wie man ihn zum Beispiel auf Schrottplätzen benutzt, um Metallteile zu bewegen.«

»So einer, mit dem die Autowracks hoch gehoben werden? Dann war Chris Schender vor seinem Tod vielleicht auf einem Schrottplatz?«, spekulierte Christine.

»Aber dann hätte man ihn doch nicht auf dem Golfplatz vergraben. Es wäre doch viel leichter gewesen, ihn direkt auf dem Schrottplatz zu entsorgen«, wandte Stefan ein.

»Eine falsche Fährte? Um uns zu verwirren?«

»Quatsch. Bloß, weil wir es uns nicht gleich erklären können?«, sagte Stefan.

»Entschuldigung, dass ich mich einmische«, sagte Jerichow. »Es geht mich auch gar nichts an, aber ich habe mitbekommen, dass sie eine magnetisierte Uhr gefunden haben. War die Uhr vielleicht in einem Kernspintomographen?«

Stefan sah ihn misstrauisch an. Christine wunderte sich, dass Jerichow das Gespräch mitgehört hatte, denn er stand in einiger Entfernung, und es war an der Anmeldung durch das ständige Klingeln des Telefons sehr unruhig. Er musste ein sehr gutes Gehör haben.

»Sorry«, sagte Christine, »ihr kennt euch ja noch gar nicht. Das ist mein Kollege Stefan Weiz, und das ist Jochen Jerichow, der Zeuge beim Unfall von Dr. Xaverius.«

»Angenehm«, sagte Stefan knapp. »Was haben Sie da gerade mit dem Tomographen gesagt?«

»Der MRT baut ein starkes Magnetfeld auf«, erklärte Jerichow. »Bevor man in den Raum gehen darf, in dem er steht, muss man alles draußen lassen, was aus Metall ist, sonst wird es von dem Gerät angezogen. Ich habe das selbst erlebt bei den Untersuchungen für die medizinische Studie. Vielleicht war diese Uhr, von der Sie gesprochen haben, hier im MRT. Sie suchen doch nach der Verbindung zwischen Schender und Xaverius? Das könnte sie sein.«

Stefan sah Christine zweifelnd an: »Er hat doch mit dem Fall Schender gar nichts zu tun. Wieso weiß er davon? Was hast du ihm erzählt?«

Christine war verwirrt. Stefan wusste doch von ihrer Annahme, dass die Fälle etwas miteinander zu tun hatten. Deswegen hatte er ja Maik noch einmal befragen sollen. Aber dann fiel ihr ein, dass sie ihm von dem Grund ihrer Vermutung nichts gesagt hatte. Irgendwie war das bei einem schnellen Gespräch zwischen Tür und Angel untergegangen.

»Gar nichts hat sie mir erzählt«, kam Jerichow ihr zuvor. »Herr Xaverius hat mir selbst von Schender erzählt, auch wenn ich das nicht gleich begriffen habe.«

Er berichtete von Xaverius' gemurmelten Worten, die er als »Crescendo« missverstanden hatte.

»Wenn also Schenders Uhr im MRT war, und die Uhr hing noch an Schender dran, dann war wohl auch Schender im MRT«, grübelte Stefan.

»Wenn er als Patient hier gewesen ist, hätte er vorher seine Uhr ablegen müssen«, warf Jerichow ein, »wie ich schon sagte ...«

»Dann war er vielleicht nicht als Patient hier«, sagte Christine.

»Wir müssen uns den MRT ansehen«, beschloss Stefan. »Vielleicht bringt uns das weiter.«

»Da fällt mir ein«, sagte Jerichow, »als ich das erste Mal im MRT lag, habe ich eine Beschädigung im Inneren gesehen. So eine Art Delle, als ob dort etwas hineingeschlagen hätte.«

»Wann war das genau?«, fragte Stefan.

»Montag letzte Woche, so gegen 10 Uhr.«

»Das passt«, stellte Stefan fest, »Christine, ich glaube, wir haben eine neue Spur.«

Christine wandte sich zur Sprechstundenhilfe und zeigte ihren Dienstausweis:

»Wann können wir an den MRT?«

Die Sprechstundenhilfe hatte schon die ganze Zeit mit leicht vergrämter Miene zugehört. Offensichtlich passte es ihr nicht, dass die beiden Kommissare vor ihrem Tresen den Fall diskutierten.

»Warum müssen Sie an den MRT? Man hat mir gar nichts gesagt!«

»Wir müssen etwas überprüfen.«

»Heute geht es gar nicht«, sagte die Sprechstundenhilfe spitz. »Wir haben den ganzen Tag Patienten. Wenn Sie im Wartezimmer Platz nehmen wollen, dann kann ich Sie unter Umständen irgendwann dazwischenschieben. Aber versprechen kann ich das nicht.«

»Wir machen hier unsere Arbeit genau wie Sie«, murrte Christine. »Es kann doch nicht so schwer sein, dass Sie uns ein paar Minuten in die Röhre gucken lassen, bevor der nächste Patient drankommt.«

Die Sprechstundenhilfe seufzte indigniert. Das Telefon klingelte schon wieder. Sie wandte sich nach hinten und rief eine weitere Angestellte herbei, die sich darum kümmerte.

Stefan setzte seinen Dackelblick auf: »Wir sehen ja, dass Sie sehr beschäftigt sind. Aber Sie würden uns einen riesengroßen Gefallen tun. Wir müssten wirklich nur einen ganz kurzen Blick in den MRT werfen. Wahrscheinlich finden wir nichts, aber wir möchten einen Verdacht ausschließen.«

»Einen Verdacht? Gegen wen?«, fragte sie erschrocken.

»Sagen wir besser eine Idee oder eine Spekulation«, korrigierte sich Stefan schnell.

»Also gut«, sagte sie widerwillig, »ich sehe, was ich machen kann. Es dauert trotzdem noch ein paar Minuten.«

»Was ist denn nun mit meiner Zweitmeinung?«, fragte Jerichow die Sprechstundenhilfe.

»Ich habe gerade noch mal nachgesehen. Ihr Zweitbefund ist noch nicht da.«

»Aber es muss doch …«, begann Jerichow genervt, doch die Resignation ließ ihn den Rest des Satzes verschlucken.

»Was erwarten Sie denn? Es ist immer noch Anfang der Woche! Wir melden uns sofort bei Ihnen, wenn wir etwas Neues haben. Ganz bestimmt.«

Jerichow stand die Enttäuschung ins Gesicht geschrieben. Verständlich, dachte Christine, das heißt für ihn weitere schlaflose Nächte.

»Ja, dann werde ich mal wieder gehen«, sagte er. »Auf Wiedersehen.«

»Tschüss«, murmelte Stefan geistesabwesend.

»Wiedersehen«, sagte Christine und hob die Hand zum Gruß. »Ich bin gespannt, wo wir uns das nächste Mal treffen.«

Er war schon halb aus der Tür, als er sich noch einmal umwandte und Christine ansah. Er lächelte nicht, aber seine Miene hatte sich etwas aufgehellt. Seine Augen, dachte sie, haben so ein seltsames, lichtes Grau. Irgendwie kühl, aber nicht unangenehm. Wie ein Nebelstreif, geheimnisvoll und flüchtig. Sie hatte das schon bemerkt, als sie ihn auf dem Präsidium befragt hatte, aber es war ihr erst jetzt bewusst geworden.

»Wir können dem Zufall auf die Sprünge helfen«, sagte er und nahm seine Aktentasche. »Haben Sie morgen etwas vor? Es gibt einen Klavierabend in der Heidelberger Stadthalle.«

Stefan horchte auf. Christine wich Jerichows Blick aus und sah hinunter. Dabei fiel ihr Blick auf seine Hände. Es waren große, sehnige Hände mit langen, kräftigen Fingern. Sie dachte daran, dass er wahrscheinlich selbst Klavier spielen konnte, und stellte sich vor, wie er seine Finger mit geschmeidigen Bewegungen über die Tasten gleiten ließ. Schwarz und weiß, harmonisch verbunden.

»Ich weiß noch nicht. Wir haben viel Arbeit im Moment«, wich sie aus.

»Überlegen Sie es sich. Ich habe ganz gute Beziehungen, ich kriege auch immer noch Karten an der Abendkasse. Meine Nummer haben Sie ja.«

»Gut. Vielen Dank«, sagte Christine.

»Ich würde mich freuen«, sagte er und ging.

Stefan zwinkerte Christine zu, nachdem sich die Tür geschlossen hatte, und grinste.

»Ist was?«, fragte sie.

»Der Jerichow gefällt dir, oder?«

»Wie kommst du denn darauf?«

»Nur so eine Ahnung. Er ist jedenfalls interessiert an dir, glaube ich.«

»Aha? Männer und Ahnungen.«

Das war doch wieder nur einer von Stefans Versuchen, sie zu foppen, dachte sie. Warum sollte ein Akademiker, der wahrscheinlich Mozart zum Frühstück und Bach zum Abendessen hörte, sich für eine Polizistin interessieren? Und warum sollte sie sich in einen ausgemergelten Mann vergucken, der fünfzehn Jahre älter war als sie? Und der möglicherweise nicht mehr lange zu leben hatte?

»Er hat doch alles, was man sich wünschen kann«, behauptete Stefan. »Er sieht gut aus, ist erfolgreich und charmant.«

»Bitte, du kannst ihn haben, wenn er dir so gut gefällt. Im Moment macht er eher den Eindruck, als sei er ein Gescheiter ... ich wollte sagen, Gescheiterter.«

»Freud'scher Versprecher«, diagnostizierte Stefan. »Du magst kluge Männer, ich weiß. Deswegen kommen wir beiden auch so gut miteinander klar.«

»Ich glaube, wir kümmern uns mal besser wieder um unsere Arbeit. Der MRT müsste jetzt langsam frei sein.«

»Sind Sie soweit?«, fragte die Sprechstundenhilfe. »Dann folgen Sie mir bitte, ich zeige Ihnen den Raum.«

26

Die Zweitmeinung

Christine fühlte sich nackt ohne Dienstwaffe, Kugelschreiber und Handy. Die Sachen lagen in der engen Kabine. Jerichow hatte recht, sie mussten alle metallischen Gegenstände ablegen. Sie ging respektvoll um den stampfenden Apparat herum, der klang, als würde im Inneren ein Schlagzeug spielen. Ein Gestell mit Plastikschläuchen und mit zwei Spritzenkolben versperrte ihr den Weg. Dann sah sie Stefan durch die Öffnung des MRT an.

»Wie auf dem Spielplatz«, sagte sie. »Da gibt es solche halbierten Betonröhren, in denen man sich verstecken kann.«

»Ja«, meinte Stefan gedehnt und zog sich Handschuhe an. »Nur dass sich hier keine Kinder verstecken.«

Dann hüpfte er auf die Liege und legte sich darauf. Er sah die Plastikverkleidung an der Innenseite des Gerätes prüfend an. »Ich müsste mehr nach hinten in die Röhre rein. Frag mal jemanden, wie man die Liege reinfahren kann. Außerdem kann ich hier im Dunkeln nichts erkennen. Eine Taschenlampe kann man ja nicht mit reinnehmen.«

Als sich Christine hinter dem Apparat hervorgezwängt hatte, sah sie, dass eine Frau mit weißem Kittel im Türrahmen stand. Sie hatte die Arme verschränkt und wirkte gar nicht begeistert von der Arbeit der Kommissare.

»Könnten Sie bitte die Liege weiter reinfahren? Und mein Kollege hätte gern etwas mehr Licht«, bat Christine.

»Ich bin Doktor Selbering und nicht die MTA. Darf ich fragen, was Sie hier treiben? Wir haben noch einen Haufen Patienten zu untersuchen. Die können wir jetzt nicht einfach wegschicken. Wer sind Sie überhaupt?«

Christine holte tief Luft und wollte etwas Passendes entgegnen, als unvermittelt Stefan wieder neben ihr stand.

»Ah, Frau Doktor Selbering, wir wollten schon die ganze Zeit mit Ihnen sprechen. Leider hat es sich noch nicht ergeben. Mein Name ist Stefan Weiz, und das ist meine Kollegin Christine Karch. Wir sind von der Kriminalpolizei.«

Er streckte ihr die Hand entgegen und sie ergriff sie zögernd.

»Ach ja, mein Kollege hatte schon so etwas angedeutet.«

»Ich würde Ihnen gern unsere Dienstausweise zeigen, aber wir wurden von Ihrer Angestellten entwaffnet, und die Ausweise liegen in der Kabine«, fügte er hinzu.

Um die Mundwinkel von Frau Selbering zuckte es. Wie macht er das nur, dachte Christine. Er ist der reinste Bombenentschärfer. Stefan erklärte Frau Selbering ruhig die Situation. Die Spurensicherung hatte er bereits verständigt. Er wollte nichts dem Zufall überlassen. Im Hintergrund kam Dr. Hahnfuß heran. Auch das noch!

»Frau Karch, ich muss mich schon sehr wundern. Wieso stellen Sie unsere Praxis auf den Kopf?«

»Es gibt einen Hinweis auf einen Defekt in Ihrem MRT«, meinte Christine.

»Was«, rief er entsetzt, »was für einen Defekt? Unsere Geräte sind immer tipptopp!«

»Es ist wahrscheinlich nur ein tiefer Kratzer«, beruhigte sie den aufgebrachten Arzt, der sich sofort in das Gerät hineinbeugte.

»Tatsächlich, ich taste auch eine Vertiefung. Das hätte doch die Wartungsfirma sehen müssen!«, kam es dumpf aus der Röhre. Dann richtete sich Dr. Hahnfuß wieder auf. »Und überhaupt, brauchen Sie denn keinen Untersuchungsbeschluss?«

»Den könnte ich mir ausstellen lassen, wir bitten einfach um Ihr Entgegenkommen.«

Er stemmte die Hände in die Hüften: »Soso, mein Entgegenkommen. Dann hätte ich aber auch eine Bitte. Sie müssen mir erzählen, warum Sie den MRT untersuchen wollen. Auf die Begründung bin ich sehr gespannt.«

Christine erklärte ihm die Situation und erzählte von der magnetisierten Uhr. Er hörte interessiert zu. In dem kleinen Vorraum drängten sich mittlerweile einige neugierige Assistentinnen. Die Spurensicherung würde in spätestens einer Viertelstunde vor Ort sein.

»Theoretisch könnte die Uhr natürlich von einem MRT magnetisiert worden sein. Allerdings nicht während einer Untersuchung, denn wie sie selbst sehen, müssen die Patienten alles aus Metall ablegen«, er schob nachdenklich seine Brille nach oben. »Es kann höchstens ein Versehen sein. Außerdem muss es nicht dieser MRT hier gewesen sein.«

»Wir hoffen, das mit der Spurensicherung herauszufinden.«

»Wem gehörte denn die Uhr? Sollen wir mal nachsehen, ob er ein Patient von uns ist?«

Christine nickte. Nun war sie froh, dass Dr. Hahnfuß sich für die Ermittlungsarbeit erwärmte. Sie folgte ihm in sein Befundungszimmer.

»Der Name ist Christian Schender«, teilte Christine mit.

Hahnfuß tippte den Namen in seine digitale Kartei. »Nichts«, sagte er.

»Hätte mich auch gewundert«, sagte Christine enttäuscht, »wenn wir endlich eine handfeste Verbindung der beiden Fälle gefunden hätten.«

Hahnfuß fuhr mit seinem Bürodrehstuhl herum: »Sie suchen eine Verbindung zwischen Frank und diesem Mann?«

Christine nickte.

»Ich habe einen Vorschlag«, sagte er. »Meine Familie schätzt an mir eine besondere Eigenschaft. Wenn jemand etwas verliert, dann denke ich kurz oder auch ein bisschen länger nach und finde den Gegenstand fast immer wieder. Ich bin also, wie soll ich es ausdrücken, nicht untalentiert bei der Ermittlungsarbeit. Darf ich Ihnen ein paar Fragen stellen?«

Christine war überrascht. Ein ungewöhnliches Angebot. Sie entschied, es auf einen Versuch ankommen zu lassen: »Bitte.«

»Ich nehme an, Christian Schender ist nicht mehr am Leben? Sonst hätten Sie nicht mich, sondern ihn nach dem Grund für die Magnetisierung seiner Uhr gefragt?« Christine nickte.

»Ich mache es jetzt wie Sie vorhin und sage einfach: Bitte von vorn.«

»Wir fanden die Leiche von Christian Schender auf einem Golfplatz. Ein Platz, den Dr. Xaverius zumindest kannte. Der Mann mit der magnetisierten Uhr ist ein Kredithai, der kein Unbekannter bei der Polizei ist.«

»Und Frank hat sich Geld von ihm geliehen?«, fragte er.

Christine schüttelte den Kopf: »Das wäre naheliegend, aber leider nein, Schender hatte Dr. Xaverius zumindest nicht in seiner Kundenkartei.«

»Verstehe.«

»Jemand hat Christian Schender erschossen. Wissen Sie, ob Dr. Xaverius eine Waffe besitzt?«

Hahnfuß rang nach Luft: »Na, hören Sie mal! Für Frank lege ich meine Hand ins Feuer. Ärzte sind doch keine Menschenfresser. Haben Sie schon mal etwas vom Hippokratischen Eid gehört?«

»Hat er nun eine Schusswaffe? Ja oder nein?«, insistierte Christine.

»Nein, nicht dass ich wüsste.«

Christine zuckte mit den Schultern: »Einen Versuch war es wert. Bei der Gelegenheit habe ich noch eine Frage: Die Kugel änderte im Körper von Schender die Richtung. Haben Sie dafür eine Erklärung?«

»Im Körper, aha. Das ist aber sehr allgemein ausgedrückt, Frau Karch. Im Schädel zum Beispiel gibt es viele Organgrenzen und knöcherne Strukturen, da wird eine Kugel sogar sehr wahrscheinlich abgelenkt werden.«

»Nein, nein, es war im Bauchraum, unser Rechtsmediziner meint, es sei ungewöhnlich, dass dort ein Schuss abgelenkt wird.«

Dr. Hahnfuß begann zu lächeln: »Sie wollen eine Zweitmeinung, richtig?«

Christine stutzte, daran hatte sie gar nicht gedacht. Na klar! So wie die Praxis eine Zweitmeinung einholte, konnte sie sich auch eine besorgen. Sie nickte: »Darf ich Ihnen die Röntgenbilder zeigen?«

Etwas später hatte Christine sich die Bilder aus der Rechtsmedizin in die Praxis digital zuschicken lassen.

Dr. Hahnfuß kratzte sich am Kinn. Christine und er sahen sich die Röntgenaufnahmen von Christian Schender noch einmal genau an.

»Die Kugel hat die Richtung geändert«, bestätigte Hahnfuß und rollte seinen Bürodrehstuhl nach hinten.

Christine sah, wie er sich ein leeres Blatt aus dem Drucker sowie einen Kugelschreiber schnappte und wieder zu ihr hinrollte.

Er zeichnete mit wenigen Strichen den Kernspintomographen aus der Vogelperspektive und die Grenzen des Raumes. Dann nahm er eine Büroklammer zur Hand und sah Christine von der Seite an.

»Das hier ist die Kugel, die im Bauchraum von Herrn Schender steckt. Beim Schuss hat er wohl noch gestanden, etwa so.«

Er stellte die Klammer aufrecht auf das Blatt, neben die Zeichnung des Kernspintomographen.

»Danach könnte er in die Horizontale gekommen sein. Wahrscheinlich bricht er zusammen und gelangt irgendwie auf die Liege des MRT. Oder er wird dorthin geschleppt«.

»Zu einer Untersuchung?«

»Gewiss nicht«, erwiderte Dr. Hahnfuß. »Das wäre medizinischer Unsinn in mehrfacher Hinsicht. Aber sehen Sie, was passiert, wenn Schender in eine liegende Position kommt.«

Hahnfuß legte die Klammer flach auf das Blatt. »Wenn Schender ins Magnetfeld gelangt«, sagte er und drehte die Klammer parallel zur MR-Liege, »dann richtet sich die Kugel entlang des Magnetfeldes aus und kann dabei wichtige Gefäße verletzen.«

»Die Bauchaorta«, ergänzte Christine.

»Ganz genau«, sagte Dr. Hahnfuß. »Falls die Arterie ganz durchtrennt wird, hat man noch eine Chance, weil sie sich zusammenrollen und dadurch verschließen kann. Aber er hatte wohl nicht so viel Glück. Er ist verblutet und das relativ schnell.«

Christine nickte: »Unser Rechtsmediziner sagt, er hatte drei Minuten, mehr nicht.«

Hahnfuß lächelte sie an: »Zufrieden?«

Christine dachte nach, dann fragte sie: »Aber woher kommt die Beschädigung, diese Vertiefung im Inneren der Röhre?«

»Das war wohl ein metallischer Gegenstand aus Eisen oder Stahl«, mutmaßte er, »etwas, das Schender in der Hand gehalten hat und losließ, sobald er umfiel. Das Magnetfeld hat den Gegenstand dann mit Wucht in das Innere des MRT hineingezogen.«

»Aber der Gegenstand ist nicht mehr da. Also hat ihn jemand entfernt und mitgenommen«, sagte Christine. »Jemand muss den MRT ausgeschaltet und wieder eingeschaltet haben. Wer kommt dafür in Frage?«

»Es reicht nicht den MRT aus- und einzuschalten, Frau Karch. Man muss den MRT quenchen.«

»Was ist das?«

»Man muss das Helium ablassen. Erst das Helium sorgt für Supraleitung und dadurch für den Magnetismus. Aber das hätte ich bemerkt. Das Gerät funktioniert danach nämlich nicht mehr.«

»Aber wie wurde der Gegenstand dann entfernt?«

Er überlegte: »Einen kleineren metallischen Gegenstand könnte man durch kräftiges Ruckeln herausziehen.«

»Bis zu welcher Größe geht das?«

Hahnfuß schmunzelte: »Ich hörte von einem Fall, in dem die Reinigungsfachkraft im MRT saugte. Sie dachte, der Staubsauger wäre aus Plastik. Der Motor hatte natürlich einen Eisenkern und ...« Er machte eine entsprechende Handbewegung, »... somit flog das Gerät wie eine Rakete in die Gantry. Der Kollege und einige Helferinnen haben den Staubsauger damals wieder rausbekommen. Sie hatten Glück, dass die Plexiglasaufhängung des Magneten bei der Ruckelei nicht brach.«

Die Tür öffnete sich und die Helferin aus der Anmeldung steckte ihren Kopf durch die Türöffnung: »Können Sie mal kommen?«

»Ich?«, fragte Christine.

Die Helferin schüttelte den Kopf: »Nein, der Herr Doktor soll bitte mal zum MRT kommen.«

Dr. Hahnfuß ging an ihr vorbei und zur Tür hinaus. Die Helferin schloss die Tür hinter ihm. Sie wirkte gestresst.

»Frau Karch, was ist denn los hier?«, fragte sie. »Uns sagt ja keiner was. Dr. Hahnfuß hat uns nur mitgeteilt, dass Dr. Xaverius erkrankt ist. Aber so wie es aussieht, ermitteln Sie hier an einem Tatort. Stimmt das?«

Christine nickte. Es wurde Zeit, das Personal über die Geschehnisse zu informieren und zu befragen. Bestimmt hatte die eine oder andere etwas mitbekommen, das für die Aufklärung hilfreich sein konnte.

»Setzen Sie sich doch kurz«, sagte Christine freundlich und kramte ihr Notizbuch hervor. »Wie heißen Sie denn?«

»Ich bin Ingrid Hantel, die leitende MTA«, sagte sie ernst, blieb aber stehen, »ich muss gleich wieder raus.«

»Hantel, wie das Sportgerät? Was macht denn eine leitende MTA?«

»Verwaltung, Dienstpläne, Organisation, außerdem arbeite ich auch an den Geräten«, sagte sie.

»Ist Ihnen in letzter Zeit etwas Ungewöhnliches an Dr. Xaverius aufgefallen? Hat er sich verändert?«

Frau Hantel nickte: »Er wirkte entspannter als sonst, fröhlich.« Dann lachte sie: »Er diktierte einmal einen Befund wie einen gregorianischen Gesang. Wir haben uns schiefgelacht.«

Christine versuchte, es sich vorzustellen.

»Und davor?«

»War er sehr still. In sich gekehrt, er war gerade dabei, sich ... zu verwandeln.«

»War er beliebt?«

Ingrid Hantels Augen weiteten sich: »Ist er tot?«

»Nein, er ist nicht tot.«

»Gott sei Dank. Dr. Xaverius mögen eigentlich alle, er meckert nicht herum. Man kann ihn immer ansprechen.« Dann senkte sie ihre Stimme: »Dr. Hahnfuß ist ein Perfektionist. Wenn ihm etwas nicht gefällt, kann er ganz schön ausrasten.«

»Uns interessiert der letzte Sonntag, so zirka 21 Uhr. War um diese Zeit jemand in der Praxis?«

Sie schüttelte den Kopf: »Wurde hier jemand zu dieser Zeit ermordet?«

»Wie kommen Sie denn auf so etwas?«

»Na ja, wenn Sie mich schon so genau nach der Uhrzeit fragen ...«

Dr. Hahnfuß riss die Tür auf. »Ingrid, bitte suchen Sie mir die Telefonnummer von unserem Reinigungsdienst heraus. Das ist doch die Höhe!«

Christine sah ihn verständnislos an: »Ihr Putzdienst? Wieso...?«

»Wieso? Das zeigen Ihnen am besten Ihre Kollegen. So eine Sauerei! Mit Luminol und Schwarzlicht kann man sehen, dass alles voller Blutspuren ist.«

27

Im Konzert

Die Abendsonne schien von der Rheinebene in das Neckartal und brachte die Heidelberger Altstadt zum Leuchten. Der Haupteingang der Stadthalle, vor dem Jochen wartete, war nach Westen ausgerichtet, der rote Sandstein glühte im kräftigen Licht. Es war noch Zeit bis zum Konzertbeginn, doch um ihn herum strömten schon andere Besucher auf den Eingang zu. Wahrscheinlich war es drinnen kühler. Er hatte auf ein Jackett verzichtet und nur eine dünne Weste über sein Hemd gezogen. Trotzdem war ihm zu warm, und er hoffte, dass sich keine Schweißflecken bildeten.

Sie hatte ihn tatsächlich angerufen und zugesagt. Er hatte nicht allzu sehr damit gerechnet und freute sich mehr darüber, als er sich eingestehen mochte. Es war schon eine Weile her, dass er sich mit einer Frau verabredet hatte. Er erwartete einen netten Abend mit ihr, nicht mehr. Schließlich hatte er sie erst vor wenigen Tagen mit einem Mann an ihrer Seite getroffen, der weit jünger war und besser aussah als er selbst. Er machte sich nicht vor, mit ihm in Konkurrenz treten zu können, und wollte es auch gar nicht. Es wäre auch rücksichtslos, mit seiner möglichen kurzen Lebenserwartung einer Frau irgendwelche Hoffnungen zu machen. Und doch war es etwas anderes, sich mit ihr zu treffen, als mit Eduard durch die Kneipen zu ziehen.

Schließlich sah er sie mit eiligem Schritt auf sich zukommen. Sie trug Schuhe ohne viel Absatz, dazu Bluse und Rock, eher praktisch als elegant, aber mit mehr Chic als im Alltag bei ihren Ermittlungen. Sie begrüssten sich und er streckte ihr die Eintrittskarte entgegen, die er die ganze Zeit in der Hand gehalten hatte und die sich schon leicht feucht anfühlte.

Sie kramte ihr Portemonnaie aus der Handtasche: »Was bin ich Ihnen schuldig?«

»Wenn Sie nichts dagegen haben, würde ich Sie gern einladen«, antwortete er.

»Das kann ich leider nicht annehmen. Ich bin zwar nicht im Dienst, aber Sie sind Zeuge in einem laufenden Verfahren. Es ist schon grenzwertig, dass ich mit Ihnen den Abend verbringe.«

Seine Abendbegleitung war also ein wenig kompliziert, dachte er. Er atmete ihren Duft ein. Mit der Auswahl des Parfüms hatte sie eine gute Wahl getroffen. Zu oft hatte er im Konzertsaal unfreiwillig neben Damen gesessen, deren schwere und süsse Gerüche ihn fast betäubten. Die Kommissarin hatte einen leichten Duft gewählt. Er erinnerte ihn an Zitronenschale und Holz.

Sie nahm ihm die Karte aus der Hand, um auf den Preis zu gucken, dann sah sie ihn erstaunt an: »Eine Ehrenkarte? Freier Eintritt?«

»Wie gesagt, ich habe ganz gute Beziehungen. Ich fürchte, Sie müssen sich heute von mir aushalten lassen.«

»Danke sehr«, sagte sie und steckte den Geldbeutel wieder weg, aber es schien ihm, als sei es ihr nicht ganz recht.

»Wie läuft es denn mit den Ermittlungen?«, fragte er.

»Ehrlich gesagt, bescheiden. Dank Ihnen haben wir eine neue Spur in der Praxis gefunden, das lässt uns hoffen. Mehr darf ich Ihnen nicht sagen.«

»Und Herr Xaverius? Befindet er sich auf dem Weg der Besserung?«

»Auch darüber darf ich Ihnen leider nichts sagen.«

»Aber Sie haben doch bereits einen oder mehrere Verdächtige?«

»Kein Kommentar.« Sie hob bedauernd die Schultern.

»Ich finde Ihre Arbeit einfach spannend, aber ich will Sie natürlich nicht bedrängen. Der heutige Abend hat auch mehr mit meiner Arbeit zu tun. Wollen wir reingehen?«

»Ich finde es sehr schön hier draußen«, sagte sie, »wir haben doch noch Zeit?«

Er stellte fest, dass sie die anderen Konzertbesucher beobachtete, die an ihnen vorbei auf den Eingang zugingen. Viele trugen legere Kleidung, aber manche Paare hatten sich auch herausgeputzt und betraten die Stadthalle im Smoking und Abendkleid. Er konnte nicht deuten, ob sie sich über die geschniegelten Besucher amüsierte oder sich in ihrem eigenen schlichten Aufzug unwohl fühlte.

»Danke, dass Sie mich mitnehmen«, sagte sie. »Eigentlich ist das ja nicht so meine Musik, aber ab und zu höre ich es auch ganz gerne.«

Jochen fragte: »Was ist denn Ihre Musik?«

Er vermutete, dass sie diese Frage erwartete, und er hoffte, dass ihre Antwort nicht zu abstoßend für ihn sein würde. Er nahm sich zusammen, um eine spontane Reaktion zu unterdrücken, die sie verletzen konnte. Es gab zu viele Leute mit einem armseligen Musikgeschmack, auf den sie sich auch noch etwas einbildeten. Seine Erfahrung war, dass es sich nicht lohnte, darüber zu diskutieren. Er hatte irgendwann beschlossen, es verzeihlich zu finden und darüber hinwegzugehen.

Doch sie sagte nichts zu seiner Frage, lächelte nur und zeigte auf ein Detail der reich verzierten Sandsteinfassade der Stadthalle: »Sehen Sie den Kopf da oben über dem Fenster? Sieht Ihnen ein bisschen ähnlich, finde ich.«

»Ich glaube, das ist Mendelssohn, aber ich kann es von hier unten nicht richtig erkennen«, antwortete er.

»Schwarz auf weiß ist nicht die größte Sicherheit auf der Welt oder so ähnlich«, zitierte sie aus dem Gedächtnis.

»Sie kennen den Spruch?«, wunderte er sich und zog eine Grimasse.

»Mögen Sie Mendelssohn nicht?«, fragte sie vorsichtig.

»Doch, ich schätze ihn sehr. Leider konnte ich ihn nicht persönlich kennenlernen«, scherzte er. »Und er ist nicht alt geworden. In meinem Alter war er schon tot. Er hat sich ganz seiner Kunst gewidmet und in der Arbeit aufgerieben. Aber das gilt für manche große Komponisten.«

»Und wie ist das bei Musikwissenschaftlern?«, neckte sie ihn.

»Die beschäftigen sich damit, was die Komponisten sich ausgedacht haben. Darauf kann man auch viel Zeit verwenden, aber ich versuche doch gelegentlich, einen schönen Abend in netter Begleitung zu verbringen.«

Sie schaute auf die bewaldeten Hänge auf der anderen Neckarseite und versuchte die Anspielung umzudeuten: »Wie letzten Samstag, als Sie mit Ihrem Freund unterwegs waren?«

»Sie meinen Eduard«, sagte er nachdenklich. »Wissen Sie, ich brauchte jemanden, dem ich mein Leid klagen kann, ohne dass er mich bedauert. Das würde mich nämlich nur noch mehr deprimieren. Dafür war er genau der Richtige.«

»Ich verstehe das. Es ist gut, wenn man in Ihrer Lage nicht einsam ist.«

Sie blickte ihn ernst, aber freundlich an. Er mochte diesen Blick, offen und gerade, und er ahnte, dass sie tatsächlich wusste, wovon er sprach. Sie hatte wohl selbst schon Schlimmes in ihrem Leben überwunden. Hinter dem Puppengesicht mit den Engelshaaren, in denen der Abendwind spielte, steckte ein Mensch, der sich nicht so leicht unterkriegen ließ.

»Wenn Sie mich fragen, Einsamkeit ist eine Grundbefindlichkeit des Menschen«, sagte er. »Es lässt sich gar nichts dagegen tun. Jeder irrt allein durch sein persönliches Labyrinth.«

Sie sah ihn befremdet an: »Warum sagen Sie das? Es gibt auch Menschen, die nicht einsam sind.«

Jochen tippte sich mit beiden Händen an die Schläfen: »Jeder ist hier oben drin einsam. Da ist sonst niemand. Keiner kommt da rein und hilft Ihnen. Sie sind mit sich allein.«

»Das stimmt doch gar nicht«, widersprach sie schwach. »Wenn ich an meine Freunde denke, dann bin ich nicht allein.«

»Das glauben Sie, aber es stimmt nicht. Andere Menschen kommen in Ihnen nur vor wie in einem Spiegelkabinett, als Reflektionen in trüben Spiegeln und als Schemen durch verschmierte Scheiben.«

»Sie meinen, man kann andere niemals durchschauen?«

»Nein, ich meine, dass jeder von uns nur sich selbst kennen kann. Aus Prinzip. Und was Sie über den Rest der Welt zu wissen glauben, sind lediglich Annahmen und Interpretationen. Was wissen Sie zum Beispiel über mich? Meinen Namen, meinen Beruf und meine Krankheit. Viel mehr ist es nicht. Den Rest reimen Sie sich zusammen.«

»So etwas Ähnliches hat mir heute schon Dr. Hahnfuß gesagt, als ich ihn nach Dr. Xaverius gefragt habe. Man glaubt den anderen zu kennen und doch weiß man eigentlich nichts.«

Sie schwieg und wirkte bedrückt. Jochen gratulierte sich ironisch. Da hatte er ja wirklich einen tollen Auftakt zu einem harmonischen Abend gefunden. Warum musste er sich immer hinreißen lassen, all das auszusprechen, was ihm durch den Kopf ging?

Allmählich war der Strom der Konzertgänger vor dem Eingang dünner geworden. Es dauerte nicht mehr lang bis zum Beginn und es wurde Zeit, die Plätze einzunehmen.

»Es tut mir leid, ich rede zu viel«, sagte er. »Gehen wir hinein und lassen die Musik sprechen. Es ist ein sehr schönes Programm, Klaviersonaten von Beethoven. Der Pianist ist exzellent.«

Sie hakte sich bei ihm ein. Er erschrak kurz über diese vertrauliche Geste, dann führte er sie die Stufen hinauf in die große Eingangshalle und über das seitliche Treppenhaus in den ersten Stock. Sie hatten schöne Plätze auf der Empore. Der Große Saal der Stadthalle wirkte wie immer festlich mit seinen Kronleuchtern, den goldgelben Farbtönen, den fein ziselierten Ornamenten an Brüstungen und Säulen. Der Pianist trat auf und verbeugte sich, das Publikum applaudierte, und Stille trat ein. Während der Pianist sich auf der Klavierbank zurechtrückte und seine Konzentration sammelte, während die Spannung des Publikums vor dem ersten Ton des Konzertes fast greifbar wurde, während alle Ohren der Menge im Saal sich wie Antennen auf einen Menschen und sein Instrument richteten, dachte Jochen wieder an das Hessezitat: »Und jedem Anfang wohnt ein Zauber inne.« Er spürte den Zauber noch, das war richtig. Aber stimmte es auch, dass der Zauber ihn beschützte und ihm half zu leben? War das nicht eine Selbsttäuschung, eine bloße Ablenkung?

Der Pianist legte die Finger auf die Tasten und spielte einen arpeggierten Akkord im Pianissimo, dann drei weitere Töne, die er mit dem Pedal lange nachklingen ließ. Es war der Anfang von Beethovens Klaviersonate »Der Sturm«. Wo eben noch Stille gewesen war, erhob und entfaltete sich Musik. Leise, aber unaufhaltsam wie eine erste Brise, die den kommenden Orkan ankündigt. Es war wie die Schöpfung aus dem Nichts, ein Wunder, alltäglich und doch unbegreiflich. Eine schnelle Kette von Seufzermotiven führte zum nächsten ausgehaltenen Akkord. Dann wurde die Musik lauter und energischer und blies Jochens trübe Gedanken endgültig davon.

Verstohlen sah er hin und wieder zu seiner Begleiterin. Er konnte sich nicht vorstellen, wie diese herrlichen Stücke auf jemanden wirkten, der wenig oder keinen Bezug dazu hatte. Er bemerkte, wie sie verstohlen gähnte und hoffte, dass sie sich nicht zu sehr langweile. Nach der Zugabe verließen sie zügig den Saal.

»Hat es Ihnen gefallen?«, fragte er, als sie im Foyer standen.

»Es war für mich ...«, sie suchte nach dem richtigen Wort, »ungewohnt. So viel Klavier am Stück. Aber es war schön. Es hat viele Gefühle in mir ausgelöst. So ähnlich wie ein guter Kinofilm.«

»Dann hat das Konzert erreicht, was es sollte«, konstatierte er. »Gehen wir noch irgendwo etwas trinken?«

»Gern, aber nur kurz. Ich muss morgen wieder früh raus. Und ich bin sowieso ein Morgenmuffel, dem es schwerfällt, aus dem Bett zu kommen«, antwortete sie.

Er nickte: »Das geht mir genauso. Aber an der Uni habe ich zum Glück nicht so viele frühe Termine.«

»Ich schlage vor, wir gehen zu Fuß.«

»Ich habe meinen Wagen sowieso zu Hause gelassen. Er verbraucht eine Menge Sprit und ich fahre kurze Strecken immer mit dem Rad.«

Sie bahnten sich einen Weg zwischen den herausströmenden Besuchern der Stadthalle und gingen ein Stück die Untere Neckarstraße entlang. Als er darüber nachdachte, wie er das Gespräch wieder in Gang bringen konnte, kam sie ihm zuvor.

»Was für einen Wagen fahren Sie denn?«

»Einen alten BMW, Jahrgang '69.«

»So einen Wagen mit eingebautem Schraubenschlüssel also?«

»Was meinen Sie?«

»Muss man bei solchen Fahrzeugen nicht selbst den Schraubenschlüssel schwingen, weil man sonst an den Rechnungen der Autowerkstatt arm wird?«

»Ich kann tatsächlich einiges selbst machen, aber den Öl- und Reifenwechsel erspare ich mir.«

Sie gingen die Ziegelgasse hinauf zur Hauptstraße. Jochen fand es immer wieder überraschend, wie viele Leute sich auch nach Geschäftsschluss in der Heidelberger Fußgängerzone aufhielten, besonders an so warmen Abenden wie heute. Links und rechts sah man, dass einige wenige Läden noch für die Touristen geöffnet hatten. Viele Lokale hatten ein paar Tische und Stühle hinausgestellt, an denen sich der Strom der Passanten mühsam vorbeiwälzte. Für solche Engstellen bot die Straße eigentlich nicht ausreichend Platz. Sie schlenderten zum Kurpfälzischen Museum, setzten sich in das Gartenrestaurant im Hof und bestellten sich eine Kleinigkeit zu essen und für jeden ein Glas Wein. Sie prosteten sich zu, er sah ihr in die Augen, und sie sah ohne Scheu zurück. Eine ganze Weile hielten sie ihrem gegenseitigen Blick stand. Im Halbdunkel unter den Bäumen war diese Nähe leichter auszuhalten als in der neonhellen Praxis der Radiologen.

»Was macht ein Musikwissenschaftler eigentlich? Irgendwann muss man doch alle Töne kennen?«, fragte sie und fügte hinzu: »Das hört sich für Sie wahrscheinlich an wie eine sehr dumme Frage.«

»Nein, nein«, beschwichtigte er, »das ist eine gute Frage. Nehmen wir zum Beispiel das letzte Stück des heutigen Abends, Beethovens Opus 111. Sie erinnern sich an den letzten Satz? Direkt vor dem Schlussapplaus?«

»Ja, das war mit diesen vielen hohen Tönen. Irgendwie flimmerte und glitzerte das sehr schön, wie lauter Sterne. Es klang ein bisschen wie ein Schlaflied, fand ich, so friedlich und sanft.« Sie errötete: »Das mit dem Schlaflied war jetzt nicht wörtlich gemeint, also, nicht dass Sie glauben, dass ich ...«

»Sie haben das sehr gut beschrieben«, lobte er. »Tatsächlich wird diese Sonate allgemein als eine Art Abschied oder Testament gesehen. Es ist die letzte, die Beethoven geschrieben hat. Es gibt sehr weihevolle Worte über den Schluss. Man hat behauptet, er sei Sphärenmusik, Sinnbild des Jenseits, letzte Vergeistigung, Auflösung im All.«

»Sie glauben das nicht?«

»Beethoven hat nach der Komposition dieser Sonate noch fünf Jahre gelebt und noch etliche Werke für andere Besetzungen komponiert. Er hat jede Menge Skizzen hinterlassen, die beweisen, dass er noch vieles vorhatte. Vielleicht hätte er auch noch weitere Klaviersonaten geschrieben, wenn er dazu gekommen wäre. Warum also sollte er diese Sonate als Testament konzipiert haben?«

»Aber wenn so viele Leute davon überzeugt sind, ist dann nicht etwas dran?«

»Sehen Sie, hier kommt die Musikwissenschaft ins Spiel. Ist diese Auffassung der Sonate vielleicht nur eine überkommene Interpretation? Was davon kann man im Notentext tatsächlich finden? Was hat Beethoven über diese Sonate gesagt? Was haben Beethovens Zeitgenossen darüber gedacht? Was die nachfolgenden Generationen? Wir haben ja die Konzertbesprechungen noch, die damals in den Zeitungen erschienen sind. Und siehe da: So eindeutig, wie es vielen scheint, ist die Sache nicht. Es hat ein bisschen was von Detektivarbeit, da sind unserer Berufe verwandt. Aber ich langweile Sie bestimmt mit diesen Details?«

Sie zuckte mit den Schultern und lächelte: »So wie Sie darüber erzählen, ist es für Sie eine sehr spannende Sache. Sie machen das mit Begeisterung, das spürt man.«

»Es gibt natürlich auch viel Alltägliches, viel Papierkram und so weiter. Und Sie? Sind Sie von Ihrer Arbeit begeistert?«, fragte er.

»Ich habe auch viel Papierkram, mehr als mir lieb ist. Aber ich glaube daran, dass meine Arbeit wichtig ist. Und das motiviert mich.«

Der Kellner brachte das Essen. Auf ihrem Teller befand sich eine eher fantasielose Salatportion. Jochen hatte sich dagegen Vittelo Tonnato bestellt. Die Kommissarin knabberte lustlos an den Blättern und schielte neidisch auf das Kalbfleisch in der Thunfischsauce.

»Möchten Sie probieren?«, fragte er lächelnd.

Sie nickte und beugte sich zu ihm vor. Dabei bekam er ungewollt Einblick in ihren Ausschnitt, über dem eine Kette mit Herzanhänger glitzerte. Sie führte die Gabel zum Mund und schloss genießerisch die Augen.

»Das hätte ich mir auch bestellen sollen«, sagte sie.

Er nickte. »Das mache ich manchmal selbst. Die Zutaten schmecken auch meiner Katze.«

Sie warf ihm einen amüsierten Blick zu, sah auf die Uhr und trank ihr Glas aus. »Nun muss ich aber wirklich los. Vielen Dank für den schönen Abend. Und versuchen Sie nicht, mich noch mal einzuladen. Dieses Mal zahle ich.«

Sie winkte den Kellner heran und beglich die Rechnung. Beide erhoben sich und reichten sich die Hände. Sie deutete eine leichte Umarmung an, die er zu spät bemerkte. Als er darauf einging, zog sie sich schon wieder zurück, sodass sie sich im Vor- und Zurückschaukeln ihrer Oberkörper knapp verfehlten und verlegen lachten.

»Auf bald«, sagte sie.

»Gerne«, antwortete er.

Sie ging durch das rote Portal hinaus, drehte sich noch einmal um und winkte ihm zu. Er stand immer noch an dem Tisch mit den leeren Weingläsern und den leeren Tellern und winkte zurück. Als sie aus seinem Blick verschwunden war, seufzte er wehmütig.

28

Der Verdacht

Christine warf die Handtasche auf den Sessel, ging ins Wohnzimmer und knipste das Licht an. Die Rollläden hatte sie wegen der Hitze tagsüber heruntergelassen, jetzt zog sie sie hoch, damit endlich ein wenig kühlere Luft in die Wohnung kam. Zum Glück waren die Stechmücken noch nicht unterwegs, sonst wäre an eine ruhige Nacht nicht mehr zu denken. In der Küche öffnete sie den Kühlschrank und nahm erst mal einen Schluck aus der Wasserflasche. Ohne Frage, Jerichow war ein interessanter Typ. Er hatte nicht diese männliche Ausstrahlung wie Stefan. Und auch nicht die distinguierte Eleganz von Dawid. Er war ... anders. Sie überlegte und musste feststellen, dass sie noch nie jemanden wie Jochen Jerichow kennengelernt hatte. Wie sah ein Leben aus, das sich ständig um Musik drehte? Sie hörte gern Radio, es hatte eine beruhigende Wirkung auf sie. Oder sie joggte mit Stöpseln im Ohr. Aber Musik als Lebensinhalt?

Sie ging zurück ins Wohnzimmer. Aber wenn Jerichow tatsächlich nicht mehr lange leben sollte? Eine abstrakte Vorstellung, aber sie hatte auch etwas Romantisches. Wenigstens dann, wenn sie sich nicht zu sehr auf ihn einließ. Sie wollte diesen Schmerz von damals nicht noch einmal spüren. Sie hatte gelernt, das Leben so zu akzeptieren wie es ist. Menschen kamen in ihr Leben und gingen wieder, auch Männer. Damit hatte sie sich abgefunden. Aber den Tod zu akzeptieren, war etwas anderes. Er kam ungebeten ins Haus und riss alle Mauern ein. Er nahm alles mit und ließ einen zurück im Bewusstsein, dass man immer allein war in der Ruine des eigenen Lebens. Was sollte man mit den paar Ziegelsteinen, die er einem übrig ließ und die man sich an die Brust presste, die aber nicht groß genug waren, um das Herz zu schützen?

Doch jetzt musste erst einmal Hannibal versorgt werden. Sie nahm die Heimchendose aus dem Kühlschrank. Es war einfacher, die Futtertiere zu kühlen, dann sprangen diese nicht gehetzt herum, sondern passten die Aktivität der Außentemperatur an. Mit der anderen Hand schnappte sie sich die Sprühflasche und ging zum Terrarium.

»Na, mein Kleiner, hast du Durst?«, fragte sie leise und benetzte das Blattwerk im Terrarium mit Wasser. Hannibal begann mit seiner großen Zunge an den Blättern zu lutschen, so wie seine Artverwandten in den Tropen, die das Regenwasser tranken, das durchs Blätterdach tropfte. Hannibal hatte seine Entspannungsfarbe, dunkelgrün mit einer wunderschönen Zeichnung. Die durchlöcherte Plastikdose mit den Heimchen stellte sie auf den Boden des Terrariums. Vorsichtig fingerte sie eins der Tierchen heraus. Trotz der Kälte sprang das Tier in Panik aus ihrer Hand. Hannibal hatte sich mittlerweile schon abwartend auf den untersten Ast gesetzt. Er entdeckte den Leckerbissen umgehend und ließ seine lange Zunge herausschnellen. Ein Vorgang, der Christine immer wieder faszinierte und der so schnell ging, dass man nicht erkennen konnte, wie es genau funktionierte. Fakt war, dass das Heimchen danach verschwunden war. Christine war gerade dabei, das zweite Insekt herauszuholen, da klingelte das Handy. Sie überlegte, ob sie abnehmen sollte. Dann gewann die Neugier. Sie kramte das brummende Smartphone mit einer Hand aus ihrer Handtasche und meldete sich.

»Guten Abend, bin ich richtig bei Frau Karch, der Kommissarin?«

Christine bejahte und versuchte, die Stimme der Anruferin einzuordnen, aber es gelang ihr nicht. Den Moment der Unaufmerksamkeit hatte das Heimchen genutzt, um ihr aus der Hand zu springen. Christine fluchte leise.

»Entschuldigen Sie bitte, dass ich so spät noch anrufe. Mein Name ist Fink, ich habe Ihre Nummer von Frau Reißinger. Ich hoffe, ich störe Sie nicht?«

»Nein, kein Problem, dafür habe ich Frau Reißinger die Karte ja gegeben. Sie sind die Freundin aus dem früheren Haus?«, sagte Christine und sah sich nach ihrer Aktentasche um. Sie fand sie auf dem Stuhl unter dem Haufen T-Shirts.

»Na ja, Freundin ist zu viel gesagt. Wir telefonieren ab und zu und ich passe gelegentlich auf ihren Kleinen auf, wenn sie arbeitet. Frau Reißingers Mann ist ja ständig irgendwo unterwegs, wissen Sie. Man muss sich schon fragen, warum er so selten bei der Familie ist, und ...«

»Aber darum rufen Sie mich nicht an, oder?«, unterbrach Christine den Klatsch über den unbekannten Herrn Reißinger. Endlich fand sie in der Tasche das Notizbuch und einen Kugelschreiber. Sie setzte sich auf das Sofa und begann die Aussage mitzuschreiben.

»Nein, es ist so, sie hat Ihnen doch von dem Gespräch vor der Praxis erzählt. Ich habe das ja nur durch Zufall mitbekommen.«

»Und?«, fragte Christine gespannt.

»Dr. Xaverius hat mit einem Mann geredet.«

»Wissen Sie, wer das war?«

»Nein, das nicht, aber ich habe gehört, wie er Dr. Xaverius gefragt hat, ob er wenigstens noch die Musikstudie zu Ende bringt, bevor er die Stadt verlässt.« Christine erinnerte sich an ein Gespräch, in dem die »Studie über die Einflüsse von Musik auf das Hirn« genannt wurde. Doch ihr Gehirn weigerte sich, sich an ihren Gesprächspartner zu erinnern.

»Wie sah der Mann aus? Oder hatte er eine auffällige Stimme, einen Sprachfehler?«

»Nein, er hat ganz gebildet gesprochen. Ich habe nur kurz von oben über das Geländer geschaut und konnte nur seine Haare sehen. Er war blond und er war groß. Mehr kann ich Ihnen leider dazu gar nicht sagen.«

Es trat eine kurze Pause ein, dann begann Frau Fink zögerlich: »Das Kurhaus aus Büsum hat Edith angerufen und ihr mitgeteilt, dass die Polizei nachgefragt hat, ob sie wirklich dort war. Frau Karch, ich kenne Frau Reißinger, sie ist manchmal etwas ... speziell. Aber sie würde nie jemandem etwas antun.«

»Da brauchen Sie sich keine Sorgen machen, Frau Fink, das ist unsere übliche Ermittlungsarbeit. Kommen Sie bitte morgen ins Präsidium, Sie müssen Ihre Aussage noch unterschreiben. Melden Sie sich am besten bei Frau Sümeral an.«

Nachdem sie sich verabschiedet hatten, kreisten in Christines Kopf die Gedanken. Sie kaute auf dem Kugelschreiber herum. Jetzt fiel es ihr wieder ein: Jochen Jerichow hatte an der Studie teilgenommen! Verblüfft fiel ihr der Kugelschreiber aus der Hand und rollte über den Boden. Gewiss hatte so eine Studie hundert Teilnehmer oder sogar mehr. Aber er kannte sich mit alten

Autos aus, und er war als Erster an der Unfallstelle gewesen. Ihr fiel das Gespräch mit Stefan in der Bäckerei wieder ein. »Wenn ich der Täter wäre, würde ich wissen wollen, ob mein Plan aufgegangen ist«, das hatte sie selbst zu Stefan gesagt. Aber Jerichow? Er hatte Xaverius geholfen und Erste Hilfe geleistet. Warum sollte er Xaverius' Wagen manipulieren und ihm danach zu Hilfe kommen?

Jochen Jerichow, wer bist du?, dachte Christine. Wieso fiel sie immer auf die falschen Männer rein? Im Konzert kam ihr alles so leicht vor. Sie hatte ihn klar vor sich gehabt. Wie ein Buch in dem man lesen konnte. Sie hatte das Gefühl gehabt, man könne alles mit ihm besprechen, auch wenn sie es vermied, zu viel von sich preiszugeben. Aber sie war nah daran gewesen, ihm zu erzählen, welche Erfahrungen sie mit dem Tod bereits gemacht hatte. Diesen Einblick in ihr Inneres gewährte sie nur selten jemandem.

Aus der Küche drang ein Geräusch an ihr Ohr. Ein Zirpen. Ein feines, aber so durchdringendes Geräusch, dass sie es wahrscheinlich noch bis ins Schlafzimmer hören würde. Das letzte Heimchen war ein ausgewachsenes Männchen gewesen und würde die ganze Nacht nach einem Weibchen rufen. Auch das noch! Christine nahm ihre Handtasche und warf sie wütend in die Zimmerecke. Na warte, Freundchen, dachte sie, wenn du etwas mit der Sache zu tun hast, wirst du mich kennenlernen.

29

Der Treffer

Am nächsten Morgen fuhr Stefan sehr früh ins Präsidium. Er hatte sich im Bett hin und her gewälzt und konnte mal wieder nicht schlafen. Aber er war nicht der Erste im Bürotrakt. Yasemin saß bereits vor ihrem PC und tippte konzentriert in einer Excel-Liste. Die Fenster waren weit aufgerissen, die frische Morgenluft strömte herein. Auf den Bäumen gegenüber sangen die Vögel, man konnte sie trotz des Straßenlärms hören. Er mochte diese frühen Stunden eines frischen Tages.

»Und? Gibt es schon was Neues?«, fragte sie.

Stefan berichtete ausführlich über die gestrige Entwicklung des Falls. Nachdem er dem Team der Spurensicherung im Weg gewesen war, hatte er Frau Dr. Selbering und die Leute im Haus befragt. Doch niemand hatte um die fragliche Zeit etwas Besonderes beobachtet. Es kamen einige Täter in Frage. Natürlich verdächtigte er in erster Linie Dr. Xaverius, aber es konnte auch jemand aus der Belegschaft gewesen sein, denn es gab keine Einbruchspuren.

»Wir haben vermutlich den Tatort gefunden, bei dem Schender ums Leben gekommen ist. In der radiologischen Praxis von Dr. Xaverius«, schloss er.

»Also hängen die Fälle zusammen?«, stellte Yasemin fest.

»Vermutlich. Wir müssen erst Blutspuren auswerten. Aber die Kollegen von der Spurensicherung haben uns nicht viel Mut gemacht. Dort gibt es entweder hunderte verwertbare Blutspuren oder gar keine, wenn die Reinigungskräfte alles richtig gemacht haben.«

»Wo ist eigentlich Christine?«

»Noch im Bett wahrscheinlich.«

»Ich dachte, ihr hättet einen Termin?«

»Nein, wir müssen uns erst besprechen. Dazu war gestern keine Zeit mehr. Sie hat noch länger mit Dr. Hahnfuß zusammengesessen.«

Yasemin nickte: »Schade. Ich hätte gern mit ihr gesprochen.«

Stefan nahm sich einen Stuhl und setzte sich neben sie: »Du hast was auf dem Herzen?«

»Nee«, meckerte Yasemin, »eigentlich wollte ich Christine einen Kopf kürzer machen. Sie hatte diese blöde Idee mit dem Bild für Herrn Haupt.«

Stefan musste lachen: »Ihr habt dem Haupt ein Bild von dir geschickt? Das ist nicht wahr!«

Yasemins dunkle Augen blitzen gefährlich: »Das ist nicht witzig! Wir haben natürlich kein Bild von mir geschickt.« Und dann erklärte sie die ganze Misere, und dass Haupt ihr ständig per SMS Komplimente machte und der gewünschte abschreckende Effekt nicht funktioniert hatte.

»Haupt hat sich in deine Mutter verliebt?«, fragte Stefan und konnte sich fast nicht mehr beruhigen vor Lachen.

»Ach, dir erzähle ich gar nichts mehr«, motzte Yasemin und starrte in den Computer.

»Komm, das ist wirklich witzig«, kicherte Stefan und knuffte sie in die Seite.

»Es hat funktioniert«, flüsterte Yasemin. Dann sah sie Stefan an: »Wir haben einen Treffer!«

Stefan schaute ihr neugierig über die Schulter.

»Ich habe die Excel-Tabelle mit den Schuldnern von Schender, die die Kollegen geliefert haben, bearbeitet«, erklärte sie ihm. »Danach habe ich die Tabelle mit allen in Frage kommenden Waffenbesitzern abgeglichen. Die Liste kam heute Morgen von der KTU.«

»Wir haben den Typen gefunden, der Schender die Kugel verpasst hat?«, fragte Stefan aufgeregt.

Aus dem Drucker schob sich ein Blatt. Yasemin nahm es und gab es ihm.

»Hier ist der Name und die Adresse. Ich rufe Christine an und sage ihr, dass du sie abholst. Den Durchsuchungsbefehl wegen der Waffe schicke ich euch aufs Handy.«

Stefan sprang auf. »Aye, aye Käpt'n!«, rief er und verschwand durch die Tür.

30

Verrannt

Stefan steuerte den Mercedes in die engen Straßen der Vogelstang. Selbst die nüchterne Atmosphäre der Hochhaussiedlung konnte seine gute Stimmung nicht trüben. Christine trank Kaffee aus einem Pappbecher. Stefan hatte ihr kurz erklärt, dass sie den mutmaßlichen Waffenbesitzer gefunden hatten und dass sein Name Gerhard Stümpeler war. Eigentlich hätte er mehr Begeisterung erwartet, aber Christine war nachdenklich still, oder sie war wieder mal einfach nur müde.

»Ich habe einen neuen Verdacht in Bezug auf den Unfall«, gestand Christine.

»Schieß los!«, sagte er neugierig.

»Der Musikwissenschaftler!«

Stefan sah sie ungläubig von der Seite an: »Was hat der mit Xaverius zu schaffen? Wir wissen nur, dass er in der Praxis war.«

»Er hat mir erzählt, dass er einen alten BMW fährt und den auch repariert. Findest du es nicht auffällig, dass er an alten Autos herumschraubt?«

»Tut er das? Alte Autos sind nicht so kompliziert, ich kannte mal eine Frau, die konnte einen zwanzig Jahre alten Käfer wiederbeleben.«

»Ach so, und weil eine Frau das kann, meinst du, dass es leicht ist, alte Autos zu reparieren, oder was?«

Stefan stöhnte: »Jetzt geht das schon wieder los. Nein, das meinte ich nicht. Ich sage dir lediglich, dass es mehr als eine Person auf der Welt gibt, die das kann!«

»Außerdem hat er mich gestern vor dem Konzert wegen unserer Fälle ausgefragt.«

»Ausgefragt? Du hast dich also doch mit ihm getroffen? Davon weiß ich ja gar nichts!«

»Es war auch ...«, wollte sie erklären, aber er unterbrach sie schroff.

»Du hast Jerichow also während eines netten Klavierabends abgeklopft?«

»Nein!«, rief Christine und raufte sich die Haare, aber das überzeugte Stefan nicht.

Seine gute Laune erstarb. Er sah sie enttäuscht an: »Das ist nicht gut, Christine, und das weißt du auch. Was sollen diese Alleingänge? Außerdem mag dich der Typ. Du solltest dir wirklich überlegen, wo deine Prioritäten sind.«

Sie schwieg verstockt. Stefan schüttelte den Kopf.

»Was?«, fragte Christine genervt.

»Ich wette dagegen. Er hat den Wagen nicht manipuliert. Hundert Euro?«

Er reichte ihr die linke Hand, um mit Christine einzuschlagen. Mit der rechten steuerte er den Wagen. Christine verschränkte die Arme vor der Brust.

»Es wäre mir auch lieber, wenn du recht hättest«, sagte sie schließlich. »Aber kommt dir das nicht merkwürdig vor? Er hat uns zweimal darauf hingewiesen, dass die Fälle Schender und Xaverius zusammenhängen. Zum einen, als er von der Magnetisierung der Uhr hörte, und zum anderen, als ich die Zeugenaussage aufgenommen habe. Er behauptete damals, dass Xaverius ›Crescendo‹ gesagt habe, bevor er bewusstlos wurde. Das brachte mich darauf, dass er Chris Schender gesagt haben könnte.«

»Du sagst es! Du bist darauf gekommen, nicht er«, meinte Stefan.

Sie ging nicht darauf ein: »Merkst du das nicht? Wir sollen denken, dass die Fälle zusammengehören, dadurch verschleiert er, dass er was mit dem Unfall zu tun hat. Ich finde, das liegt auf der Hand.«

Stefan schwieg genervt. Warum hackte sie auf dem Thema herum?

»Es gibt noch einen weiteren Grund«, fing sie wieder an. »Eine Frau im Haus der Praxis hat ein Gespräch mitgehört. Ein Gespräch zwischen Xaverius und einem großen blonden Mann, der Teilnehmer der Musikstudie ist. Er fragte Xaverius, wann er die Stadt verlassen würde. Was sagst du jetzt?«

Stefan sah sie kurz von der Seite an. Wie sollte er ihr schonend beibringen, was er dachte? Selbst wenn Jerichow dieses Gespräch geführt hätte, wäre es kein Indiz dafür, dass er das Auto manipuliert haben könnte. Diese haltlosen Vermutungen konnten in seinen Augen nur einen Grund haben und er entschied sich, es frei heraus zu sagen. Schließlich war auch Christine oft nicht besonders zartfühlend: »Was ich dazu sage? Du hast einfach Angst.«

Sie sah ihn verblüfft an: »Wie meinst du das?«

Er räusperte sich: »Du hast Angst, dass es diesmal ernst werden könnte. Du hast Angst davor, glücklich, aber verletzbar zu sein.«

Sie schnaubte verärgert: »So ein Blödsinn!«

Stefan setzte nach: »Doch, denn wenn er ...«

Christine fiel ihm ins Wort: »Ach, lass mich in Ruhe mit deinem Wort zum Sonntag, du weißt doch gar nichts über mich!«

»Entschuldige, ich wollte nur ...«

»Was willst du mir einreden? Dass ich den Mann fürs Leben kennengelernt habe? Ich brauche keinen

Mann fürs Leben. Und wenn es so wäre, dann geht das niemanden etwas an!«

»Du brauchst nicht zu schreien, ich kann dich gut hören«, sagte Stefan ruhig.

»Du bist so ein ...«, begann sie und wischte sich verschämt über die Augen.

»Achtung, Beamtenbeleidigung!«, warnte er sie scherzhaft.

Stefan brachte den Wagen in einer Parkbucht zum Stehen und drehte sich zu ihr um. Sie sah wirklich unglücklich aus mit ihrem hochroten Gesicht, den zerzausten Locken und in dem verschwitzten T-Shirt. Stefan legte seine Hand auf ihren Arm: »Ich möchte, dass du künftig fair mit Zeugen umgehst, okay?«

Sie nickte: »Lass uns Stümpeler hochnehmen. Wenn Yasemin recht hat, dann haben wir wenigstens einen Fall gelöst.«

Der Aufzug des Hochhauses war winzig klein. Sie standen so eng, dass sich beim Hinausgehen seine Jacke und ihr Gürtel kurzzeitig verhakten. Die Fußmatte vor Stümpelers Wohnung begrüßte jeden mit den Worten: Komm herein, bring Glück hinein. Das konnten sie nicht versprechen. Stefan klingelte. Sie hörten nichts. Stefan klingelte nochmals. Keine Reaktion. Nachdem sich die Tür trotz mehrfacher Versuche nicht öffnete, klingelte Christine beim Nachbarn. Ein kleiner älterer Mann öffnete. Sie hielt ihm ihre Dienstmarke vors Gesicht. Er lächelte und fasste sie an der Hand.

»Helga, Liebes«, sagte er glücklich, »kumm roi, kumm roi.«

Christine sah ihn ratlos an. Sie kannte den Mann nicht, der sie in die Wohnung zog. Ihr schlug ein beißender Gestank entgegen. Der Flur war nur noch durch einen schmalen Gang zu betreten. Überall lagen Zeitungen, leere Flaschen und Pizzaschachteln herum. Der Mann lebte im Müll.

»Lieber Gott«, flüsterte sie und befreite sich rasch von seinem fordernden Griff.

»Was is'n los mit dir? Jetz bleibschd do«, keifte er. »Du loschd misch nimma allä, du aldi Schlamp.«

Seine Stimme bekam einen schrillen Klang. Christine eilte zur Tür hinaus und schlug sie hektisch hinter sich zu. Dahinter schrie der alte Mann ihr weitere Schimpfworte hinterher.

»Der ist dement, der meint nicht dich«, schloss Stefan und zückte sein Handy, um den Sozialdienst zu verständigen.

Christine eilte die Treppe hinunter.

»Wo willst du hin?«, rief er hinterher.

»Ich hole den Hausmeisterdienst, wir brauchen den Schlüssel für Stümpelers Wohnung«, hallte es von unten.

Stefan konnte verstehen, dass sie einfach nur weg wollte. Auch er hatte keine Lust, sich mit dem alten Mann abzugeben. Wahrscheinlich hatte nie jemand Lust gehabt, sonst wäre der Alte nicht so verwahrlost. Nachdem der Sozialdienst versprochen hatte, jemanden zu schicken, klingelte er an der Tür beim nächsten Nachbarn.

31

Das Ergebnis

Jochen saß im Musikwissenschaftlichen Institut an seinem Schreibtisch und arbeitete sich durch mehrere Artikel seiner Fachkollegen. Seine Konzentration war immer noch dürftig und bereits kleine Geräusche lenkten ihn ab. Doch er wollte arbeiten, er musste arbeiten. Alles war erträglicher, als zu Hause dem ewigen Wälzen der Gedankenmühle ausgesetzt zu sein, deren Mahlstein mit der Zeit alles zu feinstem Staub zerrieb.

Der Abend mit der Kommissarin hatte ihm gut getan. Endlich hatte er sich wieder einmal als Mensch gefühlt und nicht nur als Patient. Sie war doch weniger zurückhaltend und nüchtern gewesen, als er gedacht hatte, obwohl ihn das nicht gestört hätte. Er war ohne Erwartungen zu diesem Treffen gegangen. Oder machte er sich da etwas vor? Schön waren diese fast intimen Momente im Garten des Kurpfälzischen Museums gewesen. Und jedem Anfang wohnt ein Zauber inne ...

Es klopfte. Frau Oberhummer, die Sekretärin des Instituts, brachte ihm einen Umschlag vorbei. Sie blieb in der Tür stehen, um ein Schwätzchen mit ihm zu halten: »Und? Wie geht es Ihnen?«

»Ach, danke. Es geht«, antwortete er ausweichend. Jochen pflegte selten von seinem Privatleben zu erzählen.

Frau Oberhummer war um die sechzig und seit Ewigkeiten am Institut. Ursprünglich kam sie aus der Oberpfalz und sprach immer noch ein gutturales Bairisch. Jochen hörte es ganz gerne als Gegensatz zum

Kurpfälzischen um ihn herum. Er war zwar in Heidelberg aufgewachsen, aber gehörte zu einer alteingesessenen Akademikerfamilie. Seine Eltern legten großen Wert auf sauberes Hochdeutsch und so brachte er nur eine kümmerliche Imitation des regionalen Dialektes zustande.

»Sie sehen aber nicht gut aus«, befand Frau Oberhummer. »Sie sollten mal Urlaub machen.«

»Mitten im Semester?«, fragte Jochen. »Wie stellen Sie sich das denn vor?«

»Wenn Sie sich jetzt nicht drum kümmern, kriegen Sie später nichts mehr. Mein Mann und ich waren ja dieses Frühjahr in Andalusien. Ganz herrlich, das würde Ihnen bestimmt auch gut gefallen. Soll ich Ihnen mal den Link zum Reiseanbieter schicken?«

Jochen antwortete mit einem undefinierbaren »Hm, hm«.

Frau Oberhummer schien einzusehen, dass ihm nicht nach Plaudern war, und trollte sich wieder.

Jochen öffnete den Umschlag, den die Sekretärin vorbeigebracht hatte. Es war die Stellungnahme der Fakultät zu seinem Antrag auf ein Forschungssemester in Wien. Sie war positiv, auch für seine Vertretung war gesorgt. Er freute sich aufrichtig, denn der Antrag hatte ihm viel Arbeit gemacht. Dann fiel ihm ein, dass nicht sicher war, ob er das Forschungssemester überhaupt antreten konnte. Was, wenn er sich einer langwierigen medizinischen Behandlung unterziehen müsste? Vielleicht sogar stationär? Würde die Kommissarin ihn besuchen kommen, falls er im Krankenhaus liegen musste? Würde er das überhaupt wollen? Möglicherweise würde er sich schwach und elend fühlen und einen jämmerlichen Eindruck machen …

Das Telefon klingelte. Frau Oberhummer war am Apparat: »Ich habe eine Frau Dr. Selbering in der Leitung, soll ich durchstellen?«

»Ja, bitte«, sagte Jochen und spürte, wie sich sein Puls beschleunigte. Nun würde das Urteil über ihn fallen: Tod oder Freispruch. Wieso rief ihn die Praxis nicht auf seinem privaten Mobiltelefon an, sondern über das Institut? Hatte das etwas zu bedeuten? Dann fiel ihm ein, dass er für die Musikstudie seine Büronummer angegeben hatte. Er hatte die Praxis beim ersten Mal ja nicht als Patient betreten.

»Guten Tag, Herr Jerichow, ich habe die Zweitmeinung vorliegen«, sagte die Ärztin am anderen Ende der Leitung.

Jochens Puls wurde noch schneller. Er spürte wie sein Blut in den Schläfen hämmerte.

32

Die Jagd

»Stefan?«, Christine klopfte an die offenstehende Tür bei der zweiten Nachbarwohnung.

»Ich komme gleich«, antwortete der Kollege. Christine stand eine Weile unschlüssig im Hausflur herum. Sie hatte sich den Schlüssel vom Hausmeister geben lassen. Das war nicht einfach gewesen. Der alte Herr hatte sich den gesamten Text des Durchsuchungsbeschlusses durchgelesen, bevor er ihr zögerlich den Schlüssel überreichte. Stümpeler hatte wohl eine gutaussehende Nachbarin, schloss sie, man konnte Stefans säuselnde Stimme hinter der Tür gut hören. Das Gespräch würde wahrscheinlich noch etwas länger dauern.

»Ich geh schon mal rein«, rief Christine und drehte den Schlüssel im Schloss von Stümpelers Tür. Sie sah sich in seiner Wohnung um. Wie eine Studentenbude der Achtziger Jahre, dachte sie. Die Einrichtung war mit Möbeln aus verschiedenen Furnierholzimitaten zusammengestückelt, echt Resopal. An der Decke hing eine kugelförmige Papierlampe in blau. Ein Männerhaushalt also. Die Diskussion mit Stefan hatte ihr gar nicht in den Kram gepasst. Es war anstrengend, mit ihm zu arbeiten, dachte sie unzufrieden und zog sich sorgfältig die Latex-Handschuhe an.

»Du hast nicht viel Geld, Gerhard Stümpeler«, flüsterte sie nachdenklich vor sich hin. Dann untersuchte sie die Schubladen in der Hoffnung, Hinweise auf eine Verbindung mit Xaverius oder Schender zu finden, vielleicht auch mit beiden. Und es bestand sogar die vage Möglichkeit, dass sich die Waffe noch in der Wohnung befand. Nachdem sie alle Schubladen im Wohnzimmer geöffnet hatte, ging sie ins Schlafzimmer und sah unter der Matratze und in den Nachttischschubladen nach. Auch hier fand sich nichts, außer dem üblichen Kram, den man in so einer Schublade vermuten durfte. Der verspiegelte Kleiderschrank zeigte den Eingang zum Wohnzimmer. Sie sah sich in den großen Spiegeltüren an. Wie hatte sie nur einen Moment glauben können, dass Jerichow an ihr Interesse gefunden hätte? So eine Blamage. Sie öffnete schwungvoll die Schranktüren und zerriss damit den Gedanken. Der Geruch von Mottenkugeln schlug ihr entgegen. Unter den beiden blauen Mänteln sah sie eine kleine Zigarrenkiste. Zu klein für eine Waffe, dachte Christine. Sie nahm sie trotzdem heraus. Dann schloss sie die Schranktüren. Sie zuckte zusammen. Sie sah jemanden im Spiegel. Einen Mann. Und es war leider nicht ihr Kollege Stefan.

Christine wirbelte herum, ihr Herz klopfte. In der Rechten hielt sie verkrampft die Zigarrenkiste, als wäre sie ein Rettungsanker. Jetzt könnte sie ihren Kollegen gut gebrauchen.

Der Mann war groß und stämmig. Er trug eine Brille und war altmodisch gekleidet. Yasemin hatte ihr ein Bild von Stümpeler herausgesucht. Kein Zweifel, das war er. Vermutlich hatte er seine Waffe nicht dabei, aber sie konnte es nicht ausschließen.

»Legen Sie die Kiste wieder dahin«, sagte er mit zittriger Stimme, »und dann verschwinden Sie, oder ich hole die Polizei.«

Christine sagte vorsichtig: »Das ist ein Missverständnis. Mein Name ist Christine Karch von der Kriminalpolizei Mannheim. Sie sind Herr Stümpeler? Gerhard Stümpeler?«

Sie richtete sich langsam auf und zeigte ihren Dienstausweis. Er stutzte. Dann sah er abwechselnd auf den Flur und auf sie.

»Wir wollen Ihnen nur ein paar Fragen stellen«, sagte sie.

Einen Moment sah er sie verunsichert an, dann rannte er zur Tür hinaus. Mist, jetzt geht das schon wieder los, dachte Christine.

»Halt. Stehenbleiben«, schrie sie und setzte sich in Bewegung. Stümpeler war inzwischen im Aufzug und die Türen schlossen sich. Sie drückte hektisch auf den Knöpfen herum, doch es war zu spät. Stefan kam aus der Nachbarwohnung herausgestürmt.

»Was ist denn los?«, fragte er.

»Er ist im Aufzug«, antwortete sie.

»Wir nehmen die Treppe«, erwiderte er und sprang zwei Stufen auf einmal nehmend hinunter. Wir nehmen die Treppe, wiederholte Christine in Gedanken, na prima! Der Aufzug würde die zehn Stockwerke in erheblich kürzerer Zeit schaffen und dann war nicht klar, ob es vielleicht noch weitere Ausgänge des Hochhauses gab.

Als Christine heftig atmend auf die Straße rannte, sah sie, wie ihr Kollege den Mercedes wendete. Sie riss die Autotür auf und ließ sich auf den Sitz fallen. Dann heulte der Motor auf und Stefan raste die schmalen Wege entlang. Christine schnallte sich an und befestigte das Blaulicht auf dem Dach.

»Wo ist er?«, rief sie.

»Der weiße SUV dort vorn!«, antwortete er.

Christine sah in die Ferne, wo der genannte Wagen sich schlitternd im Kreisverkehr bewegte und mit kreischenden Reifen auf den Autobahnzubringer fuhr.

»Das schaffen wir nie! Wir holen Unterstützung. Hast du das Kennzeichen?«

»Noch nicht!«

»Wieso nicht?«

»Weil du so lahm auf der Treppe warst!«, entgegnete er entnervt.

»Wir brauchen das Kennzeichen, fahr schneller!«

»Na, vielen Dank, Madame, soll ich drüberfliegen? Es macht ja keiner Platz.«

Christine kündigte per Funk eine Zielverfolgung für den weißen SUV an.

»Wieso hat Stümpeler zwar einen uralten Kleiderschrank, aber dafür einen hochmotorisierten Neuwagen?«

»Keine Ahnung, andersrum wäre es mir auch lieber!«

Der weiße Punkt verlor sich immer weiter in der Ferne. Stefan raste auf der linken Fahrspur entlang. Da sahen sie, wie sich der Wagen auf die Ausfahrt zubewegte.

»Jetzt fährt er auf die A6«, fluchte Stefan.

Christine gab die geänderte Route für die Streife durch.

»Es geht nur so lange geradeaus, bis der nächste Stau kommt«, tröstete Christine. Aber auch ihr wurde klar, dass es wohl aussichtslos war, den Wagen zu stoppen.

»Es gibt keinen Stau, es ist noch nicht mal Mittagszeit«. Stefan raufte sich die Haare.

»Beide Hände ans Steuer!«, rief Christine. Stefan war unberechenbar, wenn er erst einmal auf der Jagd war. Sie hatte keine Lust, bei der Verfolgung einen Unfall zu provozieren.

»Du bist schlimmer als meine Mutter«, brummte er und warf ihr einen entnervten Seitenblick zu, tat aber, was sie verlangte. »Was hast du da eigentlich für eine Kiste?«

Christine sah überrascht auf die Zigarrenkiste auf ihrem Schoß. Die hatte sie ganz vergessen. Sie hatte sie so fest umklammert, dass sie einfach damit losgelaufen war. Der Deckel war nur mit Tesafilm festgeklebt und ließ sich leicht öffnen. Es kamen ein paar Fotos zum Vorschein. Christine begann, die Bilder auszuwerten, und achtete nur noch halb auf den Verkehr.

Die meisten Fotos waren Urlaubsbilder vom Strand. In Badehose und mit Sonnenbrille sah Gerhard Stümpeler gar nicht so übel aus wie in Bundfaltenhose und Poloshirt. Oder man sah ihn auf Safari, im Hintergrund tummelten sich Giraffen und Elefanten. Ein Bild zeigte eine galoppierende Herde Zebras, ein wildes Durcheinander aus schwarz und weiß. Sie drehte eines der Fotos um, »Pilanesberg, Südafrika« stand darauf. Sie hatte von diesem Ort noch nie gehört. Christine hätte nicht erwartet, dass Stümpeler sich einen teuren Urlaub leisten konnte. Offenbar legte er auf Möbel weniger Wert.

Stefan trommelte auf dem Lenkrad herum und fluchte. Dann verlangsamte sich die Fahrt.

»Er ist weg«, sagte er enttäuscht und hielt auf dem Seitenstreifen an.

Christine starrte perplex auf ein Foto in ihrer Hand. Es war der Beweis, den sie die ganze Zeit gesucht hatte. Der erste brauchbare Hinweis auf eine Verbindung der beiden Fälle. Sie hielt es Stefan hin.

Das Foto zeigte Gerhard Stümpeler und Frank Xaverius auf einem Sofa sitzend. Und in ihrer Mitte saß noch jemand: Frau Xaverius mit dem üblichen verkniffenen Blick.

33

Fast hundertprozentig

Die Ärztin hatte einen kurzen Hustenanfall und räusperte sich umständlich. Jochen hielt den Atem an. Sollte er fragen? Nein, sie würde es ihm selbst sagen. Deswegen rief sie doch an. Die Sekunden dehnten sich unerträglich.

»Um es kurz zu machen«, sagte sie Ärztin schließlich, »ich habe gute Nachrichten für Sie.«

»Das heißt ... ich bin gesund?«, fragte Jochen.

»Jawohl. Laut Zweitmeinung handelt es sich um eine harmlose Struktur im Hirngewebe, so wie ich bereits vermutet hatte. Also nicht krankhaft.«

»Wie sicher ist das?«

»Wenn Sie mich so fragen: 99,9 Prozent.«

»Und der Rest?«

»Ist allgemeine Unsicherheit, die wir nie ganz ausschließen können.«

Die Stimme der Ärztin klang beiläufig.

Jochen schwieg.

»Freuen Sie sich, Herr Jerichow«, forderte Dr. Selbering ihn auf. »Sie sind gesund. Sie mussten einige sehr belastende Tage durchstehen, ich weiß. Jetzt sollten Sie Ihre Lebensfreude wieder entdecken. Vielleicht nehmen Sie sich einen Tag frei und unternehmen etwas Schönes.«

Jochen bedankte sich und legte auf. Er fühlte sich gespalten. Eine Stimme in seinem Inneren forderte ihn heftig auf, unendlich erleichtert zu sein. Aber es funktionierte nicht.

Er stellte fest, dass er die Diagnose eigentlich nicht begriff und ihr deswegen nicht vertraute. Es fiel ihm ebenso schwer wie beim ersten Gespräch mit Dr. Selbering, als er erfuhr, dass da etwas in seinem Kopf war. Es war und blieb abstrakt. Die Bedrohung, an die er sich fast gewöhnt hatte, war so ungreifbar wie die Entwarnung, an die er sich noch gewöhnen musste.

Unruhig griff er nach einem Kugelschreiber auf seinem Schreibtisch und begann damit, ihn zwischen seinen Fingern hin und her wandern zu lassen. Es war auch eine Aufforderung gewesen, über sein Leben nachzudenken, das er über viele Jahre weitgehend sorglos und gedankenlos geführt hatte. Er war noch zu keinem Schluss gekommen, hatte keine Entscheidung getroffen, weder für sein altes Leben noch für ein anderes, neues. Es war paradox: Obwohl er nun die Zeit geschenkt bekommen hatte, tatsächlich etwas Neues anzufangen, war ihm doch die Dringlichkeit dafür abhanden gekommen.

Er war beinahe enttäuscht, so als ob er angefangen hätte, ein besonders kniffliges Rätsel zu lösen, und ihm dann jemand ungebeten die Lösung verriet. Denn es brachte nichts, die Lösung zu wissen, sondern nur etwas, sie selbst herauszufinden.

Bevor er mit der Arbeit weitermachte, sollte er sich überlegen, wie er den Abend verbringen wollte. Auf dem Sofa mit Kleopatra? Mit Lachsschnittchen für sie beide? Etwas Schönes unternehmen, hatte ihm die Ärztin geraten. Da kam ihm eine Idee. Er musste sowieso noch Bescheid sagen. Er wählte die Nummer von Eduard.

»Unter dieser Nummer geht gerade leider nur die Automatik ans Telefon. Bitte hinterlassen Sie eine Nachricht nach dem Piepton.«

Es piepste hoch und lang.

»Hallo Eduard, hier ist Jochen. Gute Nachrichten von der Radiologie: Ich bin soweit gesund, wie das irgendjemand von sich behaupten kann. Sollen wir das heute Abend mit einer Altstadttour feiern? Melde dich mal. Bis dann.«

34

Die Verbindung

Stefan hielt auf der gegenüberliegenden Straßenseite bei der Villa in Heidelberg an. Sie waren neugierig auf die Erklärungen von Frau Xaverius. Das Bild mit ihrem Mann und Stümpeler war vor längerer Zeit aufgenommen worden. Es konnte bereits zehn Jahre her sein.

»Wir haben jetzt zwar Fakten, aber die Motivlage ist mir nicht klar«, erklärte Stefan.

»Rivalenkämpfe?«, schlug Christine vor.

»Du meinst, Stümpeler könnte den Wagen manipuliert haben, um Frank Xaverius auszuschalten? Dann hätte ich jetzt hundert Euro verdient, weil Jerichow damit nichts zu tun hat«, entgegnete Stefan belustigt.

Christine nickte ernst. »Bleibt noch die Frage offen, warum Chris Schender sterben musste.«

Stefan zuckte mit den Schultern: »Vielleicht hat er etwas beobachtet.«

»Aus Zufall? Er wohnt im Süden Mannheims, das ist ziemlich weit weg von Heidelberg, das ist nicht sehr wahrscheinlich.«

»Du glaubst nicht an Zufälle«, entgegnete Stefan und sah in den Rückspiegel.

»Nein«, sagte Christine.

»Dann schau mal unauffällig in den Spiegel. Hinter uns parkt ein weißer SUV. Rate mal, wer da gerade aussteigt.«

Christines Puls ging schneller. Tatsächlich stieg dort Gerhard Stümpeler aus dem Wagen. Er öffnete den Kofferraum und sah sich in alle Richtungen um, dann zog er ein Päckchen heraus und stopfte es in eine Einkaufstüte.

Stefan stieß einen leisen Pfiff aus: »Könnte das die Waffe sein, nach der wir suchen?«

»Könnte sein«, flüsterte Christine, »aber warum hat er die behalten?«

»Vielleicht hat er damit noch was vor?«

»Du meinst, er will Frau Xaverius erschießen? Dann wäre es also doch kein Rivalenkampf?«

Sie beobachteten, wie Stümpeler bei Frau Xaverius klingelte.

»Also hat das Ehepaar ihn verarscht?«, setzte Stefan neu an.

»Möglich. Wenn wir es nicht bald herausfinden, ist sie vielleicht tot.«

»Verstärkung holen?«

Christine nickte. Diesmal verzichtete sie darauf, das Funkgerät zu bedienen, und sprach leise in ihr Handy.

35

Ein Geständnis

Es erschien Stefan, als hätten sie eine Ewigkeit ausgeharrt, bis der Wagen vorfuhr. Sie stiegen aus, um sich mit den Polizisten in Zivil abzusprechen. Um die Flucht durch mögliche Hinterausgänge zu versperren, hatte sich ein anderer Wagen in der nächsten Seitenstraße postiert.

Stefan behielt den Eingang im Auge. Doch es war nichts zu erkennen.

»Die Kollegen meinen, wir sollten mal durchläuten«, sagte Christine leise und zückte ihr Handy.

Stefan nickte. Darauf hätte er auch kommen können. Wenn Frau Xaverius mit der Waffe bedroht würde, könnte sie den Hörer kaum abnehmen. Gespannt wartete er.

»Es geht keiner ran. Das muss aber noch nichts bedeuten«, sagte Christine. Sie fischte schnell noch ihre Jacke aus dem Auto.

»Fertig?«, fragte er Christine. Sie nickte und sie liefen los.

Stefan wusste, dass ihr dieser Teil der Arbeit am wenigsten zusagte. Auch er hatte diesmal ein mulmiges Gefühl. Wer war dieser Gerhard Stümpeler? Sie hatten seine Daten geprüft. Er war bisher noch nie polizeilich aufgefallen. Ein unbescholtener Bürger, der mit einer Waffe durch die Gegend zog und Kredithaie erschoss, war ihm unheimlich. Das Haus war durch die Hecke verdeckt, so konnten sich die Polizisten unbemerkt versammeln. Allerdings hatte die Sache auch Nachteile. Sie hatten keine Rückendeckung, sobald sie im Vorgarten hinter der Hecke verschwunden waren. Stefan klingelte. Wie erwartet, regte sich erst einmal nichts. Würde Stümpeler Frau Xaverius vorschicken und sie aus einem Hinterhalt bedrohen? Sie würden es bald wissen. Stefan drückte noch einmal auf den Klingelknopf. Es rumorte hinter der Tür. Dann öffnete Frau Xaverius. Sie sah zerzaust aus. Außerdem hatte sie getrunken. Man konnte es an ihrem Atem riechen.

»Guten Tag«, sagte Stefan freundlich.

»Was wollen Sie schon wieder?«, fragte sie in ihrer direkten Art.

»Wir würden Sie gern noch etwas fragen«, antwortete er.

»Ich bin nicht in Stimmung«, erwiderte sie, doch Stefan drückte die Tür auf, und sie gingen hinein.

»He, das war keine Einladung«, schimpfte sie und knallte die Tür hinter ihnen zu.

»Die Tür bleibt offen«, fuhr Christine sie an.

Überrascht tat Frau Xaverius, was man von ihr forderte, und öffnete die Tür erneut. Der Flur war zu schmal, als dass man nebeneinander hätte weitergehen können.

»Sie gehen hinter mir und vor der Kollegin«, sagte Stefan.

Frau Xaverius schüttelte den Kopf und reihte sich ein. Als Stefan ins Wohnzimmer kam, saß Gerhard Stümpeler auf dem Sofa und sah beide ungläubig an. Die Situation war merkwürdig, dachte Stefan. Er hätte alles Mögliche erwartet, aber nicht, dass er in eine gemütliche Kaffeerunde platzen würde. Nervös schwebte seine Hand über dem geöffneten Pistolenholster.

Frau Xaverius lehnte im Türrahmen: »Kommt noch jemand zu dieser Party? Oh, da fällt mir ein, ich habe ja gar keine Einladungen verschickt.«

Stefan reagierte nicht auf sie, sondern wandte sich an Stümpeler: »Sie haben es sich ja richtig gemütlich gemacht, jetzt, wo der Hausherr nicht mehr da ist.«

»Das ist ein Missverständnis«, rief Stümpeler und sprang auf. Auf seiner kahlen Stirn glänzte der Schweiß.

»Gehen Sie bitte einen Schritt vor, ich muss Sie durchsuchen«, sagte Stefan.

Er gab Christine ein Zeichen, woraufhin sie die Waffe zog. Frau Xaverius lachte heiser auf: »Das ist lächerlich!«

»Ich habe keine Waffe bei mir«, rief Stümpeler.

»Aha, Sie wissen also bereits, was wir suchen? Bitte verstehen Sie, dass ich das prüfen muss. Stellen Sie sich vor die Schrankwand mit dem Rücken zu mir«, sagte Stefan. Endlich setzte sich Stümpeler langsam in Bewegung.

Frau Xaverius sah ihren Gast verblüfft an: »Wovon redet ihr?«

»Bleiben Sie bitte zurück, am besten gehen Sie kurz in ein anderes Zimmer.« Christine hätte sich den Hinweis genauso gut sparen können, Frau Xaverius hörte gar nicht hin.

»Es ist alles gut, Irmgard«, sagte Stümpeler und tat, was ihm gesagt worden war. Stefan suchte ihn ab, konnte aber keine Waffe finden.

»Sie können sich umdrehen«, sagte er.

»Und was war in der Einkaufstüte?«, fragte Christine.

Stümpeler griff hastig nach der Tüte auf dem Tisch. Christine zielte mit ihrer Pistole auf ihn. Er ließ die Tüte wie eine heiße Kartoffel fallen und riss erschrocken die

Arme hoch: »Da ist nichts drin! Außer einer Schachtel Pralinen für Irmgard.«

Stefan nahm die Tüte und zog tatsächlich eine Schachtel Pralinen heraus. Er nickte Christine zu, und sie verstaute die Waffe wieder. Es war alles glimpflich abgelaufen. Er atmete auf. Stümpeler wirkte absolut nicht wie ein eiskalter Mörder. Er zitterte wie Espenlaub und Stefan bat ihn, sich wieder hinzusetzen.

»Sagen Sie mal, was ist eigentlich mit der Polizei los? Wir sind keine Verbrecher! Sie werden hier nichts finden, auch wenn Sie alles auf den Kopf stellen!«, zeterte Frau Xaverius.

»Vielleicht machen wir das trotzdem noch!«, zischte Stefan und blickte sie feindselig an. Sie schwieg.

»Seit wann betrügen Sie Ihren Mann?«, fragte Christine. Frau Xaverius sah sie eine Sekunde überrascht an, dann verzog sich ihr Gesicht, und sie platzte mit einem hysterischen Lacher heraus.

»Sie sind wirklich blöde«, gackerte sie und tippte sich mit dem Zeigefinger an die Stirn. »Sie denken, Gerhard ist mein Liebhaber? Er ist mein Schwager, Franks Bruder.«

Die Nachricht warf Stefan beinahe um. Stümpeler war der Bruder von Xaverius?

Christine hatte sich schnell wieder im Griff. »Das eine schließt das andere ja nicht aus. Und wieso haben Sie und Ihr Bruder verschiedene Nachnamen?«, fragte sie Stümpeler.

»Mein Bruder hat den Namen seiner Frau angenommen«, erklärte Stümpeler und wischte sich mit dem Handrücken über die Stirn.

»Möchten Sie etwa, dass Ihr Arzt Stümpeler heißt?«, fragte Frau Xaverius dazwischen.

»Sie besitzen eine Waffe?«, wandte sich Christine wieder an ihn.

»Nein.«

»Und wie kommen Sie in die Datei der Waffenbesitzer?«, fragte Stefan.

»Ich hatte mal eine Pistole, eine Bernadelli.«

»Und wo haben Sie die jetzt?«

»Ich habe sie nicht mehr«, antwortete er gequält.

Frau Xaverius ließ sich in einen Sessel fallen. Sie fixierte ihren Schwager argwöhnisch: »Gerhard, was hast du getan? Du kommst hierher, völlig unerwartet mit einer Schachtel Pralinen aus der Tankstelle, und weinst mir was vor, wie sehr du Frank vermisst. Hast du an Franks Wagen herumgeschraubt? Und warum erzählen mir unsere Sheriffs, dass du eine Pistole hast? Warum in Dreiteufelsnamen braucht man in Deutschland überhaupt eine Waffe?«

Stümpeler verschränkte die Arme vor seiner Brust und starrte vor sich hin. Dem geht wirklich der Arsch auf Grundeis, dachte Stefan.

»Sie wollten ihn nicht erschießen, nicht wahr?«, versuchte es Stefan.

Stümpeler schüttelte den Kopf, dann öffnete er verzweifelt die Arme und sah ihm in die Augen: »Es war ein Unfall.«

Christine fischte ihr Handy aus der Hosentasche, drückte auf Aufnahme und legte das Gerät auf den Couchtisch: »Wenn Sie uns etwas über den Tathergang erzählen wollen, möchte ich das gerne aufzeichnen.«

Sie fragte ihn nach seinen Personalien und klärte ihn über seine Rechte auf.

Stümpeler sah unruhig zu seiner Schwägerin hinüber.

»Erleichtere dein Gewissen«, forderte sie. »Was ist passiert?«

Stümpeler beteuerte: »Irmgard, ich habe Frank nichts getan, das ist die Wahrheit. Ich weiß nicht, wer das war. Vielleicht ein Handlanger von Schender, keine Ahnung!«

»Sagt Ihnen der Name Jochen Jerichow etwas?«, fragte Christine.

Stümpeler schüttelte den Kopf: »In diesem Milieu gibt es keine Namen, Frau Kommissarin, zumindest keine richtigen.«

»Und woher kannten Sie Christian Schender?«, fragte Stefan.

»Ich brauchte Geld, er gab mir welches.«

Frau Xaverius ereiferte sich: »Schon wieder Spielschulden? Hat dir Frank endlich mal den Hahn abgedreht?«

»Nein, er ist mein Bruder. Das klingt jetzt pathetisch, aber wir lieben uns. Wir waren immer füreinander da.«

»Wenn ich nicht gewesen wäre, dann hätte er sich schon wegen dir ruiniert. Aber Gott sei Dank gehört mir die Villa und nicht ihm, sonst hättest du die schon zu Chips auf einem Roulette-Tisch gemacht.«

»Irmgard, ich weiß nicht, warum du immer solche Sachen sagen musst. Das ist ... verletzend.«

Stümpeler hat zwar recht, dachte Stefan, aber er ist auch ziemlich empfindlich.

»Er konnte Ihnen also nicht mehr helfen, und weiter?«

»Ich habe das Geld verspielt, ich konnte es nicht mehr zurückzahlen. Frank hat mir angeboten, aus der Praxis auszusteigen. Das Geld hätte nicht nur für die

Spielschulden gereicht. Es wäre auch für ihn selbst noch etwas übrig geblieben.«

Mit dem Geld wollte sich Xaverius woanders ein neues Leben aufbauen, dachte Stefan.

»Wussten Sie, was Ihr Mann mit dem Geld vorhatte?«, fragte er Frau Xaverius.

Sie zuckte mit den Schultern. Stümpeler sah sie von der Seite an und sprang von seinem Sitz auf: »Jetzt geht mir ein Licht auf! Du hast es selbst getan, oder? Du wusstest, dass er von dir weg wollte und das konntest du nicht zulassen«, schrie er, ging auf sie los und packte sie am Hals.

»Lassen Sie sie los«, schrie Christine.

Stefan eilte heran, zog ihn weg und drückte ihn wieder auf das Sofa. Frau Xaverius rieb sich den Hals, dann sprang sie auf und hastete davon.

Er vergrub sein Gesicht in den Händen und heulte. »Das ist alles zu viel für mich.« Dann rief er nach hinten: »Irmgard, es tut mir leid, hörst du?«

»Erzählen Sie weiter«, forderte Christine.

»Frank konnte das Geld nicht so schnell beschaffen, wie Schender es wollte. Mein Bruder sagte, er würde mit Schender reden. Mein Bruder! Er ist so arglos. Die gut verdienenden Leute wie er, die wissen gar nicht, was in Mannheim so abgeht! Die können sich nicht vorstellen, dass es Typen gibt, die gar nicht reden wollen. Und als er mir sagte, er habe Schender nach Dienstschluss in die Praxis bestellt, da habe ich ihn gefragt, ob er wahnsinnig wäre. Aber er sagte, er könne ja schlecht zu Hause mit Schender verhandeln. Ich fragte ihn, was um alles in der Welt er mit so einem wie Schender verhandeln wolle.«

Stümpeler schlug die Hände vors Gesicht und schluchzte. »Mein Bruder war immer für mich da und jetzt wacht er vielleicht nicht mehr auf! Ich bin so ein Idiot, ich bin schuld, ich und das verdammte Spielen.«

Stefan sah Christine ratlos an. Sie waren jetzt kurz vor dem Zieleinlauf, sie mussten mit Stümpelers Geständnis vorankommen. Christine raunte ihm zu, dass sie eine SMS an die Polizisten vor dem Haus schreiben würde, damit die Kollegen nicht in einem unpassenden Moment in die Wohnung kamen.

»Was geschah in der Praxis?«, fragte Stefan.

»Schender kam. Er war sauer. Er dachte, das Geld liege schon parat, aber Frank wollte ihn ja nur vertrösten. Und als er auf ihn losging, da zog ich meine Pistole raus und bedrohte ihn. Ich dachte, er würde sich dann zurückziehen und wir wären ihn los. Aber Schender stürzte sich auf mich und wollte mir die Pistole wegnehmen. Wir haben gerungen, es war furchtbar.«

»Und dann?«, fragte Christine.

Stümpeler holte tief Luft und sagte: »Dann löst sich ein Schuss. Ich erschrecke mich so, dass ich die Pistole loslasse. Schender fällt erst mal um. Der schreit wie am Spieß, und Frank will gleich zu ihm hin und helfen. Da richtet Schender sich plötzlich auf und spannt den Hahn von meiner Waffe und zielt auf mich. Es ist wie in einem schlechten Film. Einen Moment denke ich, das war's, aber mein Bruder zieht mich geistesgegenwärtig weg, und wir rennen nach hinten in einen anderen Raum. Das Licht ist aus, Frank zerrt mich hinter eine Liege. Ich höre immer noch dieses laute Zischen von einem großen Gerät und Schender kreischt ›Wo seid ihr dreckigen Schweine?‹ und schleppt sich weiter, fällt immer wieder um, und ich sage ›Frank, wir sollten abhauen‹. Aber er sagt, ich solle mir keine Sorgen machen, das Gerät würde Metall anziehen und Schender entwaffnen. Danach wolle er ihn medizinisch versorgen. Stellen Sie sich vor! Dieser Typ schießt uns beinahe über den Haufen und mein Bruder faselt von medizinischer Hilfe. Ich sage ihm, dass er verrückt ist. Aber Frank ist der Ältere, und er hat schon immer bestimmt, was wir machten. Also harren wir beide hinter dieser Liege aus, bis Schender den Lichtschalter anmacht und uns schließlich findet. Der freut sich schon, weil er denkt, wir wären in einer Sackgasse gelandet und stützt sich auf die Liege. Doch als er die Waffe ausrichten will, fliegt sie tatsächlich wie durch Geisterhand davon. Und als er danach greifen will, bleibt sogar sein Handgelenk an dem Gerät kleben, weil er eine Uhr anhat. Die Chance habe ich sofort genutzt. Ich überwältige ihn und halte ihn auf der Liege fest. In dem Moment, als wir Licht machen, wird Schender bewusstlos. Und Frank sieht die ganze Bescherung. Da wird er richtig hektisch. Ich habe ihn noch nie so gesehen. Er war immer so ruhig, aber in dem Moment hat er wohl gemerkt, dass Schender nicht zu retten war. Er fängt trotzdem an, ihn zu behandeln. Aber da kommt immer mehr Blut aus dem Loch und nach ein paar Minuten ist nichts mehr zu machen. Schender ist tot und Frank kniet am Boden und schweigt. Seine Schuhe, seine Hose ... alles voll mit dem ganzen Blut. Wie in einem Horrorfilm.

Ich rede auf Frank ein, dass die Leiche verschwinden muss. Aber er kann erst gar nicht mehr reden und schiebt mich immer wieder weg. Er schaut mich nur immer an, als sei ich ein Geist und er könne durch mich hindurchsehen. In der Hosentasche finde ich Schenders Autoschlüssel. Irgendwie kann ich Frank noch dazu bringen, Schender in den Kofferraum zu verfrachten. Ich fahre dann weg und weiß erst gar nicht, wo man so eine Leiche vergraben kann. Also fahre ich zum Golfplatz und vergrabe ihn dort.«

»Warum gerade auf dem Golfplatz?«

»Ich bin Mitglied im Golfclub. Ich wusste, wo eine passende Stelle am Rand des Geländes war. Ich dachte, da sucht ihn bestimmt keiner. In den Wald traute ich mich nicht.«

»Sie sind mit dem Auto über den Rasen vom Golfplatz gefahren? Da hätten wir doch Reifenspuren gefunden!«

»Ich habe Schender vorher in einen Caddy umgeladen.«

»Und Ihr Bruder?«

»Der machte alles sauber. Das konnte ja nicht so bleiben. Und er hat die Waffe aus dem Gerät gezerrt.«

Christine nahm vorsichtig das Handy vom Tisch und schaltete die Aufnahme aus.

Mittlerweile war Frau Xaverius zurückgekommen und hielt sich am Türrahmen fest: »Vor meinem Haus ist die Kavallerie. Ich hoffe, die kommen nicht auch noch hier rein. Und du, Gerhard, brauchst hier nie wieder anzutanzen. Nimm deine geschmacklosen Pralinen mit. Die Party ist zu Ende.«

36

Vorhaltungen

»Kleo, dein Mensch ist zu Hause«, rief Jochen, als er die Tür aufschloss. »Heute Abend gibt's was Feines zur Feier des Tages.«

Er ging in die Küche, stellte seine Tasche ab und räumte den Inhalt in den Kühlschrank. Er hatte im Fischgeschäft einige Leckereien für sich und seine Katze eingekauft. Doch sie ließ sich nicht blicken. Falls sie sich nicht draußen herumtrieb, ratzte sie wahrscheinlich in irgendeiner Ecke. Jedenfalls war sie noch nicht hungrig, sonst wäre sie schon aufgetaucht.

Es gab einen entgangenen Anruf und eine SMS auf seinem Handy, das er auf dem Schreibtisch liegen gelassen hatte: »Glückwunsch zur Diagnose. Kann heute leider nicht, aber ist morgen okay? Dann 19 Uhr vorm Essighaus. Gruß, Eduard.«

Jochen beschloss, bevor er sich an den Herd stellte, noch die Neuigkeit des Tages zu verbreiten. Es waren nur wenige Leute, denen er von seinem Fleck im Gehirn erzählt hatte. Doch die hatten ein Recht darauf, so schnell wie möglich von der Entwarnung zu wissen. Er überlegte, wen er zuerst anrufen sollte. Die Kommissarin? Eigentlich kannte er sie ja kaum, aber er hatte sie schon zu tief in seine Sorgen hineingezogen. Heimlich erwartete er ihre Reaktion auf die gute Nachricht. Sie würde sich für ihn freuen, und das würde es ihm erleichtern, sich auch endlich freuen zu können.

Jochen wählte die Mobilnummer von Christine Karch. Eine andere hatte er nicht. Ob er sie überhaupt anrufen durfte? Es war ihre Dienstnummer und hier ging es um etwas Privates. Vielleicht war sie auch schon im Feierabend und ging gar nicht mehr ans Telefon.

Als der Freiton im Hörer von ihrer Stimme unterbrochen wurde, schreckte er kurz zusammen. »Karch«, meldete sie sich energisch.

»Hier ist Jochen Jerichow. Entschuldigen Sie die Störung. Ich wollte Ihnen nur ...«

»Ich habe jetzt leider überhaupt keine Zeit«, antwortete sie. Es klang unerwartet knapp und kühl. Er hatte wohl einen schlechten Moment erwischt. Er hörte, dass sie in einem fahrenden Auto saß. Wer weiß, welchen dringenden Aufgaben sie gerade nachging?

»Verfolgen Sie gerade einen Verbrecher?«, fragte er. Er wollte ihr scherzhaft sein Verständnis zeigen, dass sie im Dienst Wichtigeres zu tun hatte, als mit ihm zu telefonieren. Er war konsterniert, als ihre Antwort kam.

»Tut mir leid, das geht Sie gar nichts an«, blaffte sie. Was hatte er ihr getan? War sein Ton zu vertraulich? Durfte er nicht dort anknüpfen, wo sie sich verabschiedet hatten?

»Verzeihung. Ich kann auch später noch einmal ...«, begann er.

»Nein, bleiben Sie dran«, sagte sie.

Wie schön wäre es gewesen, im Unterton dieser Aufforderung ihre Sympathie herauszuhören, eine Andeutung, dass es ihr etwas ausmachen würde, das Gespräch mit ihm zu beenden. Doch davon war nichts in ihrer Stimme zu spüren, nur die Sachlichkeit einer Amtsperson, die gewohnt ist, dass man ihr Folge leistet. Er hörte undeutlich, dass sie mit jemandem im Hintergrund diskutierte. Sie hatte vermutlich das Mikrofon ihres Handys abgedeckt.

»Nein, Stefan, lass mich das jetzt klären«, hörte er sie schließlich, dann war sie wieder am Hörer. »Herr Jerichow, Sie kennen sich doch mit Oldtimern aus.«

»Ja, und?«, sagte er zaghaft.

»Nur mal so zu meiner Information: Wie schwierig ist es, einen alten Wagen so zu manipulieren, dass er einen Unfall hat, weil zum Beispiel die Bremsen versagen?«

»So schwierig ist das nicht. Man könnte die Bremsschläuche anstechen. Aber normalerweise würde der Fahrer dann merken, dass die Bremsen langsam schwächer werden.«

»Und wenn das Auto eine Weile herumsteht und dabei die Bremsflüssigkeit verliert? Und der Fahrer dann sehr eilig losfährt?«

Jochen überlegte: »Ja, das ist eine Möglichkeit. Fragen Sie mich das wegen des Wagens von Herrn Xaverius?«

Sie antwortete mit einer Gegenfrage: »Sind Sie technisch in der Lage, ein Auto wie seines auf diese Weise zu beschädigen?«

»Ja, grundsätzlich schon. Aber wieso …?«

Sie ließ ihn nicht ausreden, sondern schoss eine Frage nach der nächsten auf ihn ab: »Wo waren Sie denn am Tag und in der Nacht vor dem Unfall von Dr. Xaverius?«

»Im Institut am Schreibtisch und später zu Hause.«

»Gibt es Zeugen dafür?«

»Zu Hause nur meine Katze. Sagen Sie mal, verdächtigen Sie mich etwa? Wenn ich das gewesen wäre, dann würde ich ja wohl kaum zugeben, dass ich dazu in der Lage bin«, sagte er und schnaufte in den Hörer. Das alles kam ihm vor wie ein schlechter Witz.

Die Kommissarin ging nicht darauf ein: »Wussten Sie, dass Xaverius die Stadt verlassen wollte?«

»Nein, warum …?«

»Hat er nicht mal mit Ihnen darüber geredet?«

»Ich kannte ihn ja kaum. Die Untersuchungen wurden von den MTAs durchgeführt, ich habe mit ihm nur ganz kurz gesprochen.«

»Und die Tumordiagnose?«

»Die kam von Frau Selbering, und außerdem ist es kein Tumor«, sagte Jochen. Damit war er seine Nachricht doch endlich losgeworden. Aber die Freude daran war ihm gründlich verdorben.

»Finden Sie es nicht einen seltsamen Zufall, dass Sie als Erster am Unfallort waren?«

»Warum denn? Ich habe doch Erste Hilfe geleistet«, sagte Jochen verzweifelt.

»Was weiß ich? Ich war ja nicht dabei. Vielleicht hätte man mehr für Dr. Xaverius tun können?«

»Sicher hätte man das, ich bin kein Arzt. Ich habe getan, was ich konnte. Ich habe ja gar keinen Grund, ihm etwas Böses zu wollen«, entgegnete er.

»Das weiß ich nicht. Sie dachten, dass Sie vielleicht nicht mehr lange leben werden, da mussten Sie auch keine besonderen Skrupel haben, oder?«

»Was für einen Unsinn Sie da zusammenreden«, echauffierte sich Jochen. »Die Diagnose kam doch erst am Tag nach dem Unfall. Und Frau Selbering hat gleich gesagt, dass es harmlos sein könnte.«

»Was Unsinn ist und was nicht, lassen Sie mal meine Sorge sein, ja?«, sagte die Kommissarin patzig. »Das war es fürs Erste, bitte halten Sie sich zu unserer Verfügung.«

»Wissen Sie was? Sie können mich mal. Ach, ist ja auch egal!«, krächzte Jochen und knallte den Hörer auf das Telefon.

Was für eine Schnepfe! Wie hatte er sich so in ihr täuschen können? War sie wirklich dermaßen betriebsblind, geistig so sehr durch ihren Beruf eingeschränkt, dass sie nur noch Verdächtige um sich herum sah? War unter ihrer weichen Schale, dem engelhaften Pausbackengesicht, nur ein harter Kern, sonst nichts?

Sein Ärger brauchte eine Weile, bis er verrauchte, dann blieb Traurigkeit zurück. Der gemeinsame Abend mit ihr war so schlagartig entwertet worden wie eine abgestempelte Fahrkarte. Was wohnte eigentlich dem Ende inne, wenn der Zauber verflogen war?

37

Der Rasenmäher

»Xaverius ist aufgewacht!«

Das war die große Nachricht des Tages. Yasemin hatte zuerst davon erfahren, als das Krankenhaus im Präsidium angerufen hatte. Sie informierte sofort Stefan und Christine. Sie versammelten sich zu einer kurzen Beratung zwischen ihren Schreibtischen.

»Wann können wir ihn befragen?«, wollte Christine wissen.

»Sie haben gesagt, wir dürfen morgen kommen«, berichtete Yasemin. »Er ist noch sehr schwach und braucht Ruhe. Wir kriegen nur eine Viertelstunde bei ihm, ich habe uns für zehn Uhr angemeldet.«

»Und seine Frau?«, fragte Stefan.

»Die darf wahrscheinlich heute schon zu ihm«, sagte Yasemin.

»Na prima«, maulte Christine, »dann erzählt die ihm brühwarm, was wir alles schon aus seinem Bruder herausgekriegt haben. Dann schalten die einen Anwalt ein und er sagt wahrscheinlich gar nichts mehr. Bei dieser seltsamen Aktion mit Schender hat er sich schließlich mitschuldig gemacht.«

»Nun wart's doch erst mal ab, Christine«, versuchte Stefan sie zu beruhigen. »Es geht doch um seinen Unfall. Da dürfte er doch ein Interesse haben, uns zu helfen. Vielleicht weiß er ja, wer den Anschlag auf ihn verübt hat, und dann haben wir das ruckzuck erledigt.«

»Das Letzte, was er gesagt hat, war der Name von Schender«, antwortete Christine, »und der kann es nicht gewesen sein. Das weiß Xaverius auch, er hat ja vergeblich versucht, ihn zu retten. Vielleicht vermutet Xaverius eine Racheaktion. Aber wer sollte das denn gemacht haben? Schenders Frau bestimmt nicht. Und irgendwelche Hintermänner oder Helfer haben wir nicht gefunden.«

»Jetzt fang bitte nicht wieder mit dem Jerichow an«, sagte Stefan. »Dieses Telefonat im Auto war ja megapeinlich. Du solltest dich bei ihm entschuldigen.«

»Wofür denn?«, fragte Christine patzig. »Er ist für mich tatverdächtig und ich habe nur die üblichen Fragen gestellt, weiter nichts.«

»Und Frau Xaverius?«, fuhr Yasemin dazwischen. »Hat sie nicht von allen noch die stärksten Motive?«

Es klopfte an der Tür. Ein Kollege streckte den Kopf herein: »Entschuldigung, dass ich störe. Da draußen ist jemand, der will euch sprechen. Ein Herr Hartmann. Er sagt, er kommt wegen Doktor Xaverius, und dass ihr ihn ja schon kennt.«

»Hartmann? Weißt du, wer das ist?«, fragte Christine in Stefans Richtung.

Stefan schüttelte den Kopf: »Irgendetwas klingelt da leise bei mir, aber ich kriege es nicht zu fassen.«

»Dann gehen wir doch mal gucken, was uns Herr Hartmann erzählen will«, sagte Yasemin munter.

Sie ging voran aus dem Büro zum Besucherzimmer, Christine und Stefan folgten ihr. Als sie den kleinen Mann mittleren Alters sah, der da nervös auf einem Stuhl wippte, wusste Christine immer noch nicht, wen sie vor sich hatte. Erst als er den Blick hob und sie mit seinen braunen, furchtsamen Augen wie ein verschrecktes Reh anblickte, fiel der Groschen. Sie vertauschte im Geiste seine schwarzen Halbschuhe gegen grobe Stiefel und seine blauen Jeans gegen eine grüne Latzhose. Es war der Gärtner von Frau Xaverius.

»Herr Hartmann, Sie wollten uns sprechen? Mich und den Kollegen Stefan Weiz kennen Sie ja. Das hier ist die Kollegin Yasemin Sümeral.«

»Ja, guten Tag. Die Sache ist die: Ich möchte, also, wie sagt man, ein Geständnis machen.«

Es klang wie ein vorbereiteter Satz, der irgendwie missraten herausgekommen war. Er hatte schnell und hastig gesprochen, so als wollte er die Worte rasch loswerden, bevor sie es sich anders überlegten. Christine, Stefan und Yasemin blickten sich überrascht an.

»Gut, Herr Hartmann«, nahm Yasemin die Sache in die Hand, »dann gehen wir doch am besten rüber in ein anderes Zimmer, wo wir ungestört reden können. Möchten Sie vielleicht etwas trinken?«

Sie sprach freundlich und zuvorkommend mit ihm, als sei der Gärtner zu einem Vorstellungsgespräch erschienen. Er schüttelte heftig den Kopf. Sie holten Frau Wohlfahrt als Schreibkraft hinzu, um die Aussage aufzunehmen. Dann gingen sie in den Vernehmungsraum und setzten sich.

»Stellen wir erst mal Ihre Personalien fest«, sagte Yasemin, und Hartmann beantwortete brav alle Fragen.

»Bevor Sie uns mehr sagen, Herr Hartmann, sollen Sie Folgendes wissen«, erklärte Yasemin ihm. »Sie brauchen sich nicht selbst zu belasten. Sie haben jederzeit das Recht zu schweigen und Sie dürfen einen Anwalt hinzuziehen, wenn Sie möchten.«

Hartmann blickte ängstlich von einem zum anderen: »Dann soll ich jetzt doch nichts sagen?«

»Nur das, was Sie uns freiwillig sagen wollen«, erläuterte Stefan.

»Aber deswegen bin ich doch da«, antwortete Hartmann sichtlich irritiert.

»Dann reden Sie doch einfach«, sagte Christine.

Yasemin beschwichtigte: »Bitte, Herr Hartmann, wir sind ganz Ohr. Was möchten Sie uns erzählen?«

»Ich weiß, ich komme sehr spät. Ich war mir eben nicht sicher. Ich dachte, vielleicht kommt es ja auch gar nicht raus. Das nehmen Sie mir doch nicht übel, oder?« Der Gärtner warf ihnen einen flehenden Blick zu.

»Wir wissen ja noch gar nicht, was wir Ihnen überhaupt übelnehmen könnten. Vielleicht sagen Sie uns das erst mal«, sagte Christine mit leichter Ungeduld. Der Gärtner biss sich auf die Lippen.

»Es ist alles gut, Herr Hartmann, Sie sind jetzt hier, das ist die Hauptsache«, sagte Yasemin sanft. »Nehmen Sie sich die Zeit, die Sie brauchen.«

»Warum sind Sie denn gerade jetzt zu uns gekommen?«, fragte Stefan. »Gibt es dafür einen besonderen Grund?«

Herr Hartmann nickte: »Als Sie gestern mit diesen bewaffneten Leuten zum Haus gefahren kamen, da habe ich mir gesagt, Bernhard, das ist jetzt bitterer Ernst. Da gehst du lieber doch zur Polizei. Und als Sie dann noch den Herrn Stümpeler abgeführt haben, obwohl der doch gar nichts dafür kann ...«

Dem Gärtner standen die Tränen in den Augen. Er war also auch da gewesen, dachte Christine. Sie hatten ihn gar nicht bemerkt. Hartmann musste auch nicht wissen, dass sie nicht seinetwegen gekommen waren und dass Herr Stümpeler nicht so unschuldig war, wie er zu glauben schien.

»Wofür kann der Herr Stümpeler denn nichts?«, fragte sie.

»Na, für den Unfall vom Doktor natürlich. Deswegen sind Sie doch gekommen, oder?«

»Und was haben Sie mit dem Unfall vom Doktor zu tun?«

»Ich bin ... ich habe ... also, das Auto vom Doktor, wissen Sie, das stand im Weg ... und da bin ich, weil ich da ja vorbeimusste mit dem Rasenmäher ... das ist nämlich so ein großer Aufsitzrasenmäher ... aber der Doktor lässt immer seinen Schlüssel im Auto stecken ... also, nicht immer, aber häufiger mal. Das macht ja nichts, denn normalerweise kommt durch das Tor keiner aufs Gelände.«

»Sie sind also mit dem Auto von Dr. Xaverius gefahren?«, riet Yasemin. »Mit dem Oldtimer?«

Der Gärtner nickte, dann schüttelte er den Kopf, dann nickte er wieder: »Nicht wirklich gefahren, ich habe ihn nur umgeparkt. Damit ich dran vorbeikam.«

»Mit dem Rasenmäher«, ergänzte Stefan.

»Genau, mit dem Rasenmäher.« Herr Hartmann lehnte sich zurück und schien sich etwas zu entspannen, weil ihn endlich jemand verstand.

»Und was ist dann mit dem Auto passiert?«, fragte Christine.

»Ich habe beim Rückwärtsfahren den Gully übersehen.«

Die Kommissare sahen sich ratlos an.

Nun sprudelte es aus dem Gärtner heraus: »Das ist kein flacher Gully, wie Sie sich das jetzt vorstellen. Das ist nämlich so: Aus der Auffahrt zur Garage guckt so ein dicker, runder Betonpoller raus, da sitzt der Gullydeckel obendrauf. Eigentlich sinnlos, weil da gar kein Wasser von oben reinlaufen kann, aber beim Hausbau ist das halt so übrig geblieben. Der Doktor wollte das immer mit Kies aufschütten, aber das ist nie passiert, weil er ja wusste, dass das Ding da ist, und einfach drumherum gefahren ist.«

Herr Hartmann holte tief Luft und musste sich erst mal sammeln. Dann fuhr er fort: »Aber ... ich habe nicht gesehen, dass der Poller hinterm Auto war. Und erst, als ich drübergefahren bin und es so komische Geräusche gemacht hat, habe ich es gemerkt. Von außen hat man nichts gesehen, deswegen habe ich gedacht, ist wohl nicht so schlimm. Ich habe mich auch nicht getraut, dem Doktor was zu sagen, denn er ist doch so stolz auf das Auto gewesen. Ich weiß ja nicht, wie teuer die Reparatur von so einem Auto ist. Das hätte ich dann bezahlen müssen, und vielleicht hätte er mich rausgeworfen, und ich brauche doch den Job. Aber dann war der Unfall am nächsten Tag und da habe ich geahnt, dass das ein schlimmer Fehler war. Nur sicher war ich mir nicht. Es war keine Absicht, das müssen Sie mir glauben.«

»Vielen Dank, Herr Hartmann«, sagte Yasemin. »Möchten Sie noch etwas hinzufügen?«

Der Gärtner schüttelte den Kopf. Yasemin nickte der Schreibkraft zu, um anzudeuten, dass das Verhör beendet war.

»Bleiben Sie bitte noch einen Moment sitzen, wir besprechen uns kurz draußen«, sagte Stefan. Sie gingen vor die Tür des Vernehmungszimmers.

»Die Aussage scheint glaubhaft«, sagte Yasemin. »Also kein Mordversuch, sondern nur fahrlässige Körperverletzung.«

»Das muss ein Richter klären«, meinte Stefan.

»Tja«, meinte Christine, »wenn das so ist, können wir uns den Besuch bei Xaverius im Krankenhaus wohl sparen.«

»Wir gehen trotzdem hin«, erwiderte Stefan. »Wer weiß, wozu es gut ist. Bevor wir die Sache dem Staatsanwalt geben, will ich, dass alles wasserdicht ist. Außerdem fehlt uns immer noch die Tatwaffe im Fall Schender.«

Christine verdrehte die Augen: »Okay, ich kümmere mich um die Aussage. Ich schlage vor, wir konfrontieren die Brüder miteinander, dann kommen wir am schnellsten weiter.«

Yasemin lächelte und zeigte mit dem Daumen nach oben. »Das sieht doch alles gut aus! Ich sage im Gefängnis Bescheid, dass ihr Stümpeler morgen braucht. Und dem Staatsanwalt gebe ich grünes Licht für Montag.«

38

Ein Rat unter Freundinnen

»Hallo, Christine«, ertönte Steffis vertraute Stimme aus dem Telefonhörer, »du rufst mich an? Ist was passiert?«

Christine hatte sofort ein schlechtes Gewissen. Natürlich hatte ihre Freundin recht. Sie rief fast nie bei Steffi an. Sie lebten in gänzlich verschiedenen Welten. Meistens war Steffi im Stress und kümmerte sich um Luca, während sie mit der anderen Hand im Suppentopf rührte und mit der Freisprechanlage telefonierte. Glücklicherweise war Luca um die Mittagszeit noch in der Schule und ihr Mann war im Büro. Da hatte sie vermutlich etwas mehr Zeit für das Telefonat.

Früher waren Christine und sie unzertrennlich gewesen. Sie waren fast jeden Samstag durch die Mannheimer Innenstadt gezogen, um neue verrückte Klamotten anzuprobieren. Aber wie lange war das her? Mindestens zehn Jahre. Trotzdem schien Steffi etwas zu spüren und das, obwohl Christine noch gar nicht in den Hörer gesprochen hatte.

»Christine? Bist du noch dran?«, fragte sie.

»Ich weiß nicht, ob was passiert ist. Eigentlich ist alles wieder beim Alten.«

»Aber?«

»Ach, ich weiß nicht, ob ich dich überhaupt damit belasten soll. Du hast doch immer so viel zu tun mit Luca und mit deinem Mann.«

Steffi wiegelte ab: »Kein Problem, ich habe Zeit. Für dich immer. Und wieso alles wieder beim Alten? Was ist denn davor passiert?«

Christine seufzte: »Ich glaube, ich habe Mist gebaut.«

»Großen Mist? Oder eher mittel? Kleiner Mist?« Steffi versuchte sie aufzuheitern, aber es funktionierte nicht.

»Großen Mist!«

Steffi zog zischend die Luft ein: »Auweia, beruflich?«

»Neee«, meinte Christine gedehnt, »eher so privat.«

»Sag nicht, es geht um einen Mann?«

»Na ja, ich weiß nicht ...«

»Einen richtigen oder für gelegentlich?«

»Also ...«

»Aha, einen richtigen. Herzlichen Glückwunsch, so hat es bei mir auch angefangen.«

Jetzt musste es also doch raus, denn Steffi würde sowieso keine Ruhe mehr geben. Christine erzählte ihr von dem Klavierabend und von ihrem Misstrauen gegenüber Jerichow. Und dass sie ihn beschuldigt und ihm so einiges an den Kopf geworfen hatte.

»Mach das nicht.«

»Was?«

»Nenne ihn nicht so ... Jerichow. Hat der arme Mann keinen Vornamen?«

»Er heißt Jochen.«

»Du hältst ihn gedanklich auf Abstand, wenn du ihn beim Nachnamen nennst. Du kannst dir gern mal gönnen, ein bisschen verliebt zu sein. Du bist doch sonst nicht so verzagt, rennst mit einer Pistole durch die Straßen. Lass ein paar Schmetterlinge flattern und lass mal los.«

»Ich hatte eigentlich gar nicht an eine Beziehung gedacht.«

»Woran denn sonst?«

»So einen Mann wie Jochen«, sie betonte den Namen, »habe ich noch nie kennengelernt. Er hat so eine bestimmte Art sich auszudrücken, so eine besondere Sprache. Außerdem versteht er wirklich viel von Musik. Und er kann Vitello Tonnato machen.«

»Verstehe, du hast dich verliebt, zumindest ein bisschen.«

Christine wehrte sich: »Wie kann man, bitteschön, ein bisschen verliebt sein? Und wie endet das dann?«

»Mit dem Tod, Christine, irgendwann sind wir alle tot. Du und ich und Jochen Jerichow, alle. Und kurz davor liegst du im Bett, die letzte Ölung schon auf der Stirn und du denkst: Also, den Jochen Jerichow, den fand ich ganz süß, mit dem hätte ich doch öfter mal Essen gehen sollen!«

Christine musste laut lachen, dennoch löste sich eine Träne aus dem Augenwinkel und kullerte ihr über die Wange: »Zu spät, ich hab's verpatzt.«

»Ruf ihn an und sage ihm, dass es dir leid tut.«

»Das kann ich nicht.«

»Das muss man aber manchmal. Ich weiß, dass es dir schwer fällt.«

Christine fing an, in ihrer Wohnung herum zu laufen wie ein Tiger im Käfig: »Er wird mir nicht mal zuhören, er kennt mich ja kaum. Außerdem sieht er gut aus und ich … naja, du weißt ja wie ich aussehe.«

Steffi meckerte in den Hörer: »Hör auf! Immer dieser Ich-sehe-nicht-gut-aus-Quatsch! Damit hast du mich früher schon genervt. Und trotzdem hast du mir meinen Tanzpartner beim Salsakurs ausgespannt, wenn du dich erinnerst.«

Christine erinnerte sich, allerdings nicht gern.

»Gut, ich höre schon auf.«

»Besser du machst jetzt, was ich sage, und rufst ihn an, okay?«

»Ja«, sagte sie folgsam.

»Wie sieht er denn genau aus?«

Christine entschied sich, die letzte Frage zu überhören. »Ich rufe ihn an, heute Abend, versprochen.«

Nachdem sie sich verabschiedet hatten, fiel Christines Blick auf Hannibal, der umständlich auf einem Ast herumwackelte. Sie erhob sich vom Sofa und nahm ihn auf die Hand.

»Wie soll ich's nur angehen?«, fragte sie ihn leise. Doch Hannibal schielte nur fasziniert auf ihre Nase und schien keinen Rat für sie zu haben.

39

Besuch im Krankenhaus

Gerhard Stümpeler trat in Begleitung eines Beamten aus der Metalltür. Christine war froh, das frühere Landesgefängnis, das von den Mannheimern »Café Landes« genannt wurde, nur von außen zu kennen. Seit dem frühen Morgen hatte es geregnet. Die Häuser ringsherum waren alte Sandsteingebäude, die sich vom Regen dunkelrot färbten. In den Wohnungen lebten die Familien der JVA-Angestellten. Ein kleiner ruhiger Bezirk mit altem Baumbestand. Doch die Ruhe trog. In dem sternförmig angeordneten Bau gab es über 750 inhaftierte Männer. Darunter auch Stümpeler, der in Untersuchungshaft auf die Verhandlung wartete. Der Ermittlungsrichter hatte ihn wegen möglicher Fluchtgefahr nicht mehr in die Wohnung zurückkehren lassen. Eine Aussetzung des Vollzugs wäre zwar möglich gewesen, aber Frau Xaverius dachte nicht daran, die Kaution zu bezahlen, die in das Staatssäckel wandern würde, falls sich ihr Schwager doch absetzen sollte.

Nachdem die Formalitäten erledigt waren, fuhren sie mit Stümpeler auf dem Rücksitz Richtung Universitätsklinik, die sich nur ein paar Straßen weiter befand. Für Frank Xaverius würde es noch eine ganze Zeit dauern, bis er wieder nach Hause gehen konnte. Es konnte sich immer noch herausstellen, dass die Sachlage anders war, als Stümpeler sie glauben machen wollte.

»Können Sie mir im Krankenhaus die Handschellen abnehmen?«, fragte er.

»Keine Sorge, das vergessen wir schon nicht«, meinte Stefan.

»Wie geht es Ihnen denn?«, fragte Christine, während sie den Wagen steuerte.

»Ich hatte viel Zeit zum Nachdenken«, meinte er, »aber es ist schrecklich dort.«

»Wieso hatten Sie eigentlich eine Waffe im Haus?«, fragte Stefan nach.

Stümpeler sah aus dem Fenster: »Ich habe das Ding bei e-Gun ersteigert. Das ist so ein Internetportal für Waffen.«

»Kennen wir«, meinte Stefan.

»Ich habe dazu extra eine Waffenbesitzkarte erwerben müssen. Es gab eine Zeit, da habe ich zwar nicht gespielt, aber alles Mögliche online gekauft. Später habe ich dann alles wieder zu Geld gemacht, außer der Waffe. Das war der größte Fehler meines Lebens. Wenn das alles hier vorbei ist, werde ich nie wieder spielen, das habe ich mir geschworen.«

Christine zweifelte daran, dass ein Spieler diesen Schwur so ohne Weiteres einhalten konnte. Stefan schien den gleichen Gedanken zu haben.

»Das können Sie nicht allein schaffen, Sie brauchen psychologische Hilfe«, sagte er zu Stümpeler. Der nickte und ließ seinen Kopf hängen.

Als sie vor dem Krankenzimmer standen, befreite Stefan Stümpeler von seinen Handschellen. Warum sollte Stümpeler jetzt noch fliehen? Er wollte unbedingt seinen Bruder sehen. Und wo sollte er auch hin?

Frank Xaverius sah zur Tür, als sein Bruder eintrat. Sein Bein war verbunden und in einem Gestell hochgelagert, der Nacken mit einer steifen Halskrause umwickelt. Beide Augen waren blau unterlaufen, das Gesicht sah aus wie nach einer Schlägerei. Stümpeler ging zu ihm ans Bett und wusste gar nicht, was er sagen oder machen sollte. Xaverius drückte seinen Arm und lächelte: »Ich bin so froh, Gerhard, dass du da bist!«

Dann fiel sein Blick in den Hintergrund. Er entdeckte Christine und Stefan und sah den Bruder fragend an. Stümpeler antwortete ihm nicht. Er schluchzte und vergrub sein Gesicht im Bettzeug. Xaverius strich ihm über den Hinterkopf: »He, was ist mit dir? Es ist alles okay, es ist nicht so schlimm, wie es aussieht. Was kommst du hier an wie Drei-Tage-Regenwetter. Reicht es nicht, dass es draußen regnet?«

Er sah hoch. Christine war herangetreten: »Ihr Bruder hat Ihnen nicht nur Regenwetter mitgebracht. Mein Name ist Christine Karch, und das ist mein Kollege Stefan Weiz von der Kriminalpolizei.«

Xaverius nickte und sagte: »Ich möchte ein Geständnis ablegen.«

Stümpeler schrak hoch: »Ein Geständnis? Was für ein Geständnis? Ich habe schon alles erklärt.«

Xaverius sah nach hinten und sagte: »Mein Bruder hat mit dem Tod von Herrn Schender nichts zu tun.«

Stümpeler wandte sich von ihm ab und an Christine: »Frau Karch, Sie dürfen ihm nicht zuhören, er redet konfuses Zeug.«

Stefan ging dazwischen: »Ganz mit der Ruhe, meine Herren. Lassen Sie bitte Dr. Xaverius ausreden. Sind Sie einverstanden, wenn wir Ihre Aussage aufnehmen?«

»Nein«, schrie Stümpeler jammernd, »nein, Frank, tu mir das nicht an.«

»Ich bin einverstanden«, sagte Xaverius. Stümpeler begann zu toben, doch Stefan schob ihn mit Bestimmtheit vor die Tür.

»Wir warten draußen«, sagte er zu Christine.

Als die Tür ins Schloss gefallen war, kramte Christine nach dem Handy und schob sich einen Stuhl zurecht. Die Aufregung war Xaverius anzumerken. Er hatte rote Flecken im Gesicht.

»Sie brauchen sich nicht selbst zu belasten und auch nicht gegen Ihren Bruder auszusagen, das wissen Sie?«, fragte Christine. »Und Sie können einen Anwalt hinzurufen.«

Er ignorierte ihre Rechtsbelehrung. »Ein hübsches Einzelzimmer, finden Sie nicht?«, sagte er betont beiläufig.

Christine sah ihn scharf an: »Ja, da hat man seine Ruhe und kann gut nachdenken, nicht wahr? Das habe ich heute schon einmal gehört. Sie brauchen mich nicht für dumm verkaufen. Ich weiß, was Sie vorhaben. Sie wollen Aussage gegen Aussage spielen, oder?«

»Das haben Sie gesagt«, erwiderte Xaverius.

»Dann hören Sie, was ich Ihnen jetzt sage: Mein Kollege und ich sind ein gutes Team, um nicht zu sagen, ein sehr gutes Team. Wir haben bis jetzt noch immer herausgefunden, wer die Wahrheit gesagt hat und wer nicht. Mit der Zeit werden Sie sich in Widersprüche verstricken. Und je länger die Wahrheitsfindung dauert, desto länger wird Ihr Bruder in Untersuchungshaft sitzen. Es geht ihm nicht gut dabei, Sie haben es ja eben gesehen.«

Xaverius presste die Kiefer zusammen: »Ich bleibe dabei, mein Bruder hat damit nichts zu tun! Ich habe Schender erschossen, nicht er.«

Christine deutete auf ihr Aufnahmegerät: »Ich habe noch nicht eingeschaltet.«

»Dann schalten Sie es endlich ein«, rief er gequält.

Christine fixierte ihn: »Ich habe Zeit. Zunächst sollten wir über etwas anderes reden. Zeugen haben mir mitgeteilt, dass Sie die Stadt verlassen wollten.«

Er verzog enttäuscht das Gesicht: »Ich hätte mir denken können, dass Maik den Mund nicht hält.«

Christine sah ihn überrascht an. War also der große blonde Mann, den Frau Fink gesehen hatte, nicht Jerichow, sondern Maik? Wenn sie nicht so vernagelt gewesen wäre, hätte sie schon früher darauf kommen können. Sie musste sich jetzt auf die Vernehmung konzentrieren und fing sich sofort wieder: »Entschuldigung, ich habe mich unklar ausgedrückt: Eine Zeugin hat das Gespräch von Maik und Ihnen belauscht. Hat Maik also auch an dieser Musikstudie teilgenommen?«

Xaverius sah sie nachsichtig an: »Das wissen Sie doch längst, oder?«

»Antworten Sie einfach mit ja oder nein.«

»Ja, wir haben im Hausgang miteinander über meine Pläne gesprochen. Er fragte, ob er die Studie abbrechen solle, und ich bat ihn, erst mal damit weiterzumachen.«

Damit hatte Xaverius ihren Verdacht bestätigt. Christine sah auf den Boden. Manchmal hatte sie es satt. Es war etwas anderes, wenn sie versuchte, Verbrecher reinzulegen. Aber hier waren es zwei harmlose Brüder, die in eine unbeherrschbare Situation geraten waren.

»Warum wollten Sie die Stadt verlassen? Wollten Sie mit Maik ein neues Leben anfangen?«

Xaverius starrte auf sein lädiertes Bein.

»Nein, das nicht. Aber Maik hat mir die Augen geöffnet. Manchmal findet man die besten Freunde, wenn man eigentlich nach einer Freundin sucht.«

»Wie haben Sie sich denn eigentlich kennengelernt, wenn Sie sich sonst nur mit Frauen getroffen haben?«, fragte Christine.

»Mir wurde eine gewisse Kim empfohlen. Aber ich habe wohl die Namen der Institute verwechselt und lernte dadurch Maik kennen. Ich wollte ihn beim ersten Mal wieder wegschicken, aber er sagte, ich hätte ihn gebucht und solle doch mal abwarten, wie es mir mit ihm gefällt. Er hatte intuitiv verstanden, dass mir etwas anderes fehlte als Sex. Am Anfang kam es mir wirklich seltsam vor, mich mit einem Mann zu treffen. Wir sind miteinander ausgegangen wie gute Freunde. Er war jederzeit für mich da, ich konnte mit ihm alles besprechen. Mit meiner Frau ist das unmöglich. Maik und ich haben so viele Dinge miteinander geteilt. Er war wie ein Spiegel für mich. Und ich erkannte, dass ich nicht mehr so weiterleben wollte. Meine Frau ist einfach ...«

»Speziell?«, fragte Christine.

Er nickte. »Maik hat mir Mut gemacht. Ich war so weit, alles hinter mir zu lassen. Als Radiologe kann man in Deutschland überall arbeiten. Oder anderswo in Europa. Oder sogar als Teleradiologe in Indien. Und wer weiß, vielleicht hätte ich irgendwann wieder eine Frau finden können, die zu mir passt.«

Christine beugte sich vor: »Das können Sie immer noch. Sie müssen jetzt nur die Wahrheit sagen.«

Xaverius schwieg, dann sagte er schwach: »Ist das Gerät immer noch aus?«

Christine nickte.

»Mein Bruder und ich haben eine besondere Beziehung«, erklärte er. »Unser Vater war gewalttätig. Gerhard war besonders oft dran. Es war keine einfache Kindheit, wir mussten uns aufeinander verlassen können.«

»Sie sind jetzt beide alt genug. Ihr Bruder braucht Sie nicht mehr. Er will bestimmt nicht, dass Sie für ihn Ihren guten Ruf riskieren. Wer wendet sich schon an einen Arzt, der in einen Mordfall verstrickt ist.«

»Also, von Mord kann keine Rede sein«, fiel ihr Xaverius ins Wort.

»Oder mit einem Tötungsdelikt in Verbindung steht«, ergänzte Christine, »wie wir es auch immer nennen wollen. Aber es ist egal, was hinterher rauskommt, es bleibt immer etwas an Ihnen kleben.«

»Wer sollte hiervon erfahren?«

Xaverius war durch seine lange Liegezeit noch sehr geschwächt. Christine spürte, dass er den Widerstand nicht mehr lange aufrechterhalten konnte.

Sie ließ sich Zeit, dann zuckte sie mit den Schultern: »Wenn es schlecht läuft, erfährt es die ganze Welt. Dank Facebook, dank der Presse, suchen Sie sich etwas aus.«

»Sie sind eine Schlange, Frau Karch«, stöhnte er entnervt.

»Ich bin auf der Suche nach der Wahrheit, und wenn ich jetzt gleich mit diesem Gerät meine Aufnahme starte, werden Sie die Wahrheit sagen«, forderte sie nachdrücklich.

Er schloss die Augen.

»Ich verstehe Sie ja. Sie lieben Ihren Bruder«, sagte sie versöhnlich. »Zeigen Sie ihm, dass Sie ihn loslassen können, dass er seine Verantwortung allein tragen kann. Geben Sie ihm auch die Chance auf einen Neuanfang. Seien Sie das, was Maik für Sie war.«

Xaverius öffnete die Augen wieder. Sie waren in eine unsichtbare Ferne gerichtet.

Er gibt auf, dachte sie und schaltete das Aufnahmegerät ein.

Einige Minuten später öffnete Christine die Tür. Stefan sah abgekämpft aus, weil er die Aufgabe übernommen hatte, Stümpeler ruhig zu halten. Keine leichte Sache. Er sah sie fragend an und sie deutete auf ihr Handy und nickte. Stefan ließ Stümpeler los, damit er zu seinem Bruder zurückkehren konnte und schloss diskret die Tür hinter ihm.

»Er hat die Version von Stümpeler bestätigt. Die Waffe wurde übrigens nicht von Xaverius entsorgt, wie von uns allen angenommen«, sagte Christine.

»Wo ist sie?«, fragte Stefan.

»Bei Maik. Der wusste aber nichts davon. Xaverius hat sie in seinem Keller versteckt. Da wollte er sie am Unfalltag abholen und entsorgen, aber dazu war es nicht mehr gekommen. Holst du sie dort ab?«

Stefan schlug sich mit der Hand vor den Kopf: »Eben fällt mir etwas ein, Maik hat ja auch an der Musikstudie teilgenommen. Hat Frau Fink ihn gesehen und nicht den Musikwissenschaftler?«

Christine nickte und seufzte: »Du hattest recht. Jerichow hat nichts damit zu tun.«

Stefan knuffte sie in die Seite: »Du gibst mal was zu? Das muss ich mir ins Notizheft schreiben, welchen Tag haben wir heute?«

»Einen Regentag«, antwortete Christine und sah auf die geschlossene Tür, »für Xaverius, Stümpeler und für mich.«

»Schau mal, wer da kommt«, sagte Stefan und deutete mit dem Finger den Gang entlang. Christine hätte mit einigen Besuchern für Dr. Xaverius gerechnet, insbesondere mit Maik. Stattdessen kam Jochen Jerichow auf sie zu. Er trug einen kleinen bunten Blumenstrauß in der Hand.

Christine war es, als würde ein kleiner heißer Ballon aus ihrer Mitte aufsteigen und platzen. Das Herz klopfte ihr bis zum Hals. Sie hatte noch nicht den Mut gefunden, ihn anzurufen, und somit das Versprechen, das sie Steffi gegeben hatte, nicht erfüllt. Jetzt kam er mit dem Strauß direkt auf sie zu. Christine würdigte er mit keinem Blick.

»Guten Tag«, grüßte er freundlich, aber reserviert. »Danke, Herr Weiz, dass Sie mich angerufen haben. Kann ich zu Herrn Xaverius rein? Ich wollte ihm einen Genesungsgruß vorbeibringen.«

»Da freut er sich sicher, bestimmt will er gern mit seinem Lebensretter sprechen. Aber es geht leider noch nicht«, sagte Stefan. »Sein Bruder ist bei ihm.«

Christine ahnte, wer diese Begegnung eingefädelt hatte. Sie ärgerte sich über ihren Kollegen. Stefan hätte sie darauf vorbereiten müssen. Jochen Jerichow blickte über Christine hinweg, als wäre sie Luft. Seine eisige Distanziertheit versetzte ihr einen Stich.

»Ich werde mich in die Cafeteria setzen. Wie lange wird es noch dauern?«

Stefan zuckte mit den Schultern: »Die Idee mit der Cafeteria ist gut.«

Jerichow nickte ihm zu und ging.

Christine drehte sich langsam zu Stefan um und sah ihn verärgert an: »Was hast du gemacht?«

Stefan hob grinsend beide Hände hoch: »Ich? Gar nichts. Dr. Xaverius braucht ein bisschen Aufmunterung, meinst du nicht?«

Er schubste die Kollegin: »Jetzt geh ihm schon hinterher!«

Ihre grimmige Miene verzog sich zu einem Lächeln. Dann drückte sie seine Hand und begann zu laufen.

Sie fand ihn tatsächlich in der Cafeteria des Krankenhauses. Er balancierte gerade ein Tablett mit einer Teetasse, in der sich ein Teebeutel langsam mit Wasser vollsog. Nachdem er sich einen Platz an einem der mattweißen Tische gesucht hatte, näherte sie sich.

»Darf ich mich zu Ihnen setzen?«, fragte sie vorsichtig.

»Bitte«, antwortete er und zupfte an dem Teebeutel herum. Sie wählte den Stuhl gegenüber. Wie fange ich jetzt an, dachte sie. Das ist eine unglaublich peinliche Situation.

»Mein Kollege meinte, ich sollte mich bei Ihnen entschuldigen, und ich bin seiner Meinung«, sagte sie leise.

»Bin ich deswegen hierher bestellt worden?«, fragte er.

Christine wurde rot im Gesicht. Sie hatte den Eindruck, mit jedem Satz alles nur noch zu verschlimmern.

»Nein, ich meine ... hören Sie. Es tut mir leid. Ich war völlig auf der falschen Fährte. Und ich habe am Telefon einige Dinge gesagt, die nicht so gemeint waren. Bitte lassen Sie mich das wieder gutmachen.«

Jerichow ließ seinen Teebeutel im Becher tanzen. Er spielte damit wie mit einem Jo-Jo. Dabei schien er dem Tee mehr Aufmerksamkeit zu widmen als ihr.

»Ich freue mich übrigens, dass es Ihnen wieder gut geht«, sagte sie, um das Schweigen zu brechen. »Das stimmt doch, oder? Es ist kein Tumor und auch sonst nichts Schlimmes?«

Er nickte, aber hielt die Augen gesenkt. Nach einer Weile hob er den Blick und sagte: »Noch vor Kurzem trauten Sie mir einen Mord zu.«

Christine biss sich auf die Zunge: »Ja, und das tut mir leid. Vielleicht ist das hier auch nicht der richtige Ort, um solche Sachen zu besprechen. Meinen Sie, wir könnten noch einmal einen gemeinsamen Termin finden?«

Sie sah ihm hoffnungsvoll in die Augen.

Jerichow konzentrierte sich wieder auf den Tee. »Ich nehme Ihre Entschuldigung an«, sagte er.

Sein abweisendes Gesicht und seine angespannte Körperhaltung drückten das Gegenteil aus. Auf der Mitte des weißen Holztisches wuchs eine unsichtbare Wand empor, die sie trennte. Christine musste sich eingestehen, dass ihre Versuche, ihn umzustimmen, misslungen waren. Ein Teil von ihr fühlte sich ihm noch sehr nah, ein anderer Teil begann bereits sich zu verabschieden. Ein dumpfer Schmerz machte sich ich in ihrer Mitte breit. Hässliche Bilder aus der Vergangenheit drangen in ihr Bewusstsein und verdrängten die Realität. Der Geruch von Maschinenöl und Holz umnebelte sie, ihr wurde schwindelig. Ich muss schnell aus diesem Krankenhaus raus, dachte sie.

»Also dann«, sagte sie und erhob sich unsicher. Er stand ebenfalls auf und sah ihr in die Augen. Es war ein ernster und betrübter Blick. Dann streckte er ihr die Hand entgegen und sie ergriff sie. Er hatte eine kalte Hand, genau wie sie. Gern hätte sie sich erklärt, ihm mehr erzählt von sich. Von den Dingen, die sie erlebt hatte, und von ihrer Angst. Sein Mund öffnete sich.

Es gab noch eine winzige Möglichkeit, dass er sie im letzten Moment zurückhielt. Aber er sagte nichts. Ihre Finger glitten auseinander und sie ging zur Tür hinaus, ohne sich noch einmal umzudrehen.

40

Ein Schluckauf der Zeit

»Was willst du bloß immer im Essighaus?«, fragte Jochen, als Eduard ihm in der Plöck entgegen kam. Die Abenddämmerung tauchte die schmale Gasse ins Zwielicht. Jochen hatte vor der Tür des Gasthauses auf ihn gewartet. Es war angenehm kühl, und die Luft fühlte sich vom Regen des Tages feucht an. Einige Flaneure schlenderten um die Ecke aus der Theaterstraße und mussten sich an den Rand drücken, wenn wieder ein Schwung Radfahrer von der Universitätsbibliothek herabgesaust kam.

»Wieso?«, antwortete Eduard. »Ist doch ein netter Biergarten hier? Und nach dem ersten Bier gehen wir doch woanders hin.«

»Der Biergarten ist brechend voll, ich habe gerade schon nachgesehen. Und drinnen ist die Luft nicht zum Aushalten. Da staut sich noch die Hitze der letzten Tage.«

»Umso besser, dann ist da wenigstens nichts los. Komm, lass uns den Aperitif hier nehmen.«

Sie gingen hinein, setzten sich an einen Tisch und bestellten zwei helle Hefeweizen. Außer ihnen waren nur ein paar wenige Gäste im Raum. Nach kurzer Zeit brach Jochen der Schweiß aus. Wenigstens passte die drückende Luft zu seiner gedrückten Stimmung, dachte er.

»Und worauf stoßen wir an? Auf deine erfolgreiche Wiederbelebung?«, fragte Eduard, als die Gläser vor ihnen standen.

»Auf meine erfolgreiche Wiederbelebung«, wiederholte Jochen. »Und auf mein zukünftiges Forschungssemester in Wien.«

»Sie haben es dir genehmigt?«, rief Eduard. »Noch ein Grund, dir zu gratulieren?«

»So ist es. Ich werde mir für ein halbes Jahr einen anderen Kneipenkumpan suchen müssen.«

»Ach was, ich komme dich in Wien besuchen, und dann ziehen wir dort durch die Heurigen. Prost. Auf deinen zweiten Frühling.« Eduard erhob das Glas.

»So alt bin ich ja nun auch wieder nicht«, beschwerte sich Jochen, »und wieso überhaupt zweiter Frühling?« Er fragte sich, ob Eduard irgendetwas von der Kommissarin ahnte. Die Begegnung in der Heidelberger Fußgängerzone konnte ihm kaum einen Hinweis darauf gegeben haben. Außerdem war das nun aus und vorbei.

»Man kann nicht früh genug anfangen mit dem zweiten Frühling«, antwortete Eduard. »Wer weiß, vielleicht kommt ja noch ein dritter oder vierter hinterher? Der Frühling ist ein hartnäckiger Schluckauf der Zeit.«

»Von wem ist das? Hermann Hesse? Das ist zwar originell, aber Unsinn«, befand Jochen und setzte das Glas an.

»Stimmt, ist ja auch von mir. Ich mag solche Sätze nach dem Muster ›X ist das Y von Z‹. Da kann man sich schnell einen Aphorismus basteln, der bedeutend und tiefsinnig klingt.«

Jochen dachte nach und ließ seinen Blick durch den leeren Schankraum schweifen. Das dunkelbraune Holz der Theke, die altmodischen Lampen ... hier im Essighaus hatte sich seit Jahren, ach was, seit Jahrzehnten nichts verändert. Beständigkeit ... Da gab es doch dieses Bonmot ...? Dann fiel es ihm wieder ein.

»Beständigkeit ist die letzte Zuflucht der Fantasielosen«, sagte Jochen.

»Genau. Guter Satz. Von dir?«, fragte Eduard.

»Nö, von Oscar Wilde. Oder: ›Verdi ist der Mozart Wagners‹. Das ist ein Opernführer von Eckhard Henscheid«, antwortete Jochen.

»Der Verrat ist das größte Verbrechen der Liebe«, sagte Eduard.

»Ziemlich pathetisch«, meinte Jochen, aber er musste unwillkürlich wieder an die Kommissarin denken. »Das ist von Dostojewski? Oder von Tolstoi?«

»Nein, das war jetzt wieder von mir«, sagte Eduard. »Das fiel mir beim Stichwort Oper ein. Du siehst, es reichen ein paar schwere Wörter, um sich mit den Großen in eine Reihe zu stellen.«

Sie schwiegen und tranken. Beiden stand der Schweiß auf der Stirn. Selten hatte eine Kneipentour mit Eduard so anstrengend begonnen, dachte Jochen. Und jetzt sollte er auch noch Aphorismen bauen, obwohl sein Geist immer wieder zu der Szene im Krankenhaus zurückkehrte, an die er doch nicht mehr denken wollte.

»Misstrauen ist der gewaltsame Tod der Unschuld«, raunte Jochen und zog seine Mundwinkel nach unten.

»Was ist eigentlich mit dir los?«, schüttelte Eduard den Kopf. »So entmutigt, wie du hier herumsitzt? Du bist von den Todgeweihten auferstanden. Du müsstest den ganzen Tag Halleluja schreien.«

»Du weißt, ich bin nicht religiös, im Gegensatz zu meiner Schwester.«

»Aber etwas bessere Laune könntest du trotzdem haben. Jetzt rück schon raus mit der Sprache.«

Jochen wand sich noch ein bisschen, dann erzählte er ihm von dem haltlosen Verdacht, den die Kommissarin gegen ihn geäußert hatte. Und erwähnte auch ihren hilflosen Versuch, sich bei ihm zu entschuldigen.

»Dann ist doch alles in Ordnung, oder?«, meinte Eduard. »Ich würde sagen, das ist eine Déformation professionnelle. Nun hat sie eingesehen, dass es Unfug war, und du hast nichts zu befürchten.«

Jochen schwieg und seufzte. Er schwenkte sein Bierglas, sodass der restliche Schaum in Drehung versetzt wurde.

»Du nimmst es dir trotzdem zu Herzen?«, fragte Eduard. »Wenn es dich so kränkt, ist da doch mehr?«

Jochen gab zu, dass er sich privat mit der Kommissarin getroffen hatte. Er berichtete Eduard von dem Konzert und dem lauschigen Beisammensein im Museumsgarten.

»Aber ich habe mich in ihr getäuscht, fertig und aus«, stellte Jochen fest und kniff den Mund zusammen. »Ich habe zwar gesagt, dass ich ihre Entschuldigung annehme, aber verziehen habe ich ihr nicht. Ich glaube, das hat sie auch gemerkt. Wie stellt sie sich das denn vor? Sie hat mein Vertrauen ausgenutzt, sie hat meine Gefühle verletzt, sie hat mich wie einen Verbrecher behandelt. Und nun glaubt sie, sie sagt kurz mal ›Sorry‹, und alles ist wieder gut? So einfach ist das nicht.«

»Vergebung ist die Sünde der Harmoniesüchtigen«, sagte Eduard lächelnd.

»Ach, lass mich doch in Ruhe mit deinen blöden Aphorismen«, schmollte Jochen.

Eduard zerlegte mit dem Daumennagel die Schichten seines Bierdeckels. »Ich finde, du hast recht. Am besten du vergisst sie. Ich bin auch schon an Frauen geraten, die von mir nichts wissen wollten. Da muss man durch.«

»Aber so ist es nicht«, widersprach Jochen. »Sie hat ja versucht, die Scharte auszuwetzen. Ich bin derjenige, der ihr nicht verzeiht.«

»Und jetzt seid ihr beide unglücklich. Na ja, geschieht ihr recht.«

»Und was ist mit mir? Vielleicht war es doch ein Fehler?«

»Du wirst doch jetzt nicht schwach werden und nachgeben, oder?«

Jochen trommelte nervös einen Rhythmus auf der Tischplatte. Das Gespräch nahm eine Richtung, die er nicht erwartet hatte. Er hatte eigentlich gehofft, dass Eduard ihn ermutigen würde, nochmals einen Anlauf in der Sache zu unternehmen.

»Ich habe mir überlegt«, sagte er, »wenn ich ihr verzeihe, dann nicht ihr zuliebe, sondern mir selbst zuliebe. Wie will ich denn sonst meinen Frieden mit der Sache machen?«

Eduard winkte ab: »Das ist doch Küchenpsychologie. Ich denke, du willst sowieso nichts mehr mit ihr zu tun haben?«

»Ja, aber man begegnet sich im Leben immer zweimal. Was soll ich denn dann zu ihr sagen?«

»Hass mich, ich bin der Frühling?«, schlug Eduard vor.

»Nicht schon wieder Frühling!«, sagte Jochen, aber er konnte ein Grinsen nicht unterdrücken.

»Was machst du also draus?«, fragte Eduard. »Ein Drama in drei Akten?«

»Lieber eine Oper. Oder einen Roman. Ich überlege es mir.«

»Dann lass uns jetzt das Lokal und das Thema wechseln«, schlug Eduard vor. Er trank sein Bier aus und erhob sich: »Gehen wir.«

Auf ein Wort – ein Nachwort in Hörspielfassung

Anette:
Vielleicht treffen sich Christine und Jochen doch noch mal. Was meinst du?
Nils:
Gut möglich. Wir sollten in Kontakt mit den beiden bleiben und verfolgen, wie ihr Leben weitergeht, oder?
Anette:
Na klar. Da gibt es noch viel Spannendes zu berichten.
Nils:
Tatsächlich? Davon weiß ich ja noch gar nichts.
Anette:
Dann lass dich mal überraschen.
Nils:
Von dir? Na, dann mach dich mal auf Gegenüberraschungen gefasst!
Anette:
Wir werden oft gefragt, wie das Schreiben als Duo funktioniert. Die Antwort ist nicht ganz einfach …
Nils:
Miteinander und nacheinander.
Anette:
Und gegeneinander?
Nils: *(lacht)*
Manchmal auch das. Wir entwickeln gemeinsam Ideen, dann schreibt jeder für sich, aber dann kritisieren wir uns wieder gegenseitig.
Anette:
Manche Leute glauben, das sei schwierig, weil man Kompromisse eingehen muss.

Nils:
Wir finden es sehr fruchtbar, weil man nicht immer nur im eigenen Saft schmort. Und wenn man ehrlich ist, kann niemand einen Roman ganz allein schreiben.

Anette:
Das ist das richtige Stichwort, um ganz vielen lieben Leuten für ihre Unterstützung zu danken.

Nils:
Wir danken Kriminalhauptkommissar Thomas Habermehl für die Führung im Präsidium L6 und die ausführliche Beantwortung unserer zahlreichen Fragen.

Anette:
Ein großes Dankeschön an den Facharzt für Radiologie Gerhard Wittlinger, der mir erklärte, was ein Virchow-Robin-Raum ist. Außerdem an Dr. Johannes Schmidt-Tophoff und Carsten Krüger, bei denen ich vieles über die kaufmännische Seite der Radiologie gelernt habe.

Nils:
Herzlichen Dank an Nicole Zipprian, die seit vielen Jahren bei der Wasserschutzpolizei ist und uns Einblicke in ihren Arbeitsalltag gegeben hat.

Anette:
Und Herrn Hüber aus meiner Lieblings-Zoohandlung, der sich gut mit Chamäleons und deren Leibspeise auskennt.

Nils:
Außerdem gebührt unser Dank unseren Testlesern Wolfgang Bauer und meiner Mutter Helke Ehlert, die uns wohlwollend kritisierten und manches im Text geraderückten, was noch etwas schief herumstand.

Anette:
Vielen Dank für eure tolle Arbeit! Auch an Alexander Strifler, Astrid Kröger und Angela Junglewitz, die einen spitzen Rotstift geführt haben.
Nils:
Wir danken unserem Verleger Ulrich Wellhöfer für seine unkomplizierte Herangehensweise an dieses Gemeinschaftswerk.
Anette:
Und herzlichen Dank für das einfühlsame Lektorat von Frau Fieber, die trotz der ganzen Schar von Testlesern zu unserer Überraschung noch etliche Rechtschreibfehler ausgemerzt hat.
Nils:
Und natürlich danken wir auch den Autoren der Literaturoffensive, die unsere ersten Entwürfe bei den Langtextwochenenden kritisch und konstruktiv gewürdigt haben und uns Mut gemacht haben, unser Romanprojekt weiterzutreiben.
Anette:
So, genug geredet, jetzt wird wieder geschrieben.
Nils:
An der Fortsetzung? Christines nächster Fall?
Anette:
Willst du denn nicht wissen, wie es weitergeht?
Nils:
Doch, natürlich. An die Arbeit …

Besuchen Sie uns bei:
www.crimi-con-cello.de